鲁豫有约

男角　鲁豫有约

男角
鲁豫有约

文轩凤凰丛书

男角

鲁豫有约

陈鲁豫

華夏出版社

男角 鲁豫有约

目录

千变影帝
梁家辉

人物小传

香港演员。原籍广东南海，生于香港。毕业于香港理工学院。1981 年入香港无线电视台艺员训练班。曾任杂志记者、编辑、服装模特。

1983 年初入影坛，在李翰祥导演的《火烧圆明园》、《垂帘听政》中扮演咸丰皇帝，并以前者获第三届香港金像奖最佳男主角奖。此后又在李翰祥执导的《火龙》中饰演末代皇帝溥仪。随后参演作品有尔东升的《人民英雄》、与周润发合作的《监狱风云》(1987，导演林岭东)、《英雄本色之夕阳之歌》(1989，导演徐克)、黄志强的《天罗地网》等。1990 年主演罗卓瑶的《爱在他乡的季节》，获第 27 届台湾金马奖最佳男主角奖。后相继主演李志毅的《婚姻勿语》、区丁平的《何日君再来》、关锦鹏执导的影片《阮玲玉》等。1992 年主演法国影片《情人》，获国际影坛注目。同年主演刘镇伟的《92 黑玫瑰对黑玫瑰》，获第 12 届香港金像奖最佳男主角奖。

其他重要作品有《新龙门客栈》、《水浒传之英雄本色》、《新难兄难弟》、《风尘三侠》、《东邪西毒》、《南京的基督》、《人约黄昏》、《黑金》、《目露凶光》等。1999 年曾监制、主演余力为执导的独立影片《天上人间》，获邀戛纳影展。后来陆续出演林超贤的《江湖告急》、郑晓龙的《刮痧》、台湾导演陈国富的《双瞳》、大陆导演孙周的《周渔的火车》、彭浩翔的《大丈夫》(获金像奖最佳男配角奖)、崔允信的《追踪眼前人》、杜琪峰的《柔道龙虎榜》、陈果的《三更2之饺子》等。2005 年参演成龙的《神话》、杜琪峰的《黑社会》(又名《龙城岁月》)、关锦鹏的《长恨歌》等，并在大陆主旋律影片《太行山上》中客串抗日英雄。2006 年 1 月参演游乃海导演的《跟踪》。2006 年 2 月以饰演《长恨歌》中深沉内敛的程先生获第 12 届香港电影评论学会最佳男主角奖。梁家辉是个出色的多面手，各类角色都能驾轻就熟，变化丰富，可塑性相当强，是演技精湛的实力派。他也是专栏作家，2005 年出版散文集《我对你说》。

开场白

　　他儒雅高贵，洒脱不羁，创作了海派电影永恒的爱情经典。他轻松幽默，诙谐风趣，形成了独特的梁式喜剧风格。他机智多谋，风流倜傥，创造了中国武侠电影史上典型的侠客形象。或许我们每个人在提到"梁家辉"这个名字的时候都会想到他在不同影片当中扮演过的精彩角色。他即使显得风流倜傥，也还是个温和的男人；他的魅力并不致命，但却给人难以忘怀的真实感受；爱上他的人不是因为他的华丽与灿烂，而是被他不露痕迹的睿智所征服，温良平和随遇而安是生活中的梁家辉，但荧幕上的他千变的鲜活个性却总是让人看不懂。

鲁　豫：前段时间我知道你刚拍完《倾城之恋》，在北京演戏的感觉怎么样？
梁家辉：总结一下的话非常好，非常激动，非常兴奋。
鲁　豫：我觉得要是再拍一部普通话版本的会不错，因为你的普通话其实不错。
梁家辉：凑合。
鲁　豫：你凑合都会说，真可以啊。

　　2006 年的 4 月 8 日，对于梁家辉来说是一个喜庆的日子，"第 25 届香港电影金像奖"颁奖典礼在香港红磡体育馆举行，由梁家辉担纲主演的《长恨歌》、《黑社会》两部影片双双入围最佳男主角提名。提到自己凭两部影片获得双提名，梁家辉表示很高兴，但同时他表示，颁奖前自己并没有十足的信心，"双保险"其实是很"吃

亏"的："当年郑秀文也曾经双保险入围，最后落败了。因为两部片子入围势必会出现分票的情况，自己和自己打仗了。而且《长恨歌》和《黑社会》是两个类型完全不同的影片，每个评委的喜好又都不同，所以我担心分票。"梁家辉似乎很不看好自己："如果我自己当评委，两个都没有希望。《长恨歌》中的程先生更像男配角，《黑社会》中的大D性格不如任达华立体。"

事实上，梁家辉当时因为出演话剧《倾城之恋》而没有到颁奖现场，他以为演完这场剧，最佳男演员的结果就能出来。但是颁奖典礼却延迟了半个小时，梁家辉戏服没脱、装没卸、睁着戏里的一双熊猫眼，待在化妆间里看转播。

结果凭借《黑社会》中大D的出色表现，梁家辉最终摘得最佳男主角桂冠。宣布后他略显语无伦次地感谢了一通，然后把话筒塞给别人，两只胳膊向上张开，而后又一屁股躺下，在地上打起滚来，这难得一见的经典一幕全部被颁奖现场的摄像机记录了一下，第二天便上了头条。

多谢，多谢有个装扮成黑社会的人替我挡着，多谢；多谢杜琪峰导演，多谢两位编剧游乃海；多谢阿昌哥，多谢《黑社会》里面所有的人；多谢对手演员，包括任达华、炳文哥，还有所有的师傅，所有里面的工作人员……对了，我最重要的是要多谢我家人，多谢我的家人这么多年来在我的演艺道路上支持我，始终默默地支持我……我还要多谢今晚的转播单位，包括TVB，包括中央电视台，如果不是他们，我今晚不能站在这里享受这份喜悦。

最后，快结束了，我要多谢金像奖大会，多谢金像奖各位评委，多谢你们在这个具有纪念价值的一年给一个这样的奖给我，多谢我的所有影迷！多谢你们！

——梁家辉领奖后的获奖感言

鲁　豫：你当时的第一感觉是什么？是内心无比激动、如释重负？还是什么？

梁家辉：没有，其实没有激动，好像就是一种挺满足的感觉，一种非常非常满足的感觉。因为首先毕竟是自己所渴望的得到了；其次，也是凭了一部自己渴望拿到奖项的电影拿到的；再者因为这也刚好是在第25届这样一个蛮有纪念性的一个日子里，所以感言说完就倒地了，但是没有打滚。

鲁　豫：这似乎不太像你的风格啊，我当时看颁奖的直播时真是吃了一惊，我心想他这是怎么了？这个人怎么就这么躺到地上了？我觉得这不太像我印象中的那个梁家辉。

梁家辉：那你可要小心一点哦，搞不好一会儿我就会翻到谈话的沙发背后去啊。

鲁　豫：据说你当时直接倒地了是因为你不知道那时候还在直播，你以为直播结束了。

梁家辉：对，没错，因为那天的节目本身已经误时了，超长了，所以现场的所有工作人员都是念叨着"快快快"那种，当时我已经说完获奖感言了，所以觉得镜头应该是已经回到现场、回到主持人那边了。

鲁　豫：你确定？还是你感觉那个镜头已经切走了？

梁家辉：我觉得是那样，好像摄像已经撤了，但是又拍回来了，结果我那时已经很轻松地躺地上了。

鲁　豫：我感觉你躺在地上时好像喊了几句什么，有么？

梁家辉：解放了，解放了。

鲁　豫：倒地这一幕你到什么时候知道的？

梁家辉：我在第二天的报纸上看到的，

当天晚上不知道。

　　鲁　豫：拿三次这样的大奖，是会一次比一次高兴还是觉得拿得多了以后不会像第一次那么激动了？

　　梁家辉：我反而是第一次没有什么激动的，第一次也就是突然蒙了一下，因为在宣布最佳新人的时候已经没我的份儿，所以我就觉得应该不会拿到最佳男演员，毕竟还是新人嘛。宣布结果的时候，我还在跟旁边的那个莫少聪吧——不知道我还忘了谁——在聊天，完了发现一台机器就很近地在我这里，他还推我。我那个时候才知道，他们不是在念候选名单，而是已经拿到了，所以蒙了一下，紧接着还得到颁奖台上面。上去以后我也忘了我说什么了，反正感谢该感谢的人，而且每一次我都没有准备，所以说得乱七八糟。

　　鲁　豫：可我看你还是把该感谢的人都谢了啊？

　　梁家辉：其实该感谢的人多着呢，如果要拿名单出来的话那节目肯定又要往后挪一个小时了。

　　鲁　豫：演员是不是都会有那么一点点不能叫迷信，但又有点这意思的感觉，就是觉得如果我准备了，可能真就拿不了奖了，我不准备，反而拿奖的机会就比较多一点？

　　梁家辉：别人我不知道，我是没有，因为我这个人不迷信，我就觉得拿奖肯定是值得高兴的事情，如果拿不到生活也还是要继续下去。

　　鲁　豫：但是那时候面对香港金像奖最佳男演员这么大的奖，内心不会有那样的期望么？就好像每个人可能都会想一下如果我拿了这个奖，之后肯定就会片约不断，通常人会有这样一种思维的，你呢？

　　梁家辉：你没听到黄秋生说嘛，拿了电影金像奖以后会倒霉三年，我也不知道这句话的源头到底是从哪儿来的，好像是一个前辈说的，也好像就是秋生自己说的，因为他拿了以后，也真的倒霉了三年。

　　鲁　豫：你呢？倒霉了几年？

　　梁家辉：我其实也从来没有倒霉过，我觉得自己走的路还蛮顺的，其实这种认知在于自己，他们都觉得我可能也是倒霉了不短时间，但有些事情要自己去想通，人生本来就是这样子起落变化的，我觉得反而是他们看得太重，因为倒霉不倒霉不在于别人怎么看你，而是你自己怎么看待自己，人生的本来面貌就是这样起起伏伏。

　　如今已过不惑之年的梁家辉，几乎见证了香港电影的兴衰，纵横影坛二十几载，三次摘得金像奖桂冠，然而第一次获奖，对于梁家辉来说意义尤为不同。那一年他刚刚 27 岁，是香港电影金像奖最佳男主角有史以来最年轻的一位。然而就是这次获奖，使梁家辉遭遇了封杀。

　　1983 年一次偶然的机会，梁家辉认识了大导演李翰祥，并且在他的慧眼之下出演了影片《火烧圆明园》、《垂帘听政》中的咸丰皇帝。梁家辉把影片中承接清帝国盛衰的咸丰皇帝文弱的气质演绎得十分到位。由此这个极具古典神韵的清秀男子给人们留下了深刻的印象。

　　鲁　豫：当年有没有预料到自己这部戏将来会这么轰动？

　　梁家辉：没想过，其实综合二三年的影艺路程，我在拍一个戏以前从来没有想过结果会怎么样，从头一天开始我就从来没有这方面的想法，结果你根本控制不了，你能拿捏的就只有这过程，因为你参与演戏的这个过程是自己可以把握的。

　　鲁　豫：我不知道这部戏在当时内地有没有所谓票房，但我知道几乎能去看电影的人都看了那部戏，而且好多人还看了很多遍。

　　梁家辉：对，因为李翰祥也算是第一个回归的导演嘛，而且这也是一部大戏，有上下两集。

　　鲁　豫：当时引起轰动以后，你有没有收到很多内地影迷写的信？

　　梁家辉：没有。

　　鲁　豫：可能因为那时候寄不到香港。

　　某影迷：我 1993 年参加了一个杂志举办的给明星写信的征文，说全国选 20 名登在杂志上，而且请明星亲笔回信，后来我的信被选中了，可是我估计他们压根就没有转给他。

　　梁家辉：那个杂志社现在还存在么？

某影迷：不存在了。

梁家辉：没有吧，你看，估计是骗你的啊。

某影迷：后来我第二次又见到您的时候，我给您了，那是后来……

梁家辉：我也没有回信？应该不会啊，你没有写回邮地址吧？

某影迷：对，我没写。

梁家辉：就是，怪不得。

鲁　豫：我想或许由于当年通信还不是那么畅通，否则，估计会有很多影迷给你写信的。那个时候你在香港的影迷多不多？

梁家辉：这部戏之后他们都把我算作是大陆的演员，很多人都认为我是大陆演员，一直到后来我开始在香港拍戏，他们都很意外，说原来你是香港人啊！

鲁　豫：那时候就因为这部戏被台湾封杀了？

梁家辉：就是因为这部戏。当时台湾有些规定，因此我也不能够去内地拍戏，反正跟内地有关的东西也都不能去台湾，可问题是台湾的票房是很大的一块，所以这样一来香港的人可能就不敢找你来拍戏了，所以我就有一段时间没戏拍。

鲁　豫：没戏拍的日子持续了多长时间？你的情绪会很低落么？

梁家辉：大概有一年多，其实那个时候情绪不会多低落。

鲁　豫：很多传言，说你那时候摆地摊卖手工艺品，是真的吗？

梁家辉：那不是传言，那是真的。

鲁　豫：但我总觉得可能是你现在时过境迁后再回忆当年的那个经历觉得释然了，也特别愿意跟人说我当年还去摆过地摊了，是么？

梁家辉：别冤枉我，其实没有那样，我总觉得可能第一是因为自己年轻，再者那时候毕竟刚进电影圈，也确实没有把电影工作看成一个什么样的终身追求。

鲁　豫：可你都是影帝了呀？

梁家辉：那又怎样啊？

鲁　豫：不，在我们看来，影帝当然怎样了。

梁家辉：在我看来不怎么样，我曾经是香港短跑纪录冠军，100米跟200米，我当时跑的11秒多，200米是22秒整，算是蛮快的。

鲁　豫：真的啊？

梁家辉：可那又能怎样呢？我都是短跑冠军了我都没觉得怎样，影帝又能怎样呢？所以影帝不怎样，那影帝去摆地摊就怎样吗？也不怎么样，谁让你没戏拍嘛，那你就改行嘛！

鲁　豫：你当时在哪儿摆地摊？

梁家辉：在铜锣湾。原来最早是在石澳，属于外国游客比较多的地方，结果生意太惨了，因为游客都捡我的东西，都把它挑来捡去地捡烂了，最后也不买。后来就改地方改到铜锣湾，结果发现铜锣湾当真是一个消费力蛮强的地段。

鲁　豫：铜锣湾哪个地方？

梁家辉：铜锣湾大宛百货公司门前。

鲁　豫：那边人来人往很多人啊，你每天生意额高不高？

梁家辉：高，每天能卖多少忘了，反正我们三个人，一个人能够分到一千块钱，是净赚的，所以在那个时候算是挺高的了。

鲁　豫：你卖的什么东西？

梁家辉：一种手镯，是我们那个时候做的东西，用皮条跟铜线，扣子是我们自己用铜线捆的，上面还带些花，可以说是手工做的工艺品，都是自己设计的，所以每一套款式都不一样，我们三个同学基本上每个人都有一套自己的风格，而且从来不重复。

鲁　豫：可是你那时候即便不拍戏了，去找一份别的工作不行吗？比如去办公室当一个文员？一个白领？

梁家辉：那才没有我摆地摊好赚呢！

鲁　豫：这倒也对，但是摆地摊需要放下一些身段吧？别人会说"哎呀，这个是影帝啊？"碰到过这种情况吗？

梁家辉：没有，我觉得那个时候影帝这个头衔还给我带来一点好处，因为很多路人路过的时候都会看这个人，问说"你是不是影帝？"我说"我是，来，请看一下，参观一下"，结果原本打算买一套的后来就变成买三套了。

鲁　豫：这时你已经把电影的梦想放得很远很远了吗？

梁家辉：坦白说，其实那时候我对电影没有什么梦想，入行也是非常偶然的事，拿着一个奖是一个更偶然的事，而且我很清楚那个奖不是我拿的，是导演该拿的，因为我只是在模仿他给我设计并示范的所有动作，一些所谓演技都是单纯的模仿，我很清楚这点，所以即便之后没拍戏也没什么甘心不甘心的。对电影而言，毕竟两个电影已经拍了一年多，对电影制作有了一定认识，但是没有很深的感情，所以那时要改行，没电影拍就改行呗，也无所谓。

对于梁家辉来说，刚刚踏进演艺圈便遭到了台湾文化局的封杀，此时的他并没有认定做演员将是自己最终的职业，然而经过一年多的摆地摊生活，梁家辉最终又踏进了影坛。

1989 年，梁家辉同周润发合作的影片《英雄本色之夕阳之歌》，梁家辉仍然表现出早期影片中的文弱气质，举手投足一派书生气象，而正是因为这部片子，梁家辉被当时横扫台湾的"小马哥"周润发解封。

鲁　豫：后来听说你当时在台湾被所谓"解封"是跟周润发有关，真的吗？

梁家辉：对，因为那个时候周润发跟新艺城公司非常红，当时新艺城拍了很多很多挺卖座的片子，所以他们自然在台湾文化当局也有一定程度的影响力，后来就是因为《英雄本色》到台湾参加金马奖，新艺城公司就决定把我放在周润发旁边，和他一块过去，为影片做个小拜会，结果周润发就说……

鲁　豫：周润发他说什么了？

梁家辉：他说"这是我的小弟！"

鲁 豫：像《英雄本色》电影里面一样吗？

梁家辉：他就说："你们认识小马哥吗？嗯，我就是小马哥，这是我小弟！今天我把他带到台湾来了，你们看着办吧！"哈，没有，周润发没有这么说，我开个玩笑哈。

鲁 豫：但他可能的确也是从中斡旋了吧？或者可能那个时候也比较宽松一点了？

梁家辉：对，那时候大陆也开放了，各方面都宽松了一些，包括跟台湾，虽然还没有到"三通"，但是已经互有往来了，那时候有很多台湾的投资人或是商家都到大陆来投资了。所以无论在规定上还是整个体制方面都比以前松很多。

鲁 豫：所以也算是大势所趋，又可以开始拍戏了。据说你跟周润发其实也算是渊源颇深的，有人说你第一部去给人跑龙套的戏就是周润发的戏，是么？

梁家辉：没有，那时我们还在训练班，我跟华仔（刘德华）都是同班同学，训练了三个月以后我们就要上戏去演一些小角色。当时在一个叫《千王群英会》的电视剧里头，周润发好像是演一个赌场的老板阿龙。我记得我们在训练班收到剧本时很开心，因为我们一看剧本一集就那么厚，所以特别开心，我还因此约刘德华到我家吃饭，然后两个人在那里研究剧本，结果翻了一个晚上，发现原来只有一句对白。

鲁 豫：当时你们俩扮演的角色是什么？

梁家辉：我们俩是周润发的保镖。

鲁　豫：保镖甲？保镖乙？

梁家辉：对，我们两个也没分谁甲谁乙，反正当时翻了半天剧本发现竟然就只有一句，其实也没有一句，就是一个词。我印象特深的是那天录影时，赌场的大门一打开，周润发就走中间，我们两个在两边，他进去之后，赌场里大概有200多个群众演员，他看了一会儿就转头跟我和华仔说"你们两个下去看一看"，然后我们一起说"是，龙哥"，一个分别从机器左右出镜的镜头，然后就没了。

鲁　豫："是，龙哥"，就这一句话？

梁家辉：对，其他就没了。

鲁　豫：抢戏？

梁家辉：那倒没有，但我们确实还设计了，不是为了抢戏，就是叫设计。因为那时候确实蛮纯粹的，也因为是作为训练班的同学进戏的，而且还待在男主演的旁边，怎么也不应该让他丢脸嘛，况且周润发个子也挺高的，我跟刘德华又没他高，自然就我们当保镖了。但我们就给自己设计了一些小动作，就是所谓的"型"，我俩琢磨了半天，最后刘德华选择咬着一个牙签，而我则是把西装扣好，但把手斜插进衣服里去。

鲁　豫：这是什么动作？随时拔枪吗？

梁家辉：对，好像随时要拔枪的那种样子，而且还把帽子戴得高高的，就怕别人看不见自己的脸。

鲁　豫：你不戴帽子不就完了吗？

梁家辉：那不行，因为那是一个反映民国初年的电视剧，所以一定要戴帽子，而且穿西装。结果拍的时候，门一推开，周润发往里走，我们两个就按我们先前设计的"型"跟在他后头。

鲁　豫：导演喊"卡"？

梁家辉：导演他没有喊"卡"，他还骂人了，呵，他冲着下面大喊"那两个是谁？干啥的？"，他还问身边现场工作人员说"那两个人是谁？"别人说是训练班的同学，他就说："哪来的训练班同学？都是干什么的？旁边那个咬着牙签的，干啥呢？刚吃完饭吗？"然后说完华仔就该轮到我了，他对着我说："还有那个，你以为你是谁？

拿破仑啊！"

鲁　豫：这也太打击人了。

梁家辉：你想想，我们俩满腔热忱地设计那么多动作，结果一下真是受了巨大打击。要重拍！把那扇门再关起来以后我们两个真是想哭，一下子什么"型"都没了！

上个世纪80年代的香港电影圈里面，周润发是一个标志性的演员。许多后来出道的演员都会亲热地称他发哥。这其中也包括后来与周润发齐名的梁家辉。在1987年和1989年，梁家辉同周润发合作了影片《监狱风云》和《英雄本色之夕阳之歌》。此时梁家辉已经成为周润发影片中的男二号。早在1981年的时候，正在无线演员训练班学习的梁家辉，还有后来成为演艺明星的刘德华，是当时被剧组选中最多的两个龙套演员。一次他们被选中为周润发主演的《千王群英会》配戏。两人听说这次有台词，兴奋异常。

"龙哥！"

"今天生意怎么样？"

"不错。"

"有没有人捣乱？"

"有龙哥坐镇！谁还敢来捣乱！"

鲁　豫：看当时的片段里，感觉你们俩那手都不知道该怎么放了。

梁家辉：帽子没了，牙签也没了。

鲁　豫：那最后这些都给去掉以后你们俩就这么干干地走下来了？

梁家辉：对，镜头原本也就是这个样子，周润发一个人讲对白。后来因为导演骂完了以后也就知道了我们是训练班的同学，所以也给留点面子，就说让我们跟着下来就行了。经过这次打击之后我们就再也不设计了，让我怎么演我就怎么演。

鲁　豫：跑龙套就是这样，今天现场有一个观众是给你跑过龙套的。

梁家辉：真的？在哪里？

孙　一：我叫孙一，我在《太行山上》那部戏里帮你跑过龙套。

梁家辉：那你是我队里的人还是日本鬼子？

孙　一：第一天是日本鬼子，第二天是八路军。

鲁　豫：后来你去看这个电影的时候在那里面找到你自己了吗？

孙　一：没有找到。

梁家辉：第一天我有砍你吗？

孙　一：第一天有砍我，真的，当我一露面的时候就已经死掉了。不过先前我也不知道和您一起拍戏，只是知道有那么一部戏，去了以后才发现，当时挺激动的。

鲁　豫：你没想给自己设计一点什么戏吗？比如叼个牙签之类的？

孙　一：那倒没有，当时就想找他签个名，照张相，可是没有机会，没签也没照。

梁家辉：待会儿有机会给你签个名什么的。

鲁　豫：你以后还准备在电影里面继续跑龙套或是当群众演员之类的吗？

孙　一：现在一直在做，已经做了五年多了，现在正在做导演助理。

鲁　豫：没准以后就可以导你哦。

梁家辉：对，有可能。其实很多演员都是从这个阶段一步一步做起来的，而且我觉得演员这样起来的话路会比较好走。我自己开始也是这样的，虽然我第一部电影已经是男主演了，但其实那个时候工作范围还是蛮广的，从抄剧本到捡道具，再到收电线，洗摄影机、擦轨道等等，我都干过。也由于那个时候导演从香港带来的工作人员不多，所以我们演员下班以后就会帮助做一些零碎的事情，当时那些杂七杂八的都是我们几个人干的。但对我来说的确是一个非常好的锻炼机会，是一种训练。就因为收拾清洁杂物，使得我对现场的轨道铺排非常清楚，包括镜头的位置，有几个号的镜头，打灯的现场情况是怎样的，为什么搭设要放在那边，为什么电阻箱要放在这里，我都有了一个概念，尽管有的还比较笼统，但是至少我对整个电影的制作流程非常熟悉了，包括一些细节的配搭都愈加熟悉了，使得我在日后跟各个剧组合作的时候，都能有一个很融洽的气氛。而且这样一步一步做起来每一步都会走得比较扎实牢靠，回过头去看这样一步一步走过来对日后的安排真是起到了很好的作用。当你对电影的制作认识深入了以后，你对它产生的感情也就不一样了，这和你仅仅当一个演员时是截然不同的。

的确，梁家辉就是这样一位全情参与进影片的职业演员，他的投入和敬业，使得我们在观看他过往的作品时，只看得到戏，看得到一个个鲜活的人物角色，但却看不见梁家辉这样一个人，或许，这才是对人物最极致的表现。

鲁　豫：不知道其他人是怎样的情况，至少就我而言，现在一提到你，梁家辉，我能想到的第一部戏就是《情人》。

梁家辉：嗯。

就在1984年拿到第一个影帝8年之后，梁家辉迎来了他演艺生涯中的又一高峰。1992年，他以影片《情人》打破了法国电影两年来的票房纪录，成功进军了

国际影坛。

　　整个影片优雅、沉静，弥漫着贵族的颓废气息，梁家辉修长的身影，颤抖的手指，深邃的眼神和干舔的肌肤，都已定格在印象中，使他成为东西方人眼中的大众情人。同时，在这部影片中梁家辉大胆的激情戏和全裸演出，也曾引起了轰动和不少非议。

　　鲁　豫：据说当时这部戏在香港宣传的时候是着重选择你的那个臀部，是吧？

　　梁家辉：对，允许我解释一下。其实《情人》刚开始在欧洲做宣传的时候，是利用我的背部来做的宣传，不知道怎么从欧洲传到香港以后反而就变成臀部了。我记得最初在法国开始宣传的时候，他们用了一句话："一个背部光滑没毛的男人。"由于东方的体态可能在欧洲人中很少，欧洲女人很少见到背部光滑的男人，所以这是一种东方的体态，她们就会觉得东方人的背部就是光滑的，没毛的，非常好看。结果片子到香港去宣传以后，可能因为同样为东方人，所以背部的吸引力不够，那就变成臀部了。我刚到香港看到宣传时还很好奇，我心想，还好他们没把那句话篡改成"一个臀部没毛的男人"。

　　鲁　豫：那个海报上的背部和臀部真的是你的吗？还是有一个替身？

　　梁家辉：没有，整个影片我只有一个替身，就是替我打灯的那个，真的。他们拍片子有自己的习惯，习惯于尽可能地不骚扰演员，所以他们的灯光师在打灯的时候都会有一个"替身"，是一个和我的皮肤颜色，包括我的高度、头发颜色、轮廓等都差不多的男替身，女演员也有这样的替身，他们都会在现场替我们，好让灯光师在准备阶段先把灯都弄好，之后才让我们到现场去排练。

鲁　豫：拍这部戏的时候，拿到剧本你应该就已经知道里面会有很多比较大胆的激情戏了吧？在那个时候你一点都没有犹豫自己到底要不要去拍么？你有过这样的犹豫吗？会不会多少有点顾虑？

梁家辉：没有，看剧本的时候确实没有犹豫过，我觉得既然当演员就要很清楚自己的职业属性，关于情节和可能会有的片段我在看小说的时候就已经很清楚了，而且剧本在我手里的时候我也曾经跟我太太沟通过，当然没有现在这么严肃，其实她的意思也是赞成我去拍这个戏的，因为这个戏本身还是很好的，他们投资也大，应该去尝试一下，也看一些他们是怎么制作电影的，所以最后我就去了。

鲁　豫：但你肯定没和太太说里面有很多激情戏吧？

梁家辉：不，其实我但凡收到有歧义的剧本，都会拿给我太太看一次。

鲁　豫：她会不会因此内心很挣扎？

梁家辉：可能有挣扎过，但是她没有跟我说。

鲁　豫：我看这部戏里的那个女演员很年轻。

梁家辉：对，她拍床戏之前是17岁，拍床戏时是18岁。

鲁　豫：那你们俩在一起沟通的时候，彼此之间会不会有一些障碍呢？

梁家辉：那倒没有。其实我跟女演员间沟通是蛮坦白的，而且拍摄的过程，不管是在越南还是在法国巴黎的部分，整个过程我太太都在我旁边。而且事实上我在

巴黎跟这个女演员第一次见面的时候还没有定下来由我演呢，当时仅仅是我跟她站在同一个地方，让导演给拍了一段试片，而且那一次我已经是带着太太同去的了，也一起跟她吃饭，有了一些初步的接触，所以其实不管对我太太，或者是对她来说，这中间应该都没有什么障碍。唯一的障碍就是，由于她是一个英国女孩子，制作方是一群法国人，所以去越南拍的时候，她突然好像很孤立的感觉，仿佛独自面对着一群她不认识的人，所以那时候我跟我太太经常跟她在一起，不管到哪里去都带着她一起走，包括拍完片子以后。大家相处得都很融洽愉快。

鲁　豫：《情人》是你自己最喜欢的片子之一吗？

梁家辉：我喜欢我的每一部片子！

　　三杯都倒了，还会醉呀？

　　燕飞，我们不要圆房……

——《92 黑玫瑰对黑玫瑰》

　　《情人》是一个优雅而又有点另类的影片，还有一部影片，梁家辉的表演更加出位，甚至有点荒诞，就是《92 黑玫瑰对黑玫瑰》。这部影片成为梁家辉表演生涯的又一个风向标，凸显了他潜在的出色的喜剧天赋，同时也证明了他卓越的喜剧表演实力。该片不仅奠定了梁家辉喜剧巨星的地位，更关键在于，由此形成了他有别于周星驰的独特的"梁氏喜剧"风格。《92 黑玫瑰对黑玫瑰》中的突破性的发挥也让梁家辉的演艺事业有了更广阔的空间，在接下来的两年中他接二连三地接拍商业喜剧片，而且乐在其中，一年最多马不停蹄赶拍过 13 部电影，人送绰号"梁十三"。虽然由于紧锣密鼓的商业运作，影片的质量参差不齐、难以保证，但是梁家辉拍摄的大量喜剧片还是尽可能地丰富和完善了他的喜剧表演风格。从这时期一系列作品的表演方式来看，梁家辉的喜剧风格大致可以归为三类：一是疯狂恶搞式；二是温情小品式；三是黑色幽默式。在这部影片中，梁家辉开拓出一种全新的喜剧表演风格，就是把普通人应有的正常的情绪变化和心理状态加以抽象扭曲，再配合舞台化的肢体动作和说话腔调，给人一种神经分分却又轻松滑稽的效果，但是他骨子里还是优雅的、痴情的。所以当吕奇深情地对毛舜君一边喂饭一边开唱"小宝宝，吃饭了"的时候，观众早已是浑身哆嗦喷饭不已了。而《东成西就》中梁家辉扮演的段王爷更是极尽恶俗搞笑之能事，相信梁家辉在片中的那段歌舞表演一定给观众留下了难以磨灭的印象。且看他男扮女装成歌姬，发型像刚被敌机轰炸过一般，造型丑得惨不忍睹。一边狂跳新奇舞蹈，一边高歌"帅哥呀，你呀你是新一代的开山怪"。一张脸在镜头的变形推拉下显得更长更吓人。一脸的媚笑，一

脸的怪气阴阳。丑得天怒人怨，人神共愤。唱到张国荣扮演的黄药师昏死，唱到台下的观众笑到全身抽筋。搞怪到如此程度的明星，恐怕也只有梁家辉一人。1992年，梁家辉凭借该片第二次获得了香港电影金像奖最佳男主角。影片中，梁家辉利用夸张的肢体语言和令人喷饭的语气语调，成功扮演一名十分女气、温柔的警察。

> 梁：你真顽皮耶！好，我唱，小宝宝，吃饭了，叔叔为你细细地嚼。小宝宝，快快吃饱，就会长高。
>
> ——影片《92黑玫瑰对黑玫瑰》

影片中，梁家辉不时会扯几下嗓子，绝对会让观众掉下一地的鸡皮疙瘩。

> 梁：怪我说错话，害你眼泪如雨下。请你原谅我的错。
>
> 黑玫瑰：花言巧语都是假，甜言蜜语真肉麻，要我回到你身边，算了吧！

梁： 夜夜想你想不停，月下徘徊到黎明。

黑玫瑰： 叫我不愿再提起，伤心！

梁：（唱）原谅我吧　心上人

快快回到我身边

缘分已尽　情已断　泪流干

你回来吧　我不要

你不回来

我的人生还有什么意义

（最后的画面是：头上抹满了水泥，头发竖了起来。）

鲁　豫： 其实我们看到内地发行的那个电影版本是已经经过配音的了，如果要是本来你说的粤语，可能会更搞笑吧？

梁家辉： "小宝宝，吃蛋糕……"算了，我怕你一会儿吐了。

鲁　豫： 我觉得本人的声音更搞笑。电影后面那个造型，你的头发弄了什么东西？怎么把它们都立起来了？

梁家辉： 用了你们女士的用品，做面膜的海底泥，把它弄到头发上，然后这样头发可以立起来了，而且为了配合化妆，海底泥的颜色就跟水泥混水后的感觉差不多。

鲁　豫：现场会笑场吗？

梁家辉：那是我们对戏的一个标准，最起码要能影响到现场的工作人员或者在场的其他人，让他们会笑，这是最起码要达到的一个小目标，如果连现场人员都不笑的话，说明还不够好笑。

鲁　豫：那当时你那个造型出来以后别人都笑了吗？

梁家辉：现场停工了半天，都在笑。

鲁　豫：那你唱那个小宝宝的时候呢？

梁家辉：现场有很多人都吐了。

从《92黑玫瑰对黑玫瑰》的水泥头，到《玫瑰玫瑰我爱你》中的衣服裹头，再到《东成西就》的飞机头，甚至《年年有今日》中的烤鸭头，都是一脉相承的。并且梁家辉塑造的这类喜剧形象或多或少都有一种淫贱好色的劣根性，尽管他们本性是善良的。而梁家辉也正是用这种自虐甚至自贱的形象自毁的表演方式把人们心目中最丑陋、最滑稽、最不敢示人于前的东西，提炼到一个令人喷饭的情境中，让人忍俊不禁，达到娱人娱己的效果。最后应该指出的是梁家辉这种疯狂恶搞式的作品虽然为数不多，但是它作为大众化的商业片，却成了最让观众熟知的梁家辉电影。

当年在《东成西就》里，梁家辉可谓"浓妆艳抹"，载歌载舞，和张国荣搭戏，梁家辉极尽"妩媚多姿"之能事。

鲁　豫：这部片子里面的配唱是后来别人配的还是你自己唱的？

梁家辉：国语版都是别人配的，粤语版的是我自己一边跳一边唱。其实我非常喜欢这场戏，也非常怀念。我喜欢是因为好多亲戚朋友都说我这个装扮像我妈，我很怀念这场戏是因为这是我跟张国荣一块儿导的。

鲁　豫：一块儿导的？

梁家辉：对，一块儿导的，因为现场已经不知道该怎么拍下去了，反正妆出来的时候现场工作人员已经死掉一半以上了，剩下的一半估计也没法儿工作了，导演看了我的样子也说不知道该怎么拍了。最后那个歌词都是张国荣临时在现场写的，舞蹈是我们自己排的，一直到最后一个动作，都是我们一起排出来的，所以我非常怀念这场戏。

鲁　豫：我发现你有载歌载舞的表演天赋，你唱歌不错吧？

梁家辉：赶客型，会把客人赶走的那种。

鲁　豫：没有人找过你出专辑或盒带什么的吗？你没想过出吗？
梁家辉：我已经出过了，但那家公司快倒闭了。哈。

对于梁家辉的戏路，人们似乎很难用一个形容词来概括，因为他所塑造的人物类型反差很大：一会儿可能是个黑社会老大，转眼又是一个情意绵绵的年轻人。有的电影里面，他很无厘头，有的电影里面却又是深沉十足，在参与的众多黑帮电影中，梁家辉也发挥了出色的人物塑造能力。

鱼头标，这里 20 万，帮我交给串爆，叫他选我！！

——2005 年影片《黑社会》

梁家辉在以历史片和喜剧片获得香港电影金像奖最佳男主角之后，又以黑帮片再次夺冠。

湾仔领导，就那么两间破烂酒吧，不是我砸钱捧你，你有今天？
吹鸡哥，吹鸡哥，别动手！
你糊涂啦！！

——2005 年影片《黑社会》

　　1997 年，梁家辉拍摄的第一部揭露台湾政治丑闻的黑帮影片《黑金》，此时的观众已经忘记了那个孱弱的咸丰皇帝、极尽恶俗搞笑之能事的段王爷，以及天真软弱的杀人犯。

> 　　政府下半年还有三个工程，我不投了，你们搓圆仔汤，分给我一份就是了，我话讲完了。谁赞成？谁反对？
>
> ——1997 年影片《黑金》

　　这一时期最给人意外惊喜的是梁家辉在黑帮片中的突破，一路文弱儒雅走来的梁家辉终于开始扬眉吐气大展雄风。在影片《黑金》中，梁家辉风云变色，"谁赞成？谁反对？"不怒自威气势逼人，梁家辉塑造的周朝先老谋而霸气、沉稳而内敛，激情澎湃的表演几乎打破了所有人的眼镜，让包括影评人在内的观者啧啧称赞、心悦诚服。事实上梁家辉

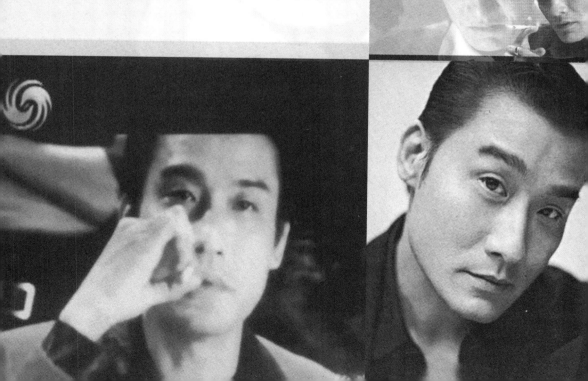

为了演《黑金》，为了周朝先那个角色，足足写了十几万字的传记！从人物的性格，到吃什么，喜欢穿什么，都有自己的理解。那，就是梁家辉的方法表演！这里的"方法表演"套用梁家辉的一句话就是"多了计算，少了即兴"，而这种表演在《江湖告急》中更是已臻化境，为了配合场景烘托氛围，单是梁家辉的衣服颜色和搭配就有十几种之多，梁家辉把自己独特的冷幽默和秩序化的黑帮风格完美统一，塑造了任因九这个前无古人后无来者的经典另类的老大形象，也成就了这部划时代的黑帮经典。

鲁　豫：起初导演找你演黑帮戏是怎么想的？因为我觉得一看你也看不出特别凶狠的样子。

梁家辉：其实我觉得我自己是蛮幸运的一个演员，一直以来都有很多导演给了我很多机会，可以让我去演不一样的角色，而且他们没有把我限制在一个固定的范畴里头，我才可以在这么多年来不断地接触到一些新角色的演出。

鲁　豫：你觉得你演的这些黑帮片里面的老大比较凶狠还是周润发他们演的比较凶狠？

梁家辉：没有比较谁比谁凶，我觉得在一个剧本里，一个故事里，你该怎么样就怎么样，根据这个人物来做。演戏这回事嘛，也没有说谁演得好或是谁比谁凶这么一说，每一个人都是在完成一种自我挑战，当然同时也自我享受，至少我觉得当演员就是这样子。我从来就是说，其实我当演员最大的感觉，同时也是最大的福气，就是我在今生里过了别人的很多人生，经历过很多不一样的故事跟情感，这也是人生中自我丰富的其中一个方法。

从出道至今，梁家辉出演的影片已经超过了 110 部，称得上名副其实的高产演员。他戏路宽广，可塑性极强，不管什么类型的影片，他都能很好地把握角色性格，将人物拿捏演绎得精准到位。

1992 年，在梁家辉事业最辉煌的阶段，他应徐克导演之约拍摄了第一部武侠电影《新龙门客栈》，创造了中国武侠电影史上经典的侠客形象。

淮安，我不该怀疑你。

那笛子，我无心送给金襄玉，真是没有想到……

——电影《新龙门客栈》

在《新龙门客栈》中，梁家辉饰演一代名将周淮安，儒雅倜傥、沉稳机智、侠骨柔情、顾全大局。这种性格的诠释，正好糅合了中国人对古代将领和古典侠客的双重标准，作为一军统帅，必然是羽扇纶巾儒雅倜傥、饱览经书沉着在胸；而江湖侠客则是豪气万千仗义直行、侠骨柔情缠绵悱恻。君不见周淮安仰天大笑，一句"为这个没名没姓的念头干一杯"，道出了多少英雄豪迈；君不见周淮安额首长叹，一句"人道乱世莫诉儿女情，其实乱世儿女情更深"，叙尽了多少儿女情长。大漠黄沙，忠奸对峙，总不免让人唏嘘感慨荡气回肠！一转身就是《水浒传之英雄本色》中英武倜傥的林冲，对妻子的情意绵绵，对朋友的肝胆相照，对朝廷的隐忍，对仇人的决绝，都让人忍不住拍手称绝，怎一个"帅"字了得！而相较《新龙门客栈》之蛮横千户、《英雄本色》之粗鲁和尚，梁家辉的古装扮相和气质神韵都赋予了古代武者一种完全区别于绿林草莽的儒雅正统的气质和凝重的历史感，红颜薄命，英雄末路，这种风格正好吻合了传统的古典英雄豪迈壮烈的悲剧美。

随后的 1994 年，他又出演了王家卫导演的电影《东邪西毒》。

在这些影片的背后，性格迥异的导演们着实给梁家辉留下了深刻的印象。

鲁　豫：你跟那么多导演合作过，好像听你说过是王家卫还是徐克，对你的肉体进行折磨？

梁家辉：哪个导演都是，反正要求高的导演就会对我们演员的肉体跟精神造成折磨，但我觉得那个于我个人而言也是人生锻炼的一个部分。

鲁　豫：比如徐克怎么折磨你？

梁家辉：徐克就是不让你洗澡的导演，那个厂门一关，七天不能出来，每一个人身上都发臭了。

鲁　豫：厂门要关？是真的关吗？不让人出去？那要上洗手间怎么办呢？

梁家辉：不让人出去，要上洗手间就门旁边上，哈。其实也没有，他当然也不是绝对地不让人出去，只是镜头都一个一个接下来七天连轴拍，所以能进出的一般只有换片的人。

鲁　豫：那如果是主演的话，你跟他拍一部戏，试过多长时间不离开那个片厂的？

梁家辉：拍《新龙门客栈》时外面的部分全是在敦煌拍的，有一次我们在敦煌的沙漠里连续留了三个晚上，我们就在客栈里头度过了三天三夜，一直在拍。

鲁　豫：那你中间能睡觉吗？闭过眼吗？

梁家辉：我记得有一天我们拍《新龙门客栈》里头的一个打斗场面，徐克就戴着墨镜，摄影师跟助理在一边，我们跟武术指导在另一边练刀，是蛮长的一个镜头，有30多秒的耍刀，机器放在地上，摄影师就俯趴在摄影机上，副导演就喊"OK，camera！打！"然后我们到了30多秒，都耍完以后发现怎么没人喊停机，刀都已经耍完了，怎么没人喊停呢？结果我们停下来发现副导演站在那边已经睡着了，机器还在咕噜咕噜地转，摄影师也趴在那里睡着了，结果那个武术指导喊了"卡"，一个做摄影助理的小工赶紧把摄像机关掉了，然后问"导演，行不行？导演？"导演腾地立起来，转过神来，回头问摄影师，"摄影师，行不行？摄影师？"结果摄影师一下醒了，含含糊糊地说"行，不错……不过，呃，导演，可以再来一条吗"，呵，等于现场人员几乎全都睡过去了。

鲁　豫：这是徐克，那王家卫呢？

梁家辉：王家卫也戴墨镜。

鲁　豫：难怪导演们都戴墨镜呢。

梁家辉：王家卫每次都很沉默地看着监视器，好像是沉思一般，然后演完后，他抬起头，说"拍完了？嗯，再来一次"。

鲁　豫：他说不说理由？

梁家辉：一般会说"嗯，不错，再来一条"。跟他拍过戏的演员好像张国荣跟梁朝伟最惨，有次一共拍了四十几条，也不知道自己错在什么地方，他不告诉你的。

鲁　豫：很高深莫测，那他跟你在一起合作的时候呢？也是这样？

梁家辉：有，印象最深的就是我跟他拍《东邪西毒》那部片子，那时我就经常拿着那罐"醉生梦死"，来来回回。

　　黄药师（梁家辉饰）：不久前我遇上一个人，送给我一坛酒，他说叫"醉生梦死"，喝了之后可以叫你忘掉以前做过的任何事，我很奇怪，为什么会有这样的酒？他说人最大的烦恼就是记性太好，如果什么都可以忘了，那么以后的每一天将会是一个新的开始，你说那多开心！这坛酒本来打算送给你，看来我们要分着喝了……

　　　　　　　　　　　　——王家卫执导的影片《东邪西毒》

　　梁家辉：我那时候拿着那个酒坛子，有西瓜大小，每一次我跟张国荣见面我们都要喝"醉生梦死"那个酒，但坛子里面其实放的是水，大概一个镜头下来，我们两个人能喝进去四个坛子的水。不断地倒酒，干了，再倒酒，再来，最后四坛之后终于好了。

鲁　豫：这是印象最深的两个导演，此外还有哪个导演让你特别难忘？

梁家辉：蛮多的，王晶导演也非常难忘，早上到现场和导演问个好，他点头，嗯；然后再见到他的时候就是晚上了，他说拍完了？好，收工！

鲁　豫：就见不着他了？

梁家辉：没在现场，去跑马了。

做梁家辉的影迷似乎应该是一件十分惬意的事情，因为你永远可以期待他花样翻新的作品，并且他的每个角色都不会令你失望。在他的电影中永远是只见角色，不见演员，我想这应该是一个演员的最高境界了吧！用梁家辉本人的一句话来说："在演完了不同的角色后，就好像经历了不同的人生。这种经历跟我自己的人生完全不同。"那么生活中的梁家辉又是什么样的呢？

作为长期身处娱乐圈的影帝，梁家辉是出了名的好先生和好父亲，虽然曾经与无数漂亮女明星合作过，但是却很少有绯闻传出。法国电影《情人》让梁家辉成了"大众情人"，但在现实中，他却是太太的专属，与自己的妻子心平气和地过着平凡日子。梁家辉有颗平常心，正是这颗平常心，让他在事业低潮的时候遇见他的妻子江嘉年，当年香港的《明报周刊》上有篇文章，标题就是"梁家辉娶了个人人喝彩的老婆"。

《明报周刊》的标题可谓不无道理，梁家辉的老婆江嘉年绝对的旺夫，1987年结婚后，梁家辉事业开始有所起色，先后接拍了《人民英雄》、《监狱风云》、《英雄本色之夕阳之歌》、《三狼奇案》等，一年拍了13部片子，人称"梁十三"。那时梁家辉刚刚遇到现在的妻子汪嘉年。回想当时的情景，梁家辉说那就是一见钟情。"地方对，人对，气氛也对，我们就走在一起了。"没有太辛苦的追求，也没有轰轰烈烈的纠结，一切都很自然，这完全符合梁家辉心里的爱情。

梁家辉说："一段爱情里头双方都有付出，我们之间的付出刚好很平衡。"

用他自己的话说："正处在单相思中，整天摆摊工作之余，就在琢磨怎么表白，所以那时候艰辛什么的我都不记得，就记得，我是在那里谈的恋爱。她又陪我一起经历了那时候的所谓'低谷'，挺有意义。"

梁家辉的太太汪嘉年原来是香港电台的一个制作人，第一次认识后梁家辉就觉得很喜欢，第一次约会是看电影。当时梁家辉的经济状况并不是很好，但是太太并没有在乎这些，交往半年后两人就结婚了。他们一共办了两次婚礼，第一次办时，梁家辉所有存款只有 8000 元港币，就租了一个饭店的房间，招待双方几个好朋友，也不敢告诉家长，自己伪造了结婚证书，交换了戒指。大概结婚大半年后，经济状况开始改善，那个时候就跟家长坦白，说他们已经结了婚，去办了正式的手续。而他送给老婆的第一件礼物就是他自己在摆地摊时做的一件手工艺品。

鲁　豫：都说梁家辉娶了个人人喝彩的老婆，你自己觉得呢？

梁家辉：那是因为我眼光好啊。

鲁　豫：听说当时你俩去登记结婚都没告诉双方父母？

梁家辉：其实没有登记结婚，我们是自己伪造了一个结婚证书，也不是伪造，我们做得很细的，做了个假的结婚证书，比真的结婚证书还要真。

鲁　豫：为什么不去办一个真的呢？那肯定比做个假的简单吧？

梁家辉：那个时候没钱，真的宣布结婚的话肯定还要摆酒，以及很多很复杂的东西。那时候没钱，唯一的办法就是找几个好朋友，找来我妹子和她妹子做一个见证，然后就结了婚。倒是几个月以后，因为给一个朋友给揭发出来了，所以补办了。

鲁　豫：那当时如果你岳父知道了还得了？

梁家辉：他高兴都来不及呢！

鲁　豫：真的假的？

梁家辉：开玩笑的，其实我跟我老婆求婚之前问过他，等于我是先去问他的，他那时也没有提出反对，但是他毕竟还是蛮担心的。他问我两个人认识有多长时间了，我说如果从认识头一天开始到现在为止算半年吧，他说那你觉得是不是有点快？我说我不觉得有点快，他就说那你自己看着办吧，于是我就动手做了那个假证书。

鲁　豫：他担心会不会是因为女儿嫁给一个演员？毕竟演艺界总给人感觉不是那么稳定，多少会有点缺乏安全感？

梁家辉：那倒没有，其实哪个父母不担心？不管她要嫁的是一个演员、一个警察，还是一个消防员、一个教师，做父母的总会有一份担心在里面，这是肯定的。但我记得他当时跟我说过一句话，还蛮让我安心的，就是说"无论如何，这是我女儿的选择，反正她喜欢就行！"他父亲确实也是一个比较民主的父亲。

鲁　豫：那你怎么让他能够特别放心呢？你怎么去做的呢？

梁家辉：顺其自然。

鲁　豫：我觉得你最难得的一点就在这，有很多女影迷喜欢你，无论你走到哪儿，都会有很多女影迷追到哪里。

梁家辉：其实也没多少啊。我觉得我这个人对待影迷还是比较诚恳的，而且我想他们自己也很清楚，他们其实喜欢的是我在荧幕上的形象，他们喜欢我的电影，此外，生活中的我，他们也很清楚，所谓"事无不可对人言"，我不是一个对自己情况有所隐藏的人，影迷们都很清楚我的家庭状况，我也相信他们爱我一个整体的东西，而不是说那种单纯的男女间的爱意。正因此，我也觉得我对我的影迷要有一个交待，那就是在情感上、婚姻家庭上，给他们一个好的示范。

与很多明星相比，梁家辉不仅在事业上取得了成绩，更值得炫耀的是他有一个十分和谐美满的家庭，他的妻子与他共患难，并且为他生了一对非常可爱的双胞胎女儿。梁家辉坦言，在他的生活中有三个最重要的女人，一个是他的太太，另外两个则是他的宝贝女儿。除了拍电影之外，梁家辉把所有的时间都留给了太太和女儿。然而作为一名演员，梁家辉对于家庭经常感觉到力不从心，经常因为拍电影而无法回家。在他拍电影最多的那三年时间里，女儿竟然已经认不出她们的父亲了。

梁家辉：女儿出生那 3 年，1992、1993、1994 那 3 年，我一直拍戏，每年拍 13 部。我每天回家大概 45 分钟，洗个澡、换件衣服又出去。哪天有个演员病了，放假半天，我提早回家，很高兴地喊"我回来了！"结果看见她们两个从厨房跑出来，一看见我，就跑到佣人身后，抱着腿，探头出来看我，在想：这个叔叔从哪里来的？我当时眼泪就下来了……我缺了 3 年啊！

鲁　豫：你是一个特别称职的父亲吗？

梁家辉：尽我所能，我很难自我批判，自我评核。

鲁　豫：比如说她们小的时候你帮她们换过尿布吗？

梁家辉：我每天晚上给她们做按摩，捏一捏她们。

鲁　豫：给小孩做按摩？你是掐她们玩还是给她们做按摩？

梁家辉：不是，是真按摩，因为小孩躺着的时候她们不太会翻身，如果她们睡以前你能给她做一个全身的按摩，唱个歌什么的，她们会睡得比较甜，而且一晚上整个身体的血液循环会比较好。这些都是我从书里看来的。

生活中的梁家辉并不像惯常的明星般墨镜不离身，反而是自己一个人上街买菜，甚至陪老婆去打羽毛球，去女儿学校开家长会，这些事情他都尽量亲历亲为。在家里，梁家辉跟太太在教育孩子上有着明确的分工，他比较"啰嗦"，因而负责生活方面，包括没外出拍戏时每天接送她们上学。太太则负责教孩子的功课。

梁家辉：我要是教肯定就耽误了她们。

鲁　豫：在家里你跟你太太扮演什么样角色？谁是比较凶的那个人？

梁家辉：太太。

鲁　豫：为什么好人是你做呢？

梁家辉：因为老爸都疼女儿，这是自然规律，没办法抗拒，她们是我另外一半的情人。

鲁　豫：你的女儿从多大能够意识到我爸爸是演员、是个明星？

梁家辉：大概一年级吧。曾经有一天，我女儿大概念四年级的时候，她给我说了一段话，那天听完我特别想哭，她说："爸爸你知道吗？我现在才发现，我的某一些同学愿意跟我做朋友，原来因为你是明星。"当时我觉得很难过，想哭，可是怎么办呢？这就是你的工作，你没法儿改变什么。原来我考虑她们进中学的时候我就该退休了，曾经做过这样的考量，因为我觉得作为一个公众人物确实是会对孩子们有一些影响的。当然现在还没有退休的原因是我后来想通了，不管怎么样影响，不管

你是不是一个公众人物，做父母的是应该对子女有影响才对，所以我必须要接受我是一个演员，我必须也让她们接受她们的父亲是一个演员，这样子在她们的成长过程里头才不会出现那种很畸形的东西。我不能老是为她们想，其实我好像就是自己想得太多了。

鲁　豫：如果她们俩将来要当演员你会同意吗？

梁家辉：同意。

鲁　豫：真的假的？

梁家辉：如果她们真的很愿意为什么不让她们当呢？

鲁　豫：我觉得通常父母在演艺圈里面待时间长了会知道这个圈子的辛苦和危险，就不愿意自己的孩子去当演员。

梁家辉：哪个圈子里不辛苦？很多观众肯定也是身为父母的人，应该都在做不同的职业，都会知道自己行业的辛苦。通常学生们在念书求学时期都觉得求学很辛苦，要应付考试很辛苦，但事实上进入社会工作以后，又会对自己的工作有抱怨，会觉得我当银行职员真的辛苦。比如有一些人觉得我当售货员每天站那么多个小时很辛苦等等，其实哪个行当不辛苦呢？每一个行当都会有辛苦的日子，但你要清楚的是，不辛苦的话你也不会有机会，享受不到不辛苦的日子。

鲁　豫：我现在越来越知道好多人为什么喜欢梁家辉了，有很多追随你多年的影迷，有的已经喜欢你20多年了，她们也有很多话想对你说。

喜欢梁家辉是从第一眼看到《阮玲玉》里面的蔡楚生开始的，那时候我觉得这是一个特别儒雅的人，真的，华人影视圈里面很少会有这么儒雅气质的男演员。这么多年以来，我觉得我难过的时候可以看一看《东成西就》，里面真的让我很开心，此外，如果我真的需要找到一种文艺的感觉的话，我会选择《长恨歌》、《阮玲玉》这样一些片子，它可以让我比较哀伤，但也不会过分沉迷。

有时候觉得梁家辉真是一个不可多得的演员，看到梁家辉平时的报道觉得他就是一个特别爱家的好男人，对家人、对小孩都是特别特别的照顾。我觉得在这样浮躁的娱乐圈里面很少能找到这样真正很平淡很居家的好男人，身为他的影迷，我觉得他的家庭幸福、事业顺利，一切都很美满的话，我也会为他开心的。他的幸福，就是我们的幸福！他的快乐也就是我们的快乐！

——女影迷

我还记得小学六年级的时候，我就会背清朝从第一个皇帝到最后一个皇帝的年号和名字，这都是因为梁家辉的影响。我已经喜欢梁家辉23年了，第一次看他的片子是《火烧圆明园》和《垂帘听政》，当时我并不知道演员叫什么，但是皇帝死的时候我哭了，从那个时候到现在我还一直喜欢梁家辉。我觉得他的家庭很幸福，我想说的是他越疼爱他的家庭，我就更喜欢他，我们影迷就更支持他。我现在是百度梁家辉贴吧的吧主，这个本子里面是我自己做的一些剪贴，我每次从报刊上剪下他的照片贴在这个本子上，并且在旁边写上我想说的话……我知道有些影迷他们不希望自己的偶像结婚、有家庭，而我觉得如果你真喜欢一个人应该为他的幸福而幸福，他的家庭越幸福，我就越支持他！

——资深影迷周剑辉

梁家辉曾经说过这样的一段话："25 岁入行觉得好玩，没有压力，懵懵懂懂觉得很自由，30 岁成名，失去那种自由，公众也开始期待你，要求你。如今，我已经老喽，能和家人多在一起就是最大的幸福。"事实上，梁家辉除了演戏之外，还是一名出色的"写手"，而这点或许并不为多数人所知晓。一本《我对你说》，即是梁家辉在香港《文汇报》副刊"辉笔而就"专栏多年的精选集结而成。

鲁　豫：如何想到给文汇报投稿？

梁家辉：是在我最困难的那段日子里，香港《文汇报》一个老总编辑邀请我，"你现在也不拍电影，但好歹也算有个名，人家都认识你，你就在我们这边写一个专栏吧。"其实稿费也没多少，但是我后来还是一直坚持写，也就因为这个编辑的原因。我觉得当初他也就是想帮我一个忙，在我所谓最"落魄"的时期拉我一把，其实我那个时候自己不觉得多艰苦，反而外面的人觉得我很艰苦，就像你们看到的一样：一个影帝，蛮落魄的，还要去摆小摊。所以不管怎样，我其实一直很感激那个编辑，虽然他现在已经离开了，但是我还是跟《文汇报》保持着这样的联系。

就这样，梁家辉开始在《文汇报》写专栏，隔天一篇，一写就是 21 年。这本书里，天上地下，人文历史，电影音乐，书籍网络，饮食风俗等无所不谈。梁家辉的专栏不写电影圈，不写八卦。他写一写感想；麦当娜出了新书，他写一篇观感；到市场买菜回来，他把经历也写下来……

鲁　豫：你多长时间写一篇？

梁家辉：有时候情绪好的话一天十来篇，一篇也就一千来字，没有特定的时候，平常很多时候都可以写。

鲁　豫：我看了看你的题目，里面真是什么都有，有写电脑的，还有写你喜欢的一些作家，我看你写到臧克家、钱钟书，还有铁臂阿童木，我看还你写到了樱桃小丸子，总之是什么都写。

梁家辉：我生活当中所有的事情，凡是有感而发的都会写到。

鲁　豫：我刚才翻了，你的文笔不错，真的。

梁家辉：这只是一些生活里头的记录，其实也没有什么大不了的。

鲁　豫：我看里面提到你特别喜欢看一些漫画书，尤其是小时候，特别爱看漫画。

坦白说，我也不大好意思告诉别人，自己是日本漫画家谷布石的读者……

前天说起朋友送我一套《龙珠》的扭蛋玩具，很高兴……

——摘自《我对你说》

鲁　豫：你喜欢这些是吗？可这有什么不好意思说的呢？

梁家辉：都几岁了呵。其实我觉得人虽然长大了，但是你必须要跟着潮流走，要不然你就不会知道你家里女儿发生什么事了，她们爱看什么听什么音乐，有的虽然不一定我喜欢，但是我必须对这些东西都有认知。

　　现在的梁家辉除了演电影、写书之外，还有就是演舞台剧，走进《鲁豫有约》的几天前，他才刚刚结束了舞台剧《倾城之恋》在北京的最后一场演出。早前得知片中有跳舞的戏，练习时把对手的高跟鞋踩坏了。

　　梁家辉：其实我原本不会跳舞，但是在戏里面要跳两支舞，排练时每个人都以为我会跳，但没想到的是排练的时候我却把对方高跟鞋踩烂了。这次和苏玉华的合作很愉快，很有满足感。

> 死生契阔
> 与子相悦
> 执子之手
> 与子偕老
> 你我为何相识
> 啊　为何忐忑
> 为何无声竟做出相同神情
> 死生契阔
> 与子相悦
> 执子之手
> 与子偕老
> 你我为何相识
> ……
>
> ——舞台剧《倾城之恋》

　　鲁　豫：听说就跳那么几步你就把人家鞋踩掉了，是吗？
　　梁家辉：是去年刚开始学的时候，不是鞋踩掉了，而是把人家脚趾给踩破了。

鲁　豫：你踩得够狠的。一般演员都喜欢演舞台剧，因为很过瘾，是吗？

梁家辉：没有，过瘾归过瘾，我演舞台剧是因为我觉得作为一个电影演员，没有很多机会演这种舞台剧，这种把一个角色故事的开头一口气演下来，一气呵成的演出，的确挺有满足感的，而且在整个角色的故事的变化里头，你可以享受到比较完整的一个故事脉络，这跟拍电影是不一样的。当然，拍电影也有满足感，但必须要等拍完剪好，做完效果以后，你到电影院里面看才有那种完整感，你在拍演的现场是感受不到观众反应的。

鲁　豫：现在还有什么是你特别特别想演的角色吗？

梁家辉：我现在没有去想太多这些，我觉得如果我真的去挑角色的话，我就会变成一个导演，变成一个制片人，自己去开拍一个电影了。所以为了服务于那个角色，我还是喜欢人家导演来找我，如若我突然从他口里听到一个我没演过的角色，那我肯定会觉得很兴奋，会觉得他仿佛把我带到另外一个世界，另外一个国度里头一般。当然，到目前为止我自己最注重的一个角色还是我在生活里的这个角色，我作为这个总导演、总编剧、作为一个演员，我每天都还在继续写我自己的剧本。

鲁　豫：最后，我答应过那个孙一的，要麻烦你给他签名的。

梁家辉：不，我有一个要求，可不可以？这二十几年来，我给很多影迷签过很多名字，我连数也数不出来，但是我从来没有要求过人家，要求人家帮我签名，今天我来到《鲁豫有约》的现场，我能感觉出来下面你们中的大部分都是爱我的影迷。我签那么多名，却从来都不知道对方的名字，所以我希望你们今天能达成我一个愿望，就是你们所有爱我的人，一个人一页，把你们的名儿签上去，写上去，好让我在以后翻起这个的时候能想起你们……

结束语

　　梁家辉常用几句话来评价自己的人生经历:"平步青云,善感多愁,幻想童年,婚姻如戏,虚伪情人,无奈人生,惟演是贤。"也许,梁家辉的演艺是一种生来就有的本能,也许用"人生如戏"一词来形容他再合适不过了。梁家辉也正是因为用一个"演员"的标准来要求自己,不计较名利和形象,在文艺和商业之间左右逢源双管齐下,所以才取得了表演上的不断突破创新。思想意识的成熟转变和对表演经验的吸取总结,横跨香港影坛30年,三种完全不同的表演方式,使梁家辉成为了中国演技派男演员的杰出代表!

　　有的人喜欢演自己,有的人偏爱演别人。梁家辉演过108个别人,他从不演自己。香港油麻地、上海弄堂、冲绳群岛、台北茶园、云南版纳、西贡码头、北京故宫、宁夏固原,你可以看到那么多不同的空间和时间,其中晃动着每个人物的悲剧和喜剧……

不老神话
刘德华

人物小传

　　族名刘福荣，英文名 Andy Lau，出生于 1961 年 9 月 27 日，入演艺界近 20 年的刘德华，1999 年获得"香港十大杰出青年"称号，2007 年，他凭借《暗战》一片，摘取了第 19 届香港电影金像奖的影帝桂冠。

　　从 1988 年至今，刘德华在世界各地获得的奖项和荣誉已超过 300 项之多，其数目之多已被吉尼斯世界记录列入最新的世界记录。

　　除了演艺事业之外，他也不遗余力地热心公益事业及公益活动，不但协助各项公益活动，自己也身体力行，成立了刘德华慈善基金会，帮助有需要人士与团体，致力推动年轻人教育服务，回馈社会。

　　2000 年，因影视艺术方面的突出成就，刘德华被评为年度"世界十大杰出青年"。

　　刘德华对自己获得的荣誉感到十分欣慰，他说，"我能获得这项荣誉，一是因为自己非常努力，非常勤奋的结果，二是我很幸运，外界给了我良好的成长环境。"

开场白

刘德华是香港娱乐界的天王巨星，他的号召力和亲和力经常会使人忘记他的真实年龄。46岁的刘德华在这个圈子里摸爬滚打了近30年，到如今已经出演了120多部影片。27年来刘德华一直都很红。他的歌迷和影迷早已遍布全球华人圈，更是出现一种一家两代都是他Fans的罕见现象，这在娱乐界也就只有刘德华这种超级巨星才能够做得到。

他最勤奋，却谦虚自己是笨小孩；他二十余年如一日终于百炼成金，已是偶像的偶像；他就是不老的神话——刘德华。

无论唱歌还是演戏，他的眼神以及潇洒流畅的动作总是折服无数观众，然而，光芒背后总有汗水无数，任何当下的精彩都离不开昔日的辛苦。能够几十年如一日地作为一代年轻人的积极楷模，这也正是刘德华胜于他人的魅力所在。

刘德华出生在香港大埔西北泰亨村，按照族谱给他取名叫刘福荣，直到念小学才改成现在的名字。刘德华在家中排行老四，从小便和姐弟一起帮助家里打理卖稀饭的小本生意。回忆起童年，刘德华说自己那时候并不是像别人描述的非常调皮，而是一个话不多的闷小孩。

鲁　豫：不喜欢说话？

刘德华：不喜欢。在学校也是，但是很爱运动，我不知道怎样说，因为可能会发现，一般运动型的男孩子黑黑的，壮壮的那样子。但我不是，我是很斯文的那种运动型。我踢球，但踢球你也不会觉得我像蜗牛的那种样子太斯文。

鲁　豫：是调皮的学生吗？

刘德华：也不是。

即使是既不调皮也不爱说话的小刘德华，也和所有男孩子的童年一样，经常犯下错事被家长批评甚至是挨打。刘德华在童年时挨过父亲一次暴打是因为赌钱。

刘德华：那天在我们店里面做完事情，晚上我们要吃夜宵，爸爸给钱，就去了，姐姐看到人家在旁边赌钱，每一把她都猜中了，就觉得会发财，她就带我去赌了，但是不知道为什么，我们赌的时候，每一把都猜错了，那个钱是给我们吃饭的嘛，赌输了不吃就可以了，但是弟弟他没有吃饭回家就讲，爸爸就知道了。知道之后，姐姐就告诉他说是赌钱了，爸爸就打我。

鲁　豫：打的厉害吗？

刘德华：厉害，厉害，很厉害，到现在还是很清楚。我们以前上面那个叫什么，电风扇，有一个圈圈，挂在上面的那种，就把电风扇拿下来，把我挂上去打。打也不可以走，他就告诉你赌钱是不行的。很清楚，每一句话到现在都是很明确的。

鲁　豫：那时候因为小孩子很贪玩，爸爸打你多吗？

刘德华：不多，不多。其实我家里很少看到爸爸妈妈打小孩，很少。但是一打就很厉害。

中学时代的刘德华有了自己的初恋。心仪的女孩子和他一样喜欢运动，喜欢梳着长发，穿白色的衣服，长得黑黑的，不漂亮但是很有味道，像钟楚红。还有个绰号叫"女飞鱼"。虽然那只是一段注定没有结果的青涩爱情，不过刘德华始终把和这个女孩子的友谊珍藏至今。

鲁　豫：你还记得见到她的第一印象吗，梳着长头发，穿着白衣服？

刘德华：对，她永远是把它绑起来，现在是短头发了，她以前永远是绑起来，黑黑的，第一次感觉因为我们见面可能大家是同班了，到后来是我教人家打排球的时候，看到她，她很用心这样的。

鲁　豫：她也在学校一下就注意你了吗？

刘德华：有，后来就变成了好朋友呀。小孩嘛，那个也不可以说是爱情。就是，怎么说，我们一起玩的时候，大家都知道。整个学校都知道她是我女朋友，我是她男朋友。就这样大家已经知道了，就是再漂亮的女孩也不敢过来找我，再漂亮的男生也不敢去碰她。但是后来我进了学校之后，进了训练班就没什么时间陪她了。

进了香港无线艺员培训班的刘德华没有时间与女朋友在一起，两人渐渐疏远。当时他们有个很浪漫的约定即是：女孩等刘德华5年。但是最终因为种种原因，刘德华和初恋女友的感情受到影响，两人分手，分手后那个女孩嫁给了刘德华的一位好朋友。对女孩子的婚姻，刘德华最多的还是祝福她。

鲁　豫：如果当时你没有进无线的训练班，也许你们之间可能会是另外一个结果？

刘德华：我觉得应该是的。到现在我对她感觉也很好，真的很好，每次看到她会微笑，还跟她开玩笑。她生小孩的那一年，我没去看，我还跟她和她老公开玩笑说我怕会像我。我觉得这很好，感觉非常好。我看到他们的照片我发现他们两个完全没有变过，我的好朋友也没有变过。我觉得他们很幸福，真的很幸福。

采访之前，刘德华的助手们一直表现很紧张，可能他们担心会问到关于感情方面的事情。作为偶像这么多年，刘德华的形象一直非常健康，关于他的绯闻也少之又少。对于感情的话题，刘德华倒是表现得很轻松，甚至还开起了自己的玩笑。

　　鲁　豫：你爸爸妈妈会不会给你施加压力？

　　刘德华：他们已经给过了。我30几岁的那个时候已经压力很大了。老人家也就是习惯，你30几岁还不结婚，40几岁，等到你小孩18岁，你都60岁了，不行了。他就是这个意思。

　　鲁　豫：这么多年了有一点难能可贵，就是几乎没有你的什么绯闻。

　　刘德华：我觉得烦呢，我觉得烦，真的烦，我会觉得很烦。

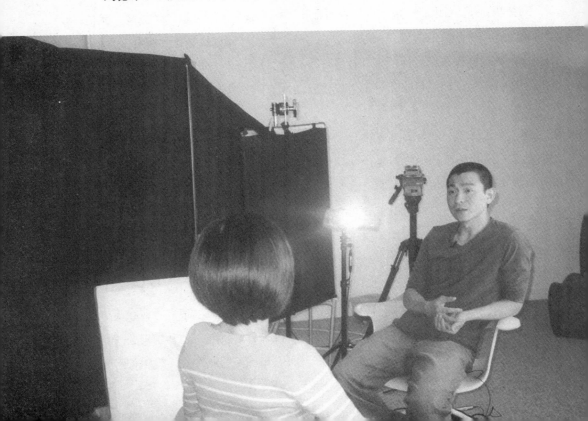

鲁　豫：我总觉得，比如说做你的女朋友，或者以后做你的太太，这个女人她要很了不起，她完全不能够出现，因为一旦出现的话，就会造成太大的新闻。她要能够做到完全在你的背后，这需要一个很伟大的女性。

刘德华：我觉得如果爱就可以做到。真的爱，爱到那个地步就愿意。我觉得当我女朋友或者是当我老婆，她爱我一定要比我爱她多十倍，因为我不会放弃工作的。让我放弃我现在的所有歌迷，所有我的工作，所有我的事业，不爱江山爱美人，我觉得到现在我不敢说。真的。所以你说得对，她真的要很伟大。她不一定要外表完美或者怎么样，但是最基本的必须我觉得是一个很完美的人。她要真的看得很开，很通，而且我是在想，可能十年了到我 50 岁 60 岁的时候，我说我老婆或者我女朋友是谁，已经没有什么人介意到底她是怎样的了。

　　刘德华进入娱乐圈源于一个算是老套的故事。17 岁那年的一天，刘德华陪一个喜欢表演的朋友去考试，那时候刘德华是想写剧本，梦想着有一天当个出色的导演。阴差阳错他的朋友没考上，他却被选中当演员。

鲁　豫：你当时去考试的时候，想做演员还是要……

刘德华：当导演。

鲁　豫：你是要当导演？

刘德华：对。后来三个月之后我考试，考了第一次之后，所有的老师就说，你不用去当导演了，你要学，也是应该学当演员的。所以我就留在演员的那一部分。

鲁　豫：都考什么了那天？让你表演的是什么？

刘德华：就是看着照片，然后女朋友死掉这种，看到照片就想到她。

鲁　豫：你哭了吗，当时要哭吗？

刘德华：也没有啊，我也不知道，就是乱演，就考上了。

初入行的刘德华获得的仅仅只是一些跑龙套的小角色，并没有当演员的风光无限，但刘德华说即使只是跑龙套的角色当时他已经觉得很开心了，因为当时他根本没想过会去演主角，只是他一直都在努力着。

鲁　豫：你演的第一个角色，你还记得吗？

刘德华：在训练班我演过很多。第一个，我记得第一个。就是在一大批人里面的其中一个人，是黄日华的弟弟。在里面需要一个班的学生，有一个班学生那么多人，我就是其中一个，这样子。

鲁　豫：没有台词吧？有一个单独你的镜头吗？

刘德华：没有这样的。拍的是一个班的学生，一个镜头看到很多人。

鲁　豫：之后呢，之后这样的小角色多吗？都是跑龙套的角色吗？

刘德华：对，都是。像在吕良伟旁边的杀手，在周润发后面的打手，去妓院的一些公子哥儿，很多很多都是这些。

随着饰演这些小角色机会的增多，刘德华开始在无线影视剧集中崭露头角。和刘德华同一时期加入无线艺员培训班的还有周润发、梁朝伟、梁家辉这些香港未来的影帝，和他们相比，刘德华最初的目标是想做一名编剧，但是这个梦想还没有来得及实现，他的表演才华却显露出来。

培训班一结束，刘德华即成了无线的签约艺员。在主演了《猎鹰》、《神雕侠侣》、《鹿鼎记》等几部收视率很高的电视剧之后，刘德华一跃成为了无线的当红小生，与汤镇业、苗侨伟、梁朝伟、黄日华并称"无线五虎"。

鲁　豫：第一个找你签名的人你还记得吗？那种感觉？

刘德华：记得，我记得很清楚。我还常常跟所有媒体说，我不知道那个人还在不在香港，或者已经移民，或者怎么样。那天我是做一个慈善的，我是代表无线，那个时候我不红，我还撑着一个无线的旗在前面走。有

一个人忽然跑过来，是个小女孩，她叫我签名，我很紧张，我真的很紧张那个时候，我不知道为什么。我也不知道签成什么样子，我还记得当时我的手在抖，然后很不好意思，那种感觉，很奇怪的。我很希望我能再见到我第一次帮人家签的那个名是怎么样的，很想看到。

刘德华在节目中谈及这件事情的时候仍然是满脸的激动与回味，或许当时向他索要签名的那个小女孩甚至连刘德华的名字也不知道，这么多年过去了那个签名或者也早已不知去向，但是那一次的签名却是刘德华一生中最难忘，最感慨的。

刘德华的口碑一直很好，尤其是他多年不变的踏实奋进，甚至被作为香港精神的集中体现。曾志伟有一次提到说，在很早的时候，刘德华还没做歌手之前，有一次在拍片现场看到在拍戏的过程中，别人都已经开始休息了，就刘德华躲在车里面写歌词，仿佛一点困意也没有。

鲁　豫：还是在做新人的时候就已经那么刻苦，你一直是那样吗？那时候在拍戏之余，就会有意识地要去，比如说填词呀去做一些别的尝试？

刘德华：我没有想过，我只是觉得应该或者是我开心，那时候可能我很开心，我知道要睡觉了，其他演员可能这样。我很开心我就可以去写那个（歌词），在别的地方，我就睡觉了，只是因为就是那么一次，我开工的时候，被他讲到现在。

刘德华还是个新人的时候就如此努力，在业内也是一直被传作佳话，这并不是每一个演艺界新人可以做到的。

1985 年，那个年代正是电视剧的年代，那个年代的演员很辛苦，最忙的时候常常一天要赶好几组戏，但刘德华却是那个年代拍电视剧最少的人。刘德华说，因为那个时候并不愿意去拍那种由电影改编的电视剧。

鲁　豫：你怎么可能说不拍呢，你有权力说不吗？我拍得太多，我这个不想拍？

刘德华：进医院，累一累就进医院，装病，我不拍。

鲁　豫：你装过多少次病啊？

刘德华：很多，那个时候是监制跟我们说，我们不能说不拍的，只有你病了才可以。那好，我如果不想接的，就会进医院住院两个礼拜，他们等不了，电视是等不了你两个礼拜的。

鲁　豫：你一般都是什么借口？

刘德华：腰受伤了，头疼，生病呀。

就这样，在《鹿鼎记》开拍之前，刘德华拒绝了无线提出的与他提前续约5年的要求，拍完《鹿鼎记》，也没有再出演任何一部无线的电视剧集，度过将进一年的闲淡生活，1986年9月，刘德华正式被无线雪藏。

鲁　豫：那个时候会不会因为跟哪一些公司，有一些什么合约上的（问题）？

刘德华：就是我被冷冻，对呀，就是因为无线。我（在）1985年有9个月一天也没有开工，一天也没有，9个月。

鲁　豫：9个月什么事情都没做？

刘德华：骑马，学其他的东西，每个礼拜骑三天马，然后滑冰五天，好好玩呀。

鲁　豫：那可能是这一辈子唯一的，有那么长一段时间没有做工作，内心会不会担心，你好不容易已经工作到这样的一个地步了，会不会怕9个月之后重新再开始，向后退一大步？

刘德华：那个时候自己能接受，我知道我有机会的，我不知道为什么，那个时候并不着急。但是你今天叫我两年不工作，然后重新再来，可能现在不能接受，那个时候还可以。

刘德华的唱歌才能是被当时著名歌星林子祥这位伯乐发现的。与林子祥合作拍《投奔怒海》的时候，林子祥带着吉他唱歌，刘德华和他一起唱，林子祥听了刘德华的歌后很是欣赏，于是大加赞赏并鼓励刘德华去唱歌。

鲁　豫：我没想到你唱歌是林子祥提出来的。

刘德华：是吗，为什么？

鲁　豫：我以为你就是，一般都是，我要自己喜欢唱歌我就去唱歌了，而不是别人说，刘德华你唱歌不错你去唱？

刘德华：那个是很奇怪，怎么说，因为我拍《投奔怒海》的那段时间是三个月没有事，因为在海南岛那个时候还没发展呢。我完全没有事，林子祥就带一个吉他，我很喜欢他的歌，每天都陪着他唱，他就觉得不错啊。回香港之后，还没上映那部电影之前，大概有半年，他们后期（制作）大概半年，那段时间我就跑去唱歌，赚钱，因为那个时候没钱，1800块，就跑去那些酒廊。

鲁　豫：一开始唱歌的时候，别人批评的声音能接受得了吗？

刘德华：我说不介意这个是不可能的，我介意，但是我介意的那个程度不是让我会痛苦那种。人家说不好，就再唱啊，没关系，你不爱我没关系，我唱到你爱我为止。

就这样，刘德华在林子祥的鼓励下开始练歌，直到自己可以出唱片。但是当时

刘德华所在的公司并不同意他去签林子祥所在华纳的 WEA 公司，刘德华为了感谢林子祥的知遇之恩毅然与无线决裂。

鲁　豫：为什么会下这么大决心，宁可我失去两年时间我也要走？

刘德华：我没有说我要走，只是那个时候我只是小孩，不知道艺人的脾气就是今天我不要演，我帮你做两个电视剧，我拍了两个电视剧，就是 20 集时间给了你，然后另外的时间我可不可以我自己用？不可以。不可以，然后我就唱歌，因为林子祥真的很喜欢我，他的唱片公司是 WEA，华纳的。他是第一个叫我唱歌的人，我跟他练，练好了之后，公司不给我签华纳，因为他说公司有自己的唱片公司，我就觉得朋友那边我很难交代。那时候是那种友谊，也可能是义气吧，我觉得。

在被无线雪藏的那段日子，刘德华开始发展自己的歌艺。一心想在影视圈发展的刘德华并没有想到几年之后，他竟能够叱咤香港流行乐坛，和张学友、黎明、郭富城携手开创香港流行音乐的"四大天王"时代。

刘德华就这样开始了自己的歌坛生涯并一发不可收拾。

鲁　豫："四大天王"那时候竞争激烈吗?

刘德华：其实没有，只是大家把我们说成竞争激烈。我记得我们已经很红了。"四大天王"的时候，以前我不跳舞的，后来因为市场需要跳舞，那我们就学。主打歌也是跳舞的。然后"四大天王"那个时候大家歌迷都多，我们要上劲歌金曲跳舞，但是劲歌金曲不一定是只有一个歌手，有很多歌手。我们还拍了一个这样的舞蹈，就是我要在现场跳，从那天开始我就说，我不要在现场跳，不要在一个节目有其他艺人出现的节目里跳舞。

鲁　豫：为什么?

刘德华：因为那个很不舒服，你要跳得很有型，假装很有型。但看你的那些人不是你的歌迷，看到你就哼，那你还要跳下去? 很痛苦。一定会碰到的，我唱唱歌唱唱歌，有人——哗——整个脸丢过来，都试过。他没有错啊，你不可以说他这样就会影响到你自己，我做一个好唱片我怕你什么，不怕。

有人说香港流行乐坛 90 年代的历史是由"四大天王"书写的，而刘德华正是其中之一。相比歌艺出色的张学友和舞艺精湛的郭富城，刘德华的经历和黎明相似，他们都是演而优则唱，由电视圈跃身舞台，从当红的电视剧小生一跃成为歌坛一代天王。

当然艺人也有艺人不开心和不自由的时候，可能也会和相关的媒体产生一些误会或者是争吵，也会发生艺人对媒体发脾气的情况。

鲁　豫：我想象不出你会对媒体发脾气?

刘德华：会，我还记得我第一次应该是 1993 年的时候，跟媒体吵得很厉害，很厉害。

鲁　豫：为什么事呢?

刘德华：我是留在上海做一个慈善的活动，然后回北京，因为北京演唱会。本来我是早一天到北京，要做一个媒体招待会。因为我觉得，我是帮中国人做慈善，我在上海留一天，我把媒体的招待会（拖后）。因为我留在上海去做那个活动后才回到北京，他也就觉得你为什么要这样，你说好要做这个招待会为什么不做，我说有慈善。他们就说慈善不是原因，说我就是不给面子。我就发脾气，不愿意做招待会。然后我要排练，我一直在排，他们就说一定要有一个招待会，一定要有。那个时候我很生气，主办的单位也希望我去做。我就去了，到现场就是听到一直在骂我，刘德华怎么怎么的，刘德华你为什么，是不是我们北京的人就比不上上海的人……我快疯了，你知道那个时候，我快疯了，我就走。我走了之后，我让刚才骂我的人进房间。他们进来我就骂，你算什么，然后吵了很久。到最后，有女孩被我骂到哭。

鲁　豫：被你骂到哭了，也不容易。

但是那件事情以后，刘德华和一些记者就成了朋友，中间的争吵都是各自站在自己的角度去看待对方做的事情，中间肯定会有些小的误会。作为一个艺人，刘德华说，当时想得可能没有那么多，但每一次误会都更能拉近他和媒体间的距离。这么多年来，他一直顾及身边很多人，也考虑到更多的事情。刘德华一路走来越来越成熟。

从电视，电影，再到舞台，刘德华经历了他在娱乐圈的三部曲。他所走过的每一步都留下了深刻的脚印，给观众留下了无数的经典，他一直都在努力，直到现在他本人也从未停下工作的脚步。最近几年里的时间，他拍了几部像《阿虎》、《无间道》、《十面埋伏》、《墨攻》等一些受到相当高评

价的影片后，事业又迈上了一个新的台阶。当然成功的人也付出更多的努力。

　　曾经也有人批评他说，演戏没有周润发好，唱歌没有谭咏麟好。但是刘德华却能逆向思维思考说，何不想想自己是演戏演过谭咏麟，唱歌唱过周润发呢，并说自己乐于接受批评，更一定会把它当作自己更努力的动力。他也确实是这样做的，因为他一直都在不断地跟自己赛跑，并且凡事都争取努力去做好。刘德华的成功绝不是偶然。

　　鲁　豫：你今天是算特别忙的还是算不太忙的一天？
　　刘德华：算特别忙，今天，对啊，我不知道为什么。
　　鲁　豫：但是你能像一般人一样，我出去转一圈，我到商店里面去转一圈，我到街上去走一圈，不可以吧？
　　刘德华：我愿意（的话）我是可以的。
　　鲁　豫：那样（你的）身后会跟着无数的人。
　　刘德华：不要那么看得起自己。不一定的，只要你

真的很正常地去做一些事情，比如说
SARS那段时间。他们知道我是谁，
我以为看不出来。我去一个，现在很
多人，很多人都去逛的（商场）。我
进去，口罩戴到这里，帽子戴到这里，
只看到这里。一进去，哎，刘德华，
我就说"嘘"，他们懂。然后其他的
那些，有很多人拖着手，情侣在逛，
他们都知道我是谁。我才发现，不是
真的不可以，只是我想不可以，我的
公司觉得不可以。其实可以。从那一
次SARS之后，我在外面买东西的时

间多了，我可以去买花。去看球，不会很乱，你以为很乱，人家都不是来看你，我
是来看球的。

鲁　豫：你现在有自己的生活空间吗？就是我今天有一天时间我可以完全属于
我自己，做我自己的事情，跟工作没有关系的？

刘德华：绝对可以，我现在是有能力去把握。比如说这十五天是已经确定的工
作，中间有两天我真的没心情或是什么，我可以停下来，我可以有两天不见人，我
可以有这个（空间）。当然时间长了不行，一两天一定可以。所以其实空间是你自
己去慢慢去寻找的，可能这个空间你以为你没有，其实你是有的。以前就好像我唱
歌我以为我没有空间，但是原来是有空间的，需要你自己慢慢去找到这个空间。

结束语

　　正如华仔所说，"空间是自己慢慢去寻找的，可能这个空间你以为你没有，其实你是有的，需要你自己慢慢去寻找这个空间。"现在的艺人，或许很少有自己纯粹私人的空间去做自己喜欢的事情，但刘德华话中却道出了作为艺人所应具备的应对态度。

　　经过多年奋斗的华仔，深信人善天不欺的道理，认为上天一定会帮助善良的人，只要抱着这个信念，任何难关也能迎刃而解。加上经历过"天幕"的变化后，华仔对生命又有了新的领悟。如今的刘德华在事业上也可谓是已经达到了巅峰，并且一有时间他就会常常出现在各大慈善会场，并把自己一半的收入捐赠予公益事业。

　　衷心地祝愿我们的华仔一路阳光，始终如"17岁"般灿烂。

17 岁

演唱：刘德华

17 岁那日不要脸

参加了挑战

明星也有训练班

短短一年太新鲜

记得四哥 发哥 都已见过面

后来 荣升主角太突然……

29 岁颁奖的晚宴 Fans 太疯癫

来听我唱段情歌一曲 歌词太经典

我的震音假时早已太熟练

然而情歌总唱不厌

如今我 40 年从前

沙哑了声腺

回忆我寄望那掌声都依然到今天

那首潮水 忘情水

不再经典

仍长埋你的心中从未变……

黑白无间
黄秋生

人物小传

　　1962 年 9 月 2 日出生的黄秋生毕业于香港演艺学院第一届表演系，一出道即加入香港无线电视。1990 年起，他全身心投入演艺事业，包括电影、唱片、舞台剧和电台工作。十多年来，拍过 160 多部电影，多得令人咋舌。

　　从 1993 年开始，他先后凭《人肉叉烧包》、《野兽刑警》、《千言万语》和《无间道》，分别获得香港电影金像奖、香港电影金紫荆奖、香港电影评论学会奖共六个影帝奖。

　　从 1998 年的《野兽刑警》后，黄秋生接连每年获奖至今，直到《无间道》大放异彩，即使和梁朝伟、刘德华、曾志伟直接较劲，认为他演技最出色者也不在少数。他的新作《无间道 II》，更是彩声不断。

开场白

　　1962 年出生在中国香港，从 1993 年观众所熟悉的《人肉叉烧包》开始到现在，他已经出演过上百部影片，影片中每一种几乎疯狂的角色都被黄秋生精湛的演技表演得活灵活现。人们说，黄秋生是香港影坛的一个异类。在香港这样的商业土壤中能够诞生这样一位全面的实力派人物，是令人庆幸的。他是那种你只要给他一个上档次的剧本，他就能做到征服人心的鬼才。

　　他长着一张全香港最敢言的嘴巴、一双全香港最犀利的眼睛、一副全香港表情最突出的面孔；他容易全心紧张地陷入角色，也善于从容洒脱地从中跳出；他喜欢看似无心地大放厥词，却能让你在其中品到一点真理的味道；他亦正亦邪，亦热情亦冷酷，亦强悍亦内敛。他就是黄秋生——一个拍过无数部烂片的好演员，一位错综复杂的结合体。

　　黄秋生年少时为生活所迫，做过办公室助理，当过汽车修理厂学徒、装修工人。1984 年加入亚视训练班。1985 年出演电影《花街时代》后自觉演技水准未够于是又进入香港演艺学院深造，成为该校第一届毕业生。后来进入了香港无线电视台。

采访黄秋生他正在忙着他的新电影《老港正传》，黄秋生说这部电影是他等了一辈子的一部影片。

鲁　豫：开始当演员就在等待这样一部戏？

黄秋生：嗯，对。

鲁　豫：我听说你拿到这部戏的剧本的时候哭了好几次？

黄秋生：两三次吧，剧本有一些写得特别感动的地方我就哭了。

鲁　豫：是一滴一滴掉眼泪还是哇哇大哭那种？

黄秋生：我哭还要记住怎么哭啊？

鲁　豫：也对，没有人会记住自己哭是什么样子。我觉得像你这样一个演员能够碰到一个让自己这么感动的剧本应该是很少见的。

黄秋生：很少很少，当时我就觉得这个戏我一定要拍，不管怎样我都要拍这个戏。也不是不管怎么样，没有片酬就不拍。

鲁　豫：难道像你不会为艺术献身吗？

黄秋生：让我免费？少来了！我还有老婆小孩要养，我还有一个很大年纪的老妈。

鲁　豫：这部戏什么时候能够在电影院看到？

黄秋生：应该现在上了。戏院上个星期关门了，我自己又申请再放映一场，就当是我们剧组庆祝香港回归十周年。因为我最喜欢看国产电影和长丰新电影。

黄秋生是一位职业演员，出演过160多部影片，包括三级片，同时又获得过影帝，凭电影《无间道》再次达到事业高峰，演技受到各界公认。他所出演的都是一些小角色，例如警察、黑社会、色情狂、变态。1993年他在电影《人肉叉烧包》中精彩绝伦、神形兼备的变态演出让人至今

心惊胆寒，凭着这他在这部戏中的精彩表演，他被称为华人世界的霍普金斯。

1985 年，20 岁刚出头的黄秋生拍了他人生中的第一部影片《花街时代》。

鲁　豫：在里面演的是男一号吗？

黄秋生：因为这部戏全部都是女人，就我一个男的，所以是男一号。当时拍的时候有一场我觉得蛮好笑的。那场戏就是我在车上准备开车，然后导演站在我前面对我说一说开机你就开车。我看看旁边然后看看前面，导演就一直站前面，我心想我开车，让我撞死你啊！那次是第一次拍戏，感觉挺搞笑的。

鲁　豫：你那个时候猛一看有点像是周润发跟梁朝伟综合起来的那个感觉

黄秋生：很帅是吧。所以啊如果我现在还是像以前那样帅的话，什么刘德华啊梁朝伟啊，早就没有了。

鲁　豫：是一个爱情文艺片是吗？

黄秋生：对，是爱情片。

鲁　豫：所以你当时走的是帅哥路线？

黄秋生：我没有走什么路线，我就是长得帅嘛，对不对？

鲁　豫：对，就是帅！那是你的第一部电影，还记不记得片酬是多少？

黄秋生：片酬几乎没有。因为那个时候我还在电视台，是一个很不知名的小演员，没有人知道我是谁。我是有一次看报纸上说招聘演员，仔细看了那个人物介绍我觉得我演肯定合适，就很想去，但是不知道怎么联络。后来听说我们公司有个小师妹是那部片子的导演助理，我就麻烦她帮我联系，联系以后我就过去，谁知道到了片场一看好多大明星，还有很多是帅哥 Model，然后我心里就想这次完蛋了，肯定没我的戏，但结果试完戏以后他们居然用了我，我觉得挺幸运的。

每个演员在起步阶段都要被别人选择，而且一开始演不了什么大的角色，可能甚至是连台词也没有一句的角色。虽然黄秋生在他的第一部影片中扮演了一个男一号的角色，但那部戏并没有让他为观众所熟知，之后他又相继拍了很多的小角色。

黄秋生：是烂片里面的很多角色。

鲁　豫：其实我总觉得作为演员来说一部电影无所谓烂片不烂片，只要我的角色演得好，对演员来说就是一部好戏。

从拼杀在油尖旺毫无英雄气概的小人物，到游走在钵兰街无关浪漫主义的小角色，在无数带着香港商业化气息的影片中，我们总能见到黄秋生的惊鸿一现。然而黄秋生就是黄秋生，尽管烂片无数，但他的表演总是具有激烈个性或极端风格，带着野兽的味道和危险的杀伤力，让人稍不留神就会引火烧身。

鲁　豫：我有个很好奇的问题，你拍过三级片，为什么要拍那样的电影？

黄秋生：赚钱，因为没有好的电影拍。我觉得其实也没什么，电影是有分级制度的嘛，很正常，我觉得成年家庭可以看，然后是成年人可以看三级片。

鲁　豫：但我很好奇，拍那样的电影你会不会很尴尬？会不会笑场？

黄秋生：我第一次拍三级片感觉很尴尬，拍了之后，就没有觉得尴尬了，因为我近视眼，我一到现场根本看不到人家在看我。

鲁　豫：现场会有很多人吗？

黄秋生：打灯的灯光师啊、摄影师啊、导演啊、还有化妆师啊、服装师啊，很多人。可是拍到半夜他们就不知道跑到哪里去睡觉了。

鲁　豫：这样的电影拍出来以后你不怕以后家里人看到吗？

黄秋生：我妈早就看过我全裸了，心理上总会有个关口，过了自己这个关就觉得没什么了，反正我一定要拍，因为这个是一个心理治疗。

鲁　豫：这故事我听你讲过，小学的时候老师体罚你，让你脱光衣服站在广场中间，然后被一个年纪比较大一点的女同学看到了，之后你就不停地做梦，梦见自己全裸回不了家。

黄秋生：对。就是因为那个心理上留下阴影了，所以我就让自己一定要拍，来给自己心理上一个治疗。后来拍完之后，就有很多人找我拍那种角色，那个时候香港电影圈很乱，有很多黑社会，有些时候你不拍他就会找你麻烦，所以你不能说不拍。

鲁　豫：他们会干吗？

黄秋生：会拿着刀，拿着枪指着你说，黄秋生你要不拍我就……有时候会找一些大哥到现场去看着你。有一次我收到一个花篮，上面有个纸条写着"祝你身体健康"，所以有时候就只能拍一些那样的电影。

就这样黄秋生当年在一些黑暗势力的压迫下拍了几部"烂片"，也正是因为他扮演了很多不同的角色，有了一点点的积累，才有了后来一步步的成功。正如他所说的"这个世界只有烂片，没有烂角色"。

　　鲁　豫：我很赞同你刚才说的，只有烂片子没有烂的角色，我觉得一个演员，即使你给我再小的角色，我都有发挥的空间，我都会尽可能地把那个任务生动地演出来。你是这样做吗？

　　黄秋生：开始的时候是这样，到后来拍得多了就发现根本没有机会再拍其他的角色，那时候觉得很忧郁，很不开心。不过我以前拍的那些烂片进入了很多家庭，很多人认识我，没有那个阶段的积累的话也没有我的今天。我的变通能力那么大，不是每一个演员都有的。现在回过头去看以前的烂片，觉得挺好玩的。

　　鲁　豫：你现在回过头去想以前你所拍过的戏，有没有让你觉得可笑的，很不可思议的片子？

　　黄秋生：有，有一个戏，我演的是一个父亲，女儿失踪了，她是染了金头发的。那场戏就是，我在一个空房间厕所的洗手盆下面找到一些金黄色的毛，我当时要演很激动很兴奋的大叫"啊，我女儿，我女儿！"我觉得很搞笑。

　　1992年，导演邱礼涛找到黄秋生，邀请他担任一部恐怖片的男主角，尽管对剧本反感黄秋生还是接了下来。谁也没有料想到，这部以杀人狂魔为主打的影片竟让黄秋生摘取了金像奖的影帝。《人肉叉烧包》这部影片让黄秋生红极一时，而突如其来的荣誉却让黄秋生有些措手不及。

鲁　豫：我特别想知道，1993 年这部戏在香港上映以后，人家去吃早点，还有人点叉烧包吗？

黄秋生：我相信那一年叉烧包卖得都特别差。

鲁　豫：《人肉叉烧包》演完之后，你上街有没有女孩看到你就会觉得特别恐怖？

黄秋生：有啊，被人看到就骂变态。

鲁　豫：真的啊？不过我觉得作为演员其实心里面应该是会有点高兴吧，这说明你演得很好。

黄秋生：没有，我一点也没有高兴，因为我根本不想演这个角色。我演这个角色内心斗争了好久，我想我究竟应该怎么样去完成这部戏呢，我那么反感，我根本拍不下去。后来万圣节快到了，我一想不如这样吧，我就好好演，把它当作万圣节的礼物送给大家好了，然后我才开始改变我的思想，开始去拍了。我只是没想到这部戏大家会那么喜欢看，而且还得了奖。

鲁　豫：拍完以后没想过会得奖吧？

黄秋生：没想过，到我去领金像奖那天，现场几乎没有人跟我打招呼。

鲁　豫：为什么呢？

黄秋生：可能是没有很多朋友吧，因为很多人没想到我会拿奖，如果大家知道我会拿奖的话就会和我打招呼了。但是后来听说当了影帝会衰三年的时间。

鲁　豫：为什么这么说？

黄秋生：你拿了影帝了，人家以为你涨价不找你，还有人以为你做了影帝就会对剧本有要求。说得特别特别准。

因为《人肉叉烧包》这部影片而得了影帝的黄秋生并没有享受到影帝的殊荣，相反接踵而至的影片依然是类似变态、色情狂之类的角色，一句"得了影帝会衰三年"的奇怪逻辑让黄秋生一度很委靡。

鲁　豫：香港一年有多少个好的剧本？

黄秋生：好的剧本都给刘德华了，还给你啊？没戏拍。

鲁　豫：你得了影帝这个奖之后，再有来找你拍戏的剧本都是什么样子的？我已经听说了好的剧本都给了刘德华。

黄秋生：还是那种戏，变态啊、杀手啊，因为就是拍《人肉叉烧包》才拿的影帝嘛，所以找我拍的还是这种类型的角色。

鲁　豫：你会甘心吗？好歹你也是影帝啊，还演这种角色。

黄秋生：影帝不影帝在香港没什么用的，影帝不等于说你会演戏，因为所有这些奖项都是跟市场挂钩的。我拿奖的那一年开始，香港的电影就基本上是往下萎缩的，我命不好。

鲁　豫：那个时候你状态很不好吗？

黄秋生：是啊，就是抑郁症啊，想什么自杀。有一天我坐在客厅里看着影帝的那个奖，我就问自己我是拍的烂片拿的影帝，现在拿奖之后一直很衰，没有好戏拍，我就觉得肯定影帝这个奖拦住我前面的路。所以我就把那个奖丢掉，扔了，然后我妈就捡回来偷偷地收起来。后来有一次见梁家辉的时候他就说一句特别准的话，他就说"拿了影帝会衰三年"在他身上也验证了，特别准。有时候接的有一部戏本来是要拍十几天的，然后慢慢就变成八天，八天拍成两天，然后就越来越少。心情很不好，然后就生病，想自杀。后来我妈就开导我说，

人啊，你连死都想了那还怕什么，敢死不敢活啊？你就活下去看看明天是怎么样！我想起她这句话就觉得挺有道理，所以就活下去。况且梁家辉那时候最衰的时候都去街上摆过地摊，我还不至于那么惨。

　　鲁　豫：那种状态持续了多长时间呢？

　　黄秋生：几年的时间，后来有一年没再拍戏，我就去了英国读书，在英国读书的时候陈嘉上导演就找我回来拍《野兽刑警》。

　　机缘巧合，黄秋生接拍了《野兽刑警》这部影片之后，在1998年又得了奖，这一次黄秋生和香港的电影一起走过了柳暗花明。

　　鲁　豫：再次拿奖的时候有没有掉过眼泪？

　　黄秋生：没有。掉什么眼泪嘛！拿奖你要讲话，谢谢这个谢谢那个，你若还一直在那哭别人还以为你是在表演，我没有那么脆弱。我经过那么多的路，人生就这么一步步走出来，不会掉泪的。

　　像香港这座城市一样，黄秋生也是一个奇妙的中英混合体。他的父亲是当年驻港的英国官员，可是这些并没有给年少的黄秋生带来任何好处。混血、私生子、问题少年、家境贫困是黄秋生对于童年最深的记忆。黄秋生的童年对他而言一直都是灰色的记忆。

鲁　豫：你小时候是什么性格？

黄秋生：四五岁时很可爱，到小学就开始非常忧郁。我妈要工作，没有人管我。我读的都是寄读学校，长得又像外国人，几乎旁边的人都当我是一个怪物。我一个朋友也没有，他们都觉得我是外国人，都不和我玩。

鲁　豫：你那时候学习好不好啊？

黄秋生：成绩好不好，我最怕家长说，你看看人家谁谁家的小孩多聪明，你太笨了读书也不好好读。我是看了课本就烦不想读。

鲁　豫：我总觉得一个演员从很小那个艺术天分就显现出来了。你是那样的孩子吗？

黄秋生：有，可是那时候家里穷，想学弹钢琴，家里买不起就问学校借钢琴，学校就不同意，怕我会给弄坏。然后没学成琴就学画画。第一天我妈陪着我去的，老师对我挺好的，到了第二天我妈没去，那老师就踢我。我觉得他人格有问题，后来画也没学成。然后去学跳舞，学芭蕾舞学了两三个月，老师说你学迟了，若是早十年你肯定能成为一个芭蕾舞星。然后我又去学声乐，结果学着学着老师又跑去做生意了。

鲁　豫：没想过要上大学吗？

黄秋生：我中学都没读，怎么考大学啊。后来上了演艺学院拿了个院士。

鲁　豫：进了那个明星训练班感觉好吗？

黄秋生：喜欢，就觉得这是我该来的地方，我就该做这样的事。

1983 年，21 岁的黄秋生在学什么都失败的情况下，参加了亚视演艺班考试，从此黄秋生走上了演艺道路。

鲁　豫：当时考什么你还记得吗？

黄秋生：通常天才都是唱歌啦，我唱了《满江红》。然后还有一段独白，考发音准确不准确。去的第一个星期我就觉得我在找一种感觉，我就所有的幻想都爆发出来。我可以经常幻想自己是超人，我自己是警察，走在街上我也会表演一番，几乎成了神经病，我就觉得我找到了感觉，这里能实现我的梦想。我年轻的时候挺喜欢幻想的，喜欢表演，觉得一到进入这一行以后完全可以通过表演去表达我自己。

鲁　豫：你在你们班是最好的一个学生吗？

黄秋生：演戏来讲是很好，态度来讲是很差。因为我经常逃学，有一些化妆之类的课我不喜欢，我就逃学。

进入亚视演艺班学习的黄秋生生活慢慢步入正轨。1992 年黄秋生遇到了现在的妻子吴惠珍，并与她摆酒成婚，然而婚姻并没有给黄秋生的生活带来太大的改变。他依然和朋友们扎堆喝酒，在媒体面前黄秋生保持着一贯的洒脱和不羁，他直言自己对物质的享受从来不为婚姻束缚。结婚 15 年来他仍然过着独居的生活。

鲁　豫：结婚 15 年了，认识多少年？

黄秋生：认识 20 年了。

鲁　豫：结婚 15 年保持独居状态是什么意思啊？我不明白。

黄秋生：就是有很多地方可以住，所谓狡兔三窟嘛。我觉得挺好的，小孩跟太太一起住，我什么时候想回去了就回去。以前的时候我会经常回去，现在他们都不太欢迎我去了，因为小孩子都长大了。有时候你叫他过来，结果他就跑开了，我进他们房间还要敲门。

鲁　豫：和你太太当年是怎么认识的？

黄秋生：缘分呐。

鲁　豫：缘分，我就喜欢听有关缘分的故事。

黄秋生：好吧，我大概是十几岁的时候，还没入演艺这行，我家有一个饭厅。有一天我在饭厅看到对面的一个房子挂了一个鲨鱼牙，在香港大家都会说鲨鱼牙风水很不好，所以我就对着那边窗户说哪个王八蛋挂一个鲨鱼。过了几天台风来了，很大的台风。台风过后那个鲨鱼牙就不见了，我就看到对面窗户那边有个女孩子蛮可爱的，我就跑过去和她聊，假装问她鲨鱼牙的事情。之后我们就一起吃饭啊，一起跑步啊，后来就拍拖慢慢走到一起，结果就这样了。

鲁　豫：有求婚的过程吗？

黄秋生：求婚？好像没有求婚。我们是一起去旅行了，旅行回来她妈妈就讲都一起去旅行了还不结婚啊，不结婚就分手。我又不想分手就结婚了。然后就是摆喜

酒，拿出所有钱请人吃饭喝酒，就觉得迷迷糊糊地就结婚了。

鲁　豫：结完婚之后有几个小孩？三个儿子是吗？

黄秋生：秘密哦。不能说。

现如今在影视圈上已经打出自己一片天地的黄秋生，曾经还是一个很好的歌手，出过三张专辑。1995 年，黄秋生推出了自己的首张个人专辑《支离疏》，第二年又推出专辑《地痞摇滚》。他自成一派的摇滚乐与他很多银幕形象有些联系，对社会不公和道德缺失肆无忌惮地嘲讽、怒骂甚至粗口一直在他的音乐中不绝于耳。在独立乐坛黄秋生是个不故作高声的玩票者却又能集独立音乐之大成。

黄秋生：我觉得摇滚是一种态度，跟吉他无关。摇滚应该是一种精神。

鲁　豫：才出三张专辑，再接着出吗？为什么不唱了？

黄秋生：差不多了，没力气了。摇滚需要很多力气的，唱那些流行软软的爱情歌我又不想。

鲁　豫：你会很多乐器吧？

黄秋生：会吉他，口琴，二胡，钢琴。

鲁　豫：我听说过《秋甜》，能给我们讲讲是什么故事吗？

黄秋生：是写给一个女生的歌，她叫甜，那我叫秋嘛，所以叫秋甜。

鲁　豫：怎么认识的这个女孩呢？

黄秋生：去看戏的时候刚好坐在旁边，那天她就说请问你是黄秋生吗？然后我一转头，看见一个瘦瘦的戴着眼镜鼻子尖尖的女生，嘴巴很薄，看起来讲话很厉害的那种。是我很喜欢的那种类型的女孩。后来就写了《秋甜》来怀念那次见面了。

鲁　豫：哇，好浪漫！

2003年黄秋生以《螳螂捕蝉》获得了香港戏剧学会第十届香港舞台剧奖。舞台剧是黄秋生一直喜爱的艺术，他说要用电影商业赚的钱来养活自己的艺术。

黄秋生：我当时很尴尬，如果有一个地洞我就钻进去好了。不知道怎么去拿这个奖，因为我觉得是真正的演员才演舞台剧，而我又是演过那么多烂片的。

鲁　豫：但是你很喜欢演舞台剧啊！你觉得演舞台剧最过瘾是吗？

黄秋生：我就是喜欢演，不是过瘾不过瘾。舞台剧是比较可以学到东西的，每一次都是一个学习的过程，里面比较深比较有难度。很有内容。

其实黄秋生骨子里很"文艺"，也很"愤青"，所以他欣赏詹姆斯·迪恩这样放纵、率性而传奇的男人。他说自己最喜欢演舞台剧并感叹如果当年家境好的话，现在一定是一个留在小剧院里的小小艺术家，而不是电影演员了。

鲁　豫：你最高境界是拿奥斯卡奖吗？

黄秋生：你是开玩笑吗？没有，还没拿过。我的理想就是拿一个送给我妈。

鲁　豫：你妈是你这一生最爱的人吗？

黄秋生：应该是吧，嗯，对，就是。她经常会为我感到很骄傲，干什么事都会说我儿子是黄秋生，她就会这样，买东西就会给人家说给我便宜一点嘛，我儿子是黄秋生。然后那些卖鸡蛋的卖菜的都知道了就说，不用说了，没打折，你儿子是谁也不会给你打折。

鲁　豫：人家会不会说，黄秋生都影帝了赚那么多还在乎这几个钱吗？

黄秋生：不会，不会啦。我很平民的，我就是普通老百姓，我要过日子嘛，我觉得明星没什么大不了的。有些时候我觉得有些偶像或者是大明星，基本上是旁边的人已经帮他洗脑了，觉得自己很重要。我就觉得我们很平常，就只是一个普通人而已。

黄秋生：我老跟别人说我觉得人成功其实没有什么秘诀，就是要坚持。为什么会有今天的黄秋生？因为我努力了。坚持不一定会成功，但是你不坚持肯定不成功嘛。我说就没有什么怀才不遇的，只有自己不努力的。

鲁　豫：最后我想问，你会演到自己有一天演不动了为止吗？

黄秋生：我年轻的时候在想啊，如果有一天我死在舞台就非常浪漫了。

鲁　豫：现在还这么想吗？

黄秋生：现在有点怕，死在舞台有点恐怖。如果可以的话我倒是会演到很老很老的时候。

结束语

　　像黄秋生这一辈的艺人，当年都是从底层辛苦熬出来的，对于如今的年轻一代迅速蹿红的走势，黄秋生有些不满，他觉得正是靠着这些磨炼才有了今天的演技。

　　有人说假如想从香港找一位可以演话剧《茶馆》的演员，那么这个人就是黄秋生。黄秋生可谓是香港影坛的一个异类，他在香港这样的商业土壤中独树一面"全面的实力派人"的旗帜。他是那种你只要给他一个上档次的剧本，他就能做到征服人心的"鬼才"。

永远的歌神
张学友

人物小传

　　1961 年 7 月 10 日出生，性格随和乐观的张学友，曾先后任职于香港贸易发展局及国泰航空公司，自幼喜好歌唱，小时候已爱跟着唱片练习，中学时候亦尝试与友人组织乐队及参加校内的歌唱比赛。

　　1984 年参加"全港 18 区业余唱大赛"，凭一曲《大地恩情》由万多名参赛者中脱颖而出，勇夺冠军。宝丽金唱片公司出于对张学友的歌艺欣赏，与之签约为旗下歌手，全力推荐这位乐坛明日之星，终使他成为乐坛经久不衰的"歌神"。

　　张学友是一个做事很认真的人，每件事都希望能做得更好一点。从 1984 年步入歌坛后，以其雄厚的实力在歌坛创造无数佳绩。在 1999 年更是迎来其歌唱事业的辉煌，包括荣膺"世界十大杰出青年"称号，并成为全球知名的演、歌俱佳的艺人，有华语的地方必有张学友的歌。

开场白

　　从红，到不红；从不红，到再红，入行数十年，遍游各国的张学友悟透了人生。现在的他不论是听到别人唱赞美诗，或是自己碰到不如意的事，都一笑处之。在这个存在着众多靠脸蛋、靠炒作的娱乐圈子里，他只是默默地靠他的歌声证实自己的实力，无论在事业上还是家庭上都堪称娱乐圈中的楷模，一直备受称赞。

　　多年以前，刚出道的张学友在火山爆发般地大红大紫后，突然唱片销量陡降，让他陷入了谷底。至今，他想起那段日子，仍然觉得不堪回首。他用那种特有的诚实的目光望着鲁豫说："真的慌得要命，你什么也不能做了。最可怕的是你的脸，已经是一张熟面孔了，而且是大家不喜欢的面孔！那个时候，我感觉蛮糟的。我记得有一次平白无故在街上被人骂脏话；有一次在公园，人家跑过就骂你。"

　　此后，他终日酗酒，靠猛拍电影为生，钱成了他唯一的动力。再往后，则是艰难的回归，最终成为一代"歌神"。

　　张学友原本只是航空公司的小职员。他在完成了中七课程后，先后任职于香港贸易发展局及国泰航空公司。他并不知道自己有演唱的天分，平常喜爱远足、篮球及游泳，然而最大兴趣还是唱歌。小时候已爱跟着唱片练习，中学时候亦尝试与友人组织乐队及

参加校内的歌唱比赛。

1984 年，张学友抱着试试看的心情，参加"全港 18 区业余唱大赛"，凭一曲《大地恩情》，由万多名参赛者中脱颖而出，得了冠军。宝丽金唱片公司欣赏张学友的歌艺，与之签约为旗下歌手，全力推荐这位乐坛明日之星。

1985 年 4 月，宝丽金为张学友推出了第一张粤语个人专辑《Smile》，专辑中收录了《轻抚你的脸》、《情已逝》等歌曲。没想到，这张专辑风头迅猛，创下了 20 万张的销量，张学友的名字一夜间在香港歌坛走红起来，大街小巷开始遍布他的歌声。

1986 年初，唱片公司推出了张学友第二张个人唱片《AMOUR 遥远的她》，也备受好评，占据销量榜首 7 周之久。唱片中的《AMOUR》、《遥远的她》、《月半弯》等曲目在各流行榜一路过关斩将，风光无限。张学友的名字，劲头直逼当时的两位天王谭咏麟、张国荣，曾经一度被媒体称为天王的接班人。不久之后，张学友与同为新人的吕方举办了一场名为双星的演唱会。两人虽都是歌坛新星，演唱会却场场爆满，这次演唱会作为张学友在红馆的首次重要演出，多年之后，他的门票也成为张学友歌迷们的珍藏。

鲁　豫：以前路过红馆（香港红墈体育馆）的时候，有没有想过有一天我能够在这儿演出？

张学友：没有，完全没有想过。

鲁　豫：登上以后那种感受是什么？

张学友：其实很模糊，因为你站在那边的时候，真的没有像大家想象的，很多很多思绪都跑出来了，哇，那就没法唱了，真的也没有那么多戏剧性。但我会有那种感觉，啊，我终于站在这儿了。当然，也很怕的，真的很怕，很不安的感觉。第一次站在一万多人面前唱歌，感觉自己在抖。

鲁　豫：在竞争激烈的香港乐坛，举办演唱会虽收入不菲，但同样是风险很高的一项投资，娱乐公司选中能举办个唱的歌手，必定是具备实力、歌迷群稳定的大牌歌手，然而在当时，出道短短两年时间的张学友能在香港红馆举办个唱，无疑令

他信心大增。1987 年 8 月 1 日，张学友的首场个人演唱会在香港红磡体育馆举行。那几年势头特别好，有没有觉得我会一直这样下去？

张学友：没有想过会不好。其实接下来不好的时候就会很痛苦。

鲁　豫：我们要说的不好，得看你怎么说，因为你那个开始的势头太猛了，发展太快了，所以接下来一下子觉得差别很大。歌迷们要包涵一下，有时候毕竟会稍微地低一些啊，不是低谷，就是有一段时间，唱片的成绩不是那么的理想。

　　尽管有了头张专辑 20 万张的迅猛劲头，尽管是作为宝丽金的力推新人，可是从张学友的第三张专辑开始，唱片的销量就直线滑坡。1987 年，是当时两大天王谭咏麟、张国荣竞争最为激烈的一年，两人的歌曲几乎占据了所有排行榜。同年张学友推出的几张唱片的销量一度跌到了最低谷，销量仅仅只有几万张，媒体眼中昔日的天王接班人，变成了如今的票房毒药，这令当时的张学友状态非常低迷，开始

依靠酒精来麻醉自己。然而，这样的日子在张学友的生活中，整整持续了三年。

鲁　豫：按现在标准来说，哪个歌手一张唱片能够卖几万张，那已经是挺不错的成绩了，在当时是几万张的话，对你来说就是一个非常非常糟糕的成绩。

张学友：我没有几万张，就两万张。无三不成集，第三张还有10万,第四张8万,第五张最低。

鲁　豫：销量是一下子下来的，还是慢慢的，像整个世道也不是太好了？

张学友：世道没有问题，我有问题。还是有唱片卖得很好。那个时候它是慢慢下来的，可是你没办法接受。

鲁　豫：我们说一下子门前冷落，一夜之间，以前来找你的演出啊，什么录音啊突然都没有了，会有那么快吗？

张学友：我们做艺人就是这样子，比如很多人对你有兴趣的时候，就有很多媒体找你访问啊，做封面啊，这个那个的。我那段时间是很冷清的，心里很慌啦，我什么都不会做，自己没有什么专长，我觉得这是很危险的工作，是很没有安全感的工作。

鲁　豫：最可怕是你的脸已经是张熟面孔了，你不可能去到一个地方再做助理文员，那是不可能的啦。

张学友：而且是大家不喜欢的面孔，那个时候，我觉得蛮糟的。我记得有一次平白无故在街上被人骂脏话。有一次在公园，人家跑过来就骂你。

鲁　豫：他为什么呢？

张学友：就是形象不好，就是喝酒啊，闹事啊，丢蛋糕啊。

1988 年 10 月 2 日，在歌坛一姐梅艳芳的生日会上，她邀请了不少圈中好友相聚，张学友也作为朋友受到邀请。令人扫兴的是，生日会中途因为有人酒醉后掷蛋糕，大家不欢而散。不巧的是，当天有记者拍到张学友酒醉后的情形，报道他当时酒醉后有出格之举，于是众人都把矛头指向了当时酗酒成性的张学友。这一次醉酒事件也成为当时备受关注的媒体风波，也令张学友的公众形象跌到谷底。

鲁　豫：学友是在 1984 年、1985 年出道的，参加唱歌比赛，得了冠军，签了宝丽金，开始出唱片，能够到红馆去演出，还开了个唱，一切都很风光。但之后唱片世道还是很好，但他的唱片卖得不像以前那么好了，事业突然进入一种停滞的甚至是低谷那种状态。但是他是歌神，歌神自然会有听众，自然唱片会卖得很好，他的时代就快到来。

在经历了持续三年的唱片销量低迷后，1989 年底，张学友推出了专辑《只愿一生爱一人》。在这张唱片中，他为歌迷带来了《只愿一生爱一人》、《夕阳醉了》、《忘情冷雨夜》等脍炙人口的歌曲，他的歌坛生涯获得了重生，又回到了顶尖歌手之列。然而，真正预示张学友在歌坛辉煌的，是 1991 年推出的专辑《情不禁》里的《每天爱你多一些》。就在那一年，在告别红馆四年之后，张学友重新站在了红馆的舞台上。也是在同一时期，张国荣隐退歌坛，谭咏麟也宣布不再领奖，从此拉开了张学友、刘德华、黎明、郭富城四大天王雄霸香港乐坛的序幕。

鲁　豫：1991 年再登红馆，心情完全不一样了吧？

张学友：哦，我觉得 1991 年的时候那个期待比 1987 年的时候还要大。

鲁　豫：你出场之前，你觉得观众肯定是会认同你，还是内心会有那么一点小小的不确定？

张学友：还是不确定。我知道那个时候《每天爱你多一些》已经很火了，可是那只是空气中的东西，你可以感觉到有那个气候，可是你不知道到底会怎么样。到开演唱会的时候，后来就是加场，加到那个期满，然后就觉得，哎，真的是回来了。

鲁　豫：（对观众）他可能不知道"我胡汉三又回来了"。你知道吗？你肯定不知道。

张学友：怎么了？

鲁　豫：我们小时候，内地看一个电影叫《闪闪的红星》，里面有一个坏蛋叫胡汉三，他对造反的穷人说，我胡汉三又回来了，你们吃了我的给我吐出来，拿了我的给我送回来。这个词特别有名。解释完毕。

张学友：没有那个那么大气，真的，没有那么大气。我后来是很谨慎的。从1991年到后来《吻别》，我都是很谨慎地去做。因为你失去过，你会很谨慎，做每一个动作的时候都很小心。明天如果不怎么样的话，我心里也会有承受能力了。

张学友演唱时，华丽的舞步也是整场演唱会的亮点。不论是爵士舞、现代舞还是充满异域风情的印度舞，张学友潇洒的舞步都让在场的观众大吃一惊。对椅子、水瓶等新鲜道具的应用也让人感觉到了动感劲舞中的新颖编排。现场张学友每一次不经意的扭腰、提臀、摆胯，都会令在场的歌迷们尖叫不已。

鲁　豫：那时候是四大天王时代。人有时候会这样：本来我们几个人是很要好，但别人都觉得我们几个人是竞争对手，然后慢慢彼此之间可能就会很别扭吧？

张学友：很别扭，很别扭。我不知道他们有没有，我有。

我不知道跟他们怎么讲，有些时候你就觉得总有一点隔阂在中间。大家互相看到的时候很客气啊，那个感觉很不好。

　　鲁　豫：挺可惜的，本来大家应该是挺好的朋友。

　　张学友：没有人知道可不可以做朋友，可是问题是，那个时候没有那么成熟，什么也看不透。比如他拿五个奖，我拿两个奖，有时会想为什么我只有两个奖，我错在哪里了？心里面总会有一点别扭，真的。

　　鲁　豫：你们见面不会打起来吧？

　　张学友：你记得今天节目是很多人看的，不要以为就这里。

　　鲁　豫：但是这个称号的确给你们带来了很多实际的好处，跟你们生在同一个时代的男歌手很倒霉。市场都被你们给占了。

　　张学友：没有啦，我们都是这样子长大的。之前还不是谭咏麟、张国荣，我们就在等，就是这样子。

　　早在1984年香港的18区歌唱比赛中，罗美薇就曾经出现在观众席中，看到了业余歌手张学友的演出。在电影《痴心的我》中，张学友没想到，第一次出演男主角的经历，也让他遇到了自己生命中的女主角。罗美薇清楚记得跟张学友初次见面的情景："拍《痴心的我》的时候，我们还不认识。有一天，公司替我们拍造型照，看看效果如何。导演喊：'张学友、罗美薇，站在一块，让我看看你们是否登对。'于是，我们两个新人马上走出来站在一起。导演又叫：'你们互相望一眼。'我们抬头对望，两个人立刻满脸通红，接着马上低头，转身分开。"阿薇说得非常坦白，"从那刻有触电的感觉开始，我就知道我们会一起。"

影片中的主题曲《月半弯》，也仿佛正是他们爱情的写照：

> 忘不了她深情款款，
> 为她编织密密的情网，
> 千缕万缕的情丝，割也割不断，
> 夜已深，我心茫茫，她的模样，
> 始终在脑海里，来回旋转，是梦是幻，
> 那每一句誓言还在耳旁……

鲁　豫：这是你的银幕初吻？这个初吻的戏拍了多少遍啊？

张学友：几遍而已。那是香港新界比较郊区的一个地方，是秋冬的时候，晚上拍的。那个水才三度。

鲁　豫：你觉得在那儿接吻怎么样？当时心里一点激动的火花都没有吗？

张学友：没有。心想赶快拍完就算了。抖得要死，真的，冷得要命。

鲁　豫：这个时候两个人有没有好感？

张学友：就是有一些小小的朦胧和火花什么的。

鲁　豫：在香港做艺人，我觉得比较惨的，就是没有什么私生活。特别是当你是当红的歌手时，总是要特别特别低调，不能承认。你有没有经历过那个阶段？

张学友：其实没有那么严重，刚开始我也以为自己是偶像，所以还是会有一点保留的，就是怕会影响什么，唱片公司也会怕影响。后来，我发觉自己原来不是偶像，我是实力派。

鲁　豫：这是一个痛苦的发现，还是个幸福的发现？

张学友：是一个很真实的发现。我不是说没有人喜欢我，大部分人听见我有女朋友，他们会吃惊地"啊"！是这样子的。我尽可能地低调一点，我大概是最早把女朋友说给好朋友的人。

鲁　豫：曾经传过有一阵你们俩分手。是转入所谓的地下情，还是真的分开了？

张学友：我们分手的时候是真分手，最长分手时间是一个礼拜，然后又好了。有时觉得很奇怪，好像都是上辈子欠的债一样，没办法。

鲁　豫：你给她写过很多首歌啊。

张学友：没没没，我没写。

鲁　豫：在座的未婚的女歌迷，一定要找一个像张学友这样的歌神，然后在床上唱情歌给你一个人听。

1996 年，相恋了十年的张学友和罗美薇在伦敦秘密完婚。夫妻二人自始至终都对外保持着一贯的低调。

鲁　豫：你结婚的日子我觉得有点怪，是 2 月 15 号。为什么要躲开 14 号的情人节？你有一条腿跪下来求婚的浪漫的过程吗？

张学友：我自己给自己的解释是，14 号是情人节嘛，我们也过了情人的阶段了，

那就在 15 号,就是已经超过情人了。结婚前,我觉得我很不浪漫,我说,咱们结婚吧。我太太其实有点犹豫,说考虑清楚再说。可能下个礼拜就要去登记时,我们还是犹犹豫豫的。

鲁　豫：没有准备鲜花、钻戒、香槟、蛋糕、礼花?

张学友：我这个人是一个很不懂情趣的人,要学也很难。

鲁　豫：准备个花有多难?随便买一个戒指有什么问题?

张学友：也不一定要戴那个,对不对?随便买个圈就好了,我是用那个橡皮筋。

鲁　豫：橡皮筋儿很大啊,你怎么套到手上?

张学友：可以转很多圈,多大多小可以自己调。

鲁　豫：那请问现在张太太的手上会不会戴着个橡皮筋。

张学友：用橡皮筋可以去领戒指一枚。我们一起去订的。很普通的一个。

鲁　豫：我们说每个成功男人背后一定有一个女人,罗美薇就是在背后帮你默默打理一切,是不是?据说你从内到外,穿什么袜子,打什么领带,穿什么衬衫,都是她来管。

张学友：从前是妈妈,有一段时间她替我,一切一切都是她来打理。后来有了孩子,她就说,我有孩子我不做了。这样子,就辞职了。

鲁　豫：你给她薪水吗?

张学友：她做我也要给,不做我也要给,这个没办法,反正都是要给。

2000 年 8 月 3 日,张学友和罗美薇的女儿出生,取名张瑶华;2005 年 3 月 8 日,张学友和罗美薇的第二个女儿出世。歌神张学友虽然演艺事业日趋繁忙,但对家庭、对女儿的细微照顾,在圈中也是颇有口碑的。2005 年,在香港的模范夫妻调查中,他俨然成为香港人心目中的模范父亲。

鲁　豫：不得了，你看啊，击败香港首富李嘉诚，还有特首曾荫权，当选最佳父亲。

张学友：刚才讲的两个人，他们每天要管几百亿的钱，要管几百万的人，每天都要去上班，所以感觉不会有时间，我好像比较有时间。

鲁　豫：但说实话，你在家管小朋友吗？

张学友：管，我在家就管，我在家大部分是我带的，喂奶，换尿布，陪她睡觉。

鲁　豫：换尿布，你换得很熟练吗？

张学友：我家现在有菲佣，我还是比我菲佣做得好。

鲁　豫：你是一个严厉的父亲还是一个和稀泥的父亲，就是只会说"算了算了"那样的？

张学友：我是"算了算了"的，一定要有一个人算了算了嘛。但是，最好的也是我做，最坏的也是我做。最坏就是打啦。

鲁　豫：那是女儿，你也打啊？你可能是吓唬吓唬吧。

张学友：我是怎么长大的，不要忘记。因为我经历过童年的创痛，我知道打哪里是比较适合的。我打手，把手拿出来，轻轻地打。

鲁　豫：是轻轻地打一下，还是真打？

张学友：没有轻轻打一下，很痛的。因为她淘气了，很不听话，宠坏了。

鲁　豫：你是先宠她，宠完了以后又打，宠是因为没有理由打她，到你有理由的时候，她已经宠坏了。那两个女儿是更亲妈妈，还是更亲爸爸？

张学友：现在小的不知道，大的亲我。妈妈很严，严肃、严格。就是做功课不能写错，字要写得很直，写得要很干净。

鲁　豫：你女儿心目当中最喜欢的那个偶像是你吗？

张学友：暂时我觉得应该是。

鲁　豫：你是不是每天不给她听别人的歌？来听爸爸的歌，爸爸的歌很好听。

张学友：没有。没有。小时候，有给她听那个《不老的传说》。她还在肚子里面的时候，我以为她出来就会唱《不老的传说》，唱着《不老的传说》就出来了，然后哭的时候，听到《不老的传说》就不哭。其实，根本一点用都没有，她是后来才会唱的。她听的都是儿歌，很少听我的歌，我后来写了一首歌给她们，她们也没有常常听。然后她说，可不可以唱你写的那首歌给我听，我唱两句她就睡觉了。她现在5岁了。

鲁　豫：有做歌星的潜质吗？

张学友：没有，没有。她妈妈唱歌不行。

鲁　豫：那得看跟谁比，要跟你比的话，那没法行。

张学友：她妈妈唱歌时，唱第一句跟第二句的调儿会完全不一样。我们唱歌的时候有一个调儿，我们就会发现，唱不对比唱对难，她会突然从一个调儿转到另外一个调儿，完全没有先兆，就转了。这是很难的，真的。要叫我们去练，要练很久。所以她天分比我高。

鲁　豫：见过损人的啊，没见过这么损人的。

　　从出道到现在，张学友成为香港获奖最多的男歌手之一，先后得奖200多次，他是首位获得世界杰出青年奖的歌手，首位上《时代》杂志封面的香港歌手，连续两年获得世界音乐颁奖礼颁发的"亚洲最高销量歌手奖"，他还被评为香港艺术家、香港杰出青年、香港十大健康偶像、香港十大红人。

　　但是，2001年，在一场名为"拉阔音乐会"的演唱会上，张学友在唱到《她来听我的演唱会》时突然失声。一度停下来要求重唱，同样的事在2005年的《雪狼湖》台湾演唱会上再次重演，张学友不得已上台含泪致歉。这件事直到今天，张学友承认自己心里依然有阴影。

鲁　豫：他其实是一个对自己要求非常高的艺人，觉得自己的表现不完美，他会很生自己的气，然后会把自己关起来，然后无论什么人去跟他讲都没有办法，搞得他周边的人都很难过。

张学友：我从前是这样的。我从前唱歌如果有什么问题，我就会一个礼拜很不开心，然后就一直不讲话，搞得旁边的人很怕。

鲁　豫：真的会把自己关在小黑屋里面反省吗？

张学友：比如说那边有休息间的话，我就会自己躲在休息间里面，然后把人都赶出去。每一次都是这样，只要稍微觉得自己没有到最完美的那个状态，出现了一些我不应该犯的错误，我都会伤心。可是，我发现，你越在意，就越会犯错误。现在我对自己没有那么苛刻了。

鲁　豫：在台湾演《雪狼湖》那次，当时可能现场有很多歌迷在吧，你们当时都哭得稀里哗啦的，是不是？演出之前，你感觉到声音状态不是很好了吗？

张学友：那天演出之前，我感冒了，已经病了。可是，如果我取消演出，在台上就有四五十个演员，然后还有幕后的很多人，我一个人的东西我可以承受，但是，我们两百多人过去，因为你一个人的原因不能演，觉得很难承担，压力特别重。

鲁　豫：像你这样的性格的人，不会当着很多人的面哭啊，那次为什么情绪会特别激动？

张学友：其实，我是一个很难哭的人，我就跟大家讲，我觉得我真的年纪大了，不知道为什么会比较感性，很容易被触动。我是很男人，很强硬的人，从前开那么多场演唱会，下来我都很少流泪。在我记忆里，在2006年之前，我在演唱会哭，可能有两次左右。但是今年特别多，奇怪。

在《鲁豫有约》的现场，人们通过现场的录像片段，看到了张学友在台湾演出时向观众鞠躬致歉的场面：张学友重感冒导致喉咙不舒服，但力求完美的他，还是咬着牙撑下去，唱到半场时，就发生破音的情形，张学友为了要给观众最棒的演出，决定停唱，带领着全剧演员为台湾观众演出特别的最后一幕，同时，也是最感动人心的一幕。张学友说，"非常抱歉因为我一个人的原因，无法让这个剧继续下去，在这里谢谢所

有今天到场的朋友,待会儿主办单位会有一些善后的安排,在这里对不起!对不起!谢谢大家!"

张学友的毅力,让现场观众全部起身为他鼓掌。连绵不断的掌声,充满整个剧场。虽然这是场不完全的演出,但歌神的表现肯定是最完美。

张学友:你看,对我来讲,最难过的一次,一直很让你非常地去在意它,会一直去想它,事情已经过去一段时间了,心理上总是会有阴影吧。还是 2001 年的时候,就像 2001 年那次,我因为鼻敏感唱不下去,后来就一直想,是不是自己从此不能唱了。直到第二年再开演唱会,我的自信心才又回来。每次自己失声,那种感觉都很恐怖,很怕很怕,怕得要死。虽然我不喜欢娱乐圈的环境,却真的很爱唱歌这项事业。

2002 年音乐之旅的时候,这算是一个台阶,它可能是一个不能完成的音乐会,也是可能是我的歌唱生涯的一个终结,对我来讲,这是一个赌注,所以压力很大,结果完成了。我每次经历一些东西的时候,会觉得自己就好像举重一样:从前你是举 50 斤的,你突然间可以举起 80 斤的时候,你就觉得没问题了。唱完 2002 以后,我就觉得,我的信心又回来了。

鲁　豫:那也就是说,你会一直唱下去。因为你是属于那种可以唱到很老很老的歌手。将来有可能会跟你女儿、太太一起唱歌吗?

张学友:我现在在家有跟她唱啊,跟我太太也在家唱。

鲁　豫:将来有没有可能跟女儿一起唱,让我们能够听到的。

张学友:不太可能,想当演员,不行,没门了。她自己要当的话,我也没办法。你也知道嘛,女儿长大以后多么反叛。

鲁　豫:你冲我说什么,我不反叛。

张学友:我觉得这个圈子其实不好,有一些不必要的压力,尤其现在,从前还好一点。从前媒体没有那么、那么……现在有一点失去了控制。在香港这个娱乐圈能活到现在的,心理条件一定得很好啦。我觉得唱歌、在舞台上表演是一个很可爱的工作,这个工作的另外一面是那么讨厌。反正世界就是那么矛盾。

　　鲁　豫：真的希望他的歌声能一直陪伴着我们很多年。谢谢所有的歌迷朋友们。

　　昔日的失败成就了今日的歌神张学友，他曾把自己比作一只将要破茧而出的飞蛾，他曾不断地告诉过自己："今天的我不怕面对失败，因为我知道他日我必定会成功。我若手握成功，不会感到骄傲，因为我知道它将挫败我。今天我不怕面对黑暗和未知的将来，因为我知道我将从它身上学习到更多，从而带我到更新更辽阔的空间。我知道最终我将像飞蛾般，扑向光明，进入永恒，那又何惧，我并不孤独。因为某年，某月，某日，某地的某一刻，我曾和你同在，感谢你教给我的！"

　　对于张学友的歌艺，谭咏麟评价说："虽然没有青春的年纪和偶像的面孔，但是他是实力派的歌手。他的音色、资质、潜力和性情都不是如青花般的、灿烂过了就凋谢，他会细水长流，无休无止地在歌迷心中逐渐加重分量。"

结束语

　　张学友成名多年，大众耳熟能详的经典作品不胜枚举，而在卸下歌神的耀眼头衔之后，他自称是一个再平凡不过的人，谦称在努力学习扮演"父亲"的角色，尽力做到"严慈并济"，在时间流逝中细细体味平淡生活中的不平淡。

百万制作人
李宗盛

人物小传

　　1958 年 7 月 19 日出生，1980 年代台湾流行乐坛最具实力的词曲作家和唱片制作人，有"百万制作人"之称。他制作的张艾嘉、潘越云、辛晓琪和林忆莲等女歌手的专辑都是既叫座又叫好的经典。他为赵传写的《我是一只小小鸟》、为伍思凯写的《让我忘记你的脸》、为成龙写的《在我生命中的每一天》等也都是风靡一时的热门流行曲。这位音乐大师主宰了流行乐坛数十年沉浮，但仍然称自己是凡人、俗人，活得琐碎而真实；一副笑起来嘴角微微下撇的招牌表情，把无奈和淡然展露无遗。剩下的，便是对生活的眷恋与深爱。

开场白

李宗盛可谓是台湾乐坛的常青树，这位音乐大师是 80 年代台湾流行乐坛最具实力的词曲作家和唱片制作人；无论是 80 年代出生的青年，亦或是已入不惑的中年人，无不多多少少经历了他的音乐布道。

至今仍时常环绕大家耳边的《我是一只小小鸟》、《梦醒十分》、《真心英雄》、《当爱已成往事》、《凡人歌》等歌曲都是他创作中的经典。而正是这些歌作为李宗盛思想的容器，沉淀了他最深沉的情感。

李宗盛 1958 年出生在台湾，这位音乐创作家小时候是一个提起学习就头痛的孩子。

李宗盛：我小学念国中，考高中就没考上。第一年没考上我觉得对我妈的打击比对我的打击还大，因为当时我妈是国中的老师，她觉得丢脸；别人看见她就会说，哎呀潘老师，她的小孩竟然落第了。我妈觉得自己很没面子，最后她托了关系，把我弄到一个补习班。这个补习班保证说，只要你把学生送进来了，我就能让他考上好的高中。当时我被送进去以后特惨，早上五点半就要起床去念书，结果念了 10 个月，把我给揍得

呀……当时补习班里的老师打人根本就不用手，用那个饭瓢打脸，或者是用藤条打大腿的内侧，一下子打下去就跪在地上站不起来了，特别疼。

鲁　豫：家长能同意老师这样打孩子吗？

李宗盛：同意，怎么不同意，人家学校都给你保证考上重点高中，家长就觉得吃点苦值得。那个时候我是我们班挨打最多的。但是你知道吗，结果到了第二年再考的时候，全班只有两个没考上，一个就是我，另外一个我认为他有轻微的智力问题。当时就我们两个人没考上，我记得后来我根本就不敢去看结果。

鲁　豫：为什么？是因为你基本上已经知道自己考不上了吗？

李宗盛：知道，就感觉自己考不上了。我就骑着单车，在一个小土坡旁盘桓很久，也不敢去看结果。后来我真的没看就回家了，到家里就看见妈妈在厨房做饭也没有问我有没有考上，我觉得那时候家里对我已经不抱什么希望了。所以后来我就在家里帮忙做一些事，我会修瓦斯炉啊、热水器啊之类的东西，我还去帮人家送煤气罐。

鲁　豫：你还送煤气罐？

李宗盛：对呀，对呀。那时候我们家经营了一家小的瓦斯行，经常就会有人打电话过来说，喂，长城瓦斯行吗，我是谁谁谁赶紧给我送罐瓦斯过来。我就骑摩托车，穿着夹角拖鞋就去了，其实那时候蛮过瘾的。

　　李宗盛成名以后经常用这段童年的生活提醒自己只是一个平凡的人。童年生活给他的创作上带来很多的灵感，他在后来的一些作品中就形象地描述了童年时候送瓦斯的日子。

　　　　我是一个瓦斯行老板之子

　　　　在还没证明有独立赚钱的本事以前

　　　　我的父亲要我在家里帮忙送瓦斯

　　　　我必须利用生意清淡的午后

　　　　在新社区的电线杆上绑上电话的牌子

我必须扛着瓦斯，穿过臭水四溢的夜市

——李宗盛《阿宗三件事》

中考失败后，李宗盛的姐姐带着他四处报考，私立高中、教会学校无一不落，但成效甚微。国立艺专的考试中，听写和试唱的两个零分，撕裂了他最后一点对音乐的想法。李宗盛曾说，在当时没有任何证据显示他是一个可以在社会中存活的人，因为每走一步，他都会被一再告知，注定没有出息。也许为了赌一口气，李宗盛最终考上了一个叫新竹明新的私立工专，分数还不错，但离他的梦想却更远了。

鲁　豫：你在那个学校读了几年？

李宗盛：5年，而且因为是私立的学校，5年都要住校。所以在那5年里对我的性格形成影响蛮大的，因为非常寂寞。工科念的是数学、电机之类枯燥的专业，我理科本来就一塌糊涂，有时候像流体力学的一个题都要解三个黑板才解出来，经常就会感觉很受挫。

鲁　豫：那你5年都是怎么熬的？

李宗盛：第一年就侥幸混过了，第二年的时候就挂了很多科，像微积分啊什么乱七八糟的专业课就都挂掉了。因为我们那个学校是修学分的，如果你有科目挂掉学分没修够的话，放暑假别人回家你就得在学校继续修，但我怕父母知道，然后就蒙；我每年都不动声色，我照样回家。

鲁　豫：那老师不找你吗？

李宗盛：不找，因为可以欠着。到5年后别人修完学分都毕业了，我那时候就只修了50分，还欠了200多分。然后就继续念，当时非常彷徨。断断续续又继续念了两年才毕业，所以就等于我念了7年。我根本不是读书的料，而且我开窍也比较晚，像我对异性的这个好奇和采取行动都是在20岁以后的事情。那个时候我们学校的男生和女生一起去郊外烤肉，我觉得我当时特别惨，我长得又不帅而且起了满脸痘子，根本就没有一个女生理我。

对专业的不适应引发的挫折感、寂寞以及性格中的自卑，注定了明新工专成了李宗盛记忆里永远的灰色，但"木吉他合唱团"的成立无疑为这片灰色带来了一丝曙光。吉他合唱团是李宗盛和其他几个好友共同组建的，以本土民谣为主，风格内敛，在当时由电吉他引领的校园中并不十分走红，但却是李宗盛音乐生涯的基石。

鲁　豫：是主唱还是什么？

李宗盛：是主唱之一。因为我在家经常要干很多的粗活，送瓦斯啊，有时候是瓦斯筒上生锈了，然后需要要手去刮下来再重新上漆，这样我的手就很粗糙也很僵硬，所以吉他弹得也不好。所以后来我练琴要比人家下的工夫多得多。

鲁　豫：当时那个乐队在学校受欢迎吗？

李宗盛：还行，但是我不是最受欢迎的那个。我们乐队有一吹长笛的小子叫陈永裕，个儿又高，长得又是一表人才，他很受欢迎；还有一个吹口琴的叫江学世，浓眉大眼，也很受欢迎。我不行。

鲁　豫：但当时在台上的感觉你觉得好吗？那个时候有没有觉得自己将来就会去做音乐？

李宗盛：我是想做音乐。每次去演出我们都很认真，我们会专门去定做西裤和

马靴。我记得我们第一次在台湾的一个比较大的地方演出，叫"国父纪念馆"。一上台看到下边那么多人，脚就开始抖，后来台下的一个同学就给我讲，小李怎么你的裤腿一直在动？其实是我紧张，腿抖得厉害。

虽然在大场合下演出对李宗盛来讲并不容易，但"木吉他合唱团"无疑带给他从事音乐创作更多的灵感。几乎就是这个时候，李宗盛已经认定只有音乐才能给他激情，而作音乐将是他未来发展的空间。但他所选择的毕竟是个危险的行当，或者一步登天，或者一文不值，极少数人成了这个行业的受益者供人观瞻，大多数却注定终其一生在家庭生活的压力中进退维谷。幸运的是，李宗盛就是这极少数人。不久之后的一个偶然事件，为他提供了一次难得的机遇。

李宗盛：我那时候有个女朋友叫郑怡，她要做一个唱片。我那时候白天帮家里送瓦斯，晚上就去录音室陪着郑怡录音，每次看到制作人在那个调音台前面把按钮推上去，拉下来很有权威，我就觉得这样的工作环境我喜欢，这才是我想要的。所以每当郑怡有一些企划会议呀，选歌呀什么的，我就会以郑怡男朋友的身份跟着去看，去学习。结果突然有一天，郑怡的那个制作人去大陆了，当时去大陆是非常震荡的一件事情，和今天不能比；然后他们那个企划就给我打电话让我过去，去录音

室一趟。我当时心里就乐了，我就心想制作人这个活要给我接了。

鲁　豫：那他们怎么就知道这个活儿你能接呢？他们之前对你了解吗？

李宗盛：因为他们没选择。第一我本身会一些音乐，我也有个组合乐队。我去他们录音室的时候也给他们吹嘘过，我就说这个片子要给我做，我一定会怎么怎么样；谁的声音是什么样子的应该选什么歌。第二就是他们那时候也没什么选择，箭在弦上，制作人去大陆了他们能怎么办？干脆就把我找来让我接了。那次是我人生中最黄金的机会，做了多少白日梦以后终于有机会做制作人了。

鲁　豫：很少有人这样，我总觉得在这个行业，你得摸爬滚打很多年以后才能够到制作人这个位子，很少有人一上来第一个工作就是做制作人。

李宗盛：对，可是之前我也吃了蛮多苦头的。自己做了很多功课，很多准备。比如说键盘、吉他以及我对乐理的了解，都是我自学的。我第一天做制作人，去录音室的时候，早早地就把乐谱印好，把该买的烟啊，槟榔啊，盒饭啊都准备好，母带也从公司抱来。当我听到录音棚的监听响起的时候，我的眼泪都要掉下来了，这就是我的梦，我所期望的实现了。非常感动。一个瓦斯行的求学无成的小鬼实现了自己的梦想。

鲁　豫：在那一刻感受最深刻？

李宗盛：对，永远都忘不了。后来有很多校园演唱会我都会在那种大学体育馆里，我看郑怡在台上唱歌，现场很多人给她鼓掌。我对自己说，这都是我做的，我做了一件改变一个人一生的事情。

鲁　豫：那种感觉是得意还是兴奋？

李宗盛：特别兴奋，也是我心甘情愿在幕后。其实幕后很寂寞，掌声不是你的，钱不是你的，名也不是你的，但事实上还都是你做的事情，所以要非常忍得住才能够坐到幕后。我当时就很开心，并且非常乐在其中。

鲁　豫：郑怡当时就是因为你给她制作的那张唱片一下子红了吗？

李宗盛：对，对。

鲁　豫：那张唱片对你来说，让你在业内的地位也巩固了对吗？

李宗盛：没有。因为行业不会这么快只是出一张唱片就认可你，觉得你是刚出来蒙的。最多也就是觉得这小子还算有两下子。

如果说郑怡的《小雨来的时候》还不足以让李宗盛走向成功，那其后他为张艾嘉制作的专辑《忙与盲》则不容置疑地稳固了他在音乐界的地位。从1986年开始，李宗盛进入他创作的黄金时期，《寂寞难耐》、《我终于失去了你》等歌曲纷纷出炉。1990年，他为赵传创作的《我是一只小小鸟》使那个时代的中国青年为之呐喊。1991年，他推出的一系列歌曲，《凡人歌》、《在我生命中的每一天》、《漂洋过海来看你》、《明明白白我的心》，每一首都掷地有声，即使十年后的今天，仍然盘踞在各大KTV的金曲榜中，无从取代。而对于这些经典老歌的创作过程，也自然成为了人们关注的焦点。

鲁　豫：你知道你自己一共写过多少首歌吗？

李宗盛：一共300首吧，算是挺少的。因为我20年写了300首只等于一年15首。

鲁　豫：在你创作力最旺盛的时候，写歌的过程是什么样？

李宗盛：我在写《漂洋过海来看你》这首歌的时候，是写给金智娟（娃娃）的。这首歌的创作灵感来源于我听说了金智娟的事，这个小女生当时在谈恋爱，男朋友在北京，她在台湾，经常见不到面；金智娟常常会把校园演唱会赚的钱偷偷攒下来够几千块钱她就会去买机票回大陆看他的男朋友，很不容易！我当时听了很感动，关于她的这故事就在我心里一直累积，一直累积。有一天下午我去一家牛肉面馆，在吃饭的时候突然又想到金智娟的故事，然后我就拿了餐桌上的餐巾纸的纸垫，向老板借了支笔就把歌词写下来了。

> 为你我用了半年的积蓄漂洋过海地来看你
>
> 为了这次相聚
>
> 我连见面时的呼吸都曾反复练习
>
> 言语从来没能将我的情意表达千万分之一

在漫天风沙里

望着你远去

我竟悲伤得不能自已

多盼能送君千里直到山穷水尽

一生和你相依

——李宗盛《漂洋过海来看你》

多年以来，无论是作为音乐人还是歌手，李宗盛一直保持低调，他与林忆莲珠联璧合的婚姻也被业内外传为佳话，但是这对恋人却终于劳燕分飞，林忆莲去了新加坡，而李宗盛则选择留在北京。关于感情的破裂，两人都对媒体保持缄默，李宗盛公开对林忆莲的那句"祝你幸福，找到你想要的，你认为是值得的"，也使愈演愈烈的离婚风波告一段落。

谈话节目一碰触到感情这方面，就看到了李宗盛眼神里所流露出来的伤痛，他和林忆莲的婚姻是他心里最深的痛。采访的过程中我们也尽量不去揭他的伤疤。

鲁　豫：为什么会搬到北京来呢？这是渐渐搬来的过程，还是突然有一天决定我就要到北京去？

李宗盛：我的婚姻里有一些变化，我十几年前写的歌词就像是寓言一样预见了我现在的生活，这个那么大的城市，我来了，东南西北都搞不清楚，没有了婚姻，我只能守着我的孩子我的工作。

鲁　豫：40多岁重新开始经历一个人的生活会害怕吗？

李宗盛：我觉得一个人的时候最大的害怕就是受不了寂寞，我将来可能会有很

长的一段时间都是这种状态。我现在正在练习的是不让寂寞变成我的致命伤。

  鲁　豫：之前的哪一首歌跟你目前的心境最符合?

  李宗盛：比较真实地描述我现在感情的作品是《阴天》，莫文蔚唱的《阴天》，我觉得那个词很耐人寻味的，戏剧性的就预言了我的今天。

> 阴天在不开灯的房间
>
> 当所有思绪都一点一点沉淀
>
> 爱情究竟是精神鸦片
>
> 还是世纪末的无聊消遣
>
> 香烟氤成一滩光圈
>
> 和他的照片就摆在手边
>
> 傻傻两个人笑得多甜
>
>
>
> 开始总是分分钟都妙不可言
>
> 谁都以为热情它永不会减
>
> 除了激情褪去后的那一点点倦
>
> 也许像谁说过的贪得无厌
>
> 活该应了谁说过的不知检点
>
> 总之那几年感性赢了理性的那一面
>
>
>
> 回想那一天喧闹的喜宴
>
> 耳边响起的究竟是序曲或完结篇
>
> 感情不就是你情我愿
>
> 最好爱恨扯平两不相欠
>
> 感情说穿了一人挣脱的一人去捡
>
> 男人大可不必百口莫辩
>
> 女人实在无须楚楚可怜

总之那几年你们两个没有缘

——李宗盛《阴天》

　　李宗盛早期创造的一些作品里的歌词，不知道是出于创作的灵感还是生活中经历很多对自己创作欲的一个冲击？这些歌词里面让我们多多少少地看到了他的影子。

　　无论李宗盛在他的婚变中处于什么角色，他都是一个非常好的父亲，李宗盛的两次婚姻，带给了他三个女儿，他给她们取名为纯儿、安儿和喜儿，希望她们能够平安快乐地生活。第二段婚姻结束后，林忆莲带走了他们的小女儿喜儿，而前妻所生的两个孩子则留在了他的身边。提到他的女儿们，李宗盛开始滔滔不绝，所有属于男人的脆弱、温暖、甜蜜和满足表露无疑。

　　鲁　豫：好像圈里所有熟悉你的人都说你是一个特别好的爸爸。你觉得好父亲是什么样的？

　　李宗盛：我如果是一个好父亲，我就应该放下我所有的工作，把时间都给她们，可是我现在做不到。我觉得其实是我的需求，有时候我需要她们的拥抱，我需要感受她们就在我的身边。

　　鲁　豫：你还记得你第一次做父亲的时候吗？老大纯儿出生的时候，去产房看

自己的女儿出生了吗？

李宗盛：那个时刻我都没有，没有特别感动，因为我不知道将来会是什么样子。但是到老三喜儿出生的时候就有很多的感受了，因为喜儿出生的时候我都40岁了，经历过很多的波折才有喜儿，所以每当我抱着喜儿的时候，我最常跟她讲的话就是："喜儿，爸爸40岁才有了你。"那一刻感触很多。

鲁　豫：觉得自己一个人难吗？

李宗盛：蛮难的，但我觉得最难的地方是，要让她们觉得自己生活的周围并没有改变。其实因为我的两次婚姻，对她们的生活影响挺大的。有时候我想去遮掩，想去跟她们说："没事，什么事情都没有，爸爸很好，一切都很好。"但是有时候想掩饰这个很难，因为在我有压力或者自己困难的时候我自己都不相信什么事都没有。

鲁　豫：她们喜欢你的音乐，喜欢你的歌吗？

李宗盛：一般，按年龄来说，她们还没有到喜欢的时候。很多时候是我被强迫听她们喜欢听的东西，连司机现在都要听她们喜欢的音乐。就是周杰伦、麻吉、潘玮柏、5566 啊这些人的。

　　女儿是李宗盛现在唯一的安慰，也是他生活的动力。不管他的生活中出现了什么样的变数，也不管他工作上有多辛苦，有了女儿在自己的身边，我想仅仅是看到女儿们对自己的一个微笑，李宗盛就能很满足，很感激了。这才是他想要的。

　　在创作高潮逐渐落幕以后，李宗盛相对比较低调，近几年，他开了自己的制作公司，还成立了一家木吉他的加工厂。李宗盛说：过去我一直在帮人圆梦，40 岁以后必须有更自我的东西，用新的心情面对音乐生涯。

　　鲁　豫：你现在的工作安排跟以前的有变化吗？是比以前悠闲了？

　　李宗盛：对，比以前好很多，至少现在不用熬夜工作了。我这个人不喜欢应酬也不喜欢出门，有时候需要出去宣传，但我最多也就是去两天就到我的极限了。

　　鲁　豫：现在偶尔登台会很享受那种音乐的氛围吗？

　　李宗盛：也不太享受，我会很紧张，因为我经常记不住词，有时候在台上唱着就会忘词。

　　鲁　豫：那怎么办呢？

　　李宗盛：假装喉咙不好。唱着唱着忘记词了赶紧就"嗯……"然后在嗯的时候

天才型创作人　李宗盛
EDITED BY WWW.CULTURE.SH.CN

赶快去想下一句是什么。

鲁　豫：不行的话就把话筒对着观众大家一块儿唱。

李宗盛：这招我不太行，我不会做这个；周华健会，他是这个招数。

鲁　豫：现在还会有以前作为幕后的那种得意，那种骄傲和感动吗？

李宗盛：有那么个片断是我特别感动的，就是我唱《爱的代价》这首歌的时候，挺想念当初喜欢我歌的那些人，我演出的时候我会把台下的人当作我想见的那些人。

还记得年少时的梦吗

像朵永远不凋零的花

陪我经过那风吹雨打

看世事无常

看沧桑变化

那些为爱所付出的代价

是永远都难忘的啊

所有真心的痴心的话

永在我心中虽然已没有他

也许我偶尔还是会想他

偶尔难免会惦记着他

就当他是个老朋友啊

也让我心疼也让我牵挂

只是我心中不再有火花

让往事都随风去吧

所有真心的痴心的话

仍在我心中

虽然已没有他

——李宗盛《爱的代价》

鲁　豫： 我听说你现在办了一个吉他厂？

李宗盛： 不能算厂，就是个小的作坊。做吉他，实现我的梦。

鲁　豫： 你的梦是什么？

李宗盛： 我最早的时候梦想着自己是个木匠，我觉得木匠是很神奇的工作，后来我开始弹吉他以后，我又觉得自己特别喜欢琴，所以我现在要有一个作坊，去做我的吉他。做的全是手工的，一个月只能做一两把，我也参与做一部分，已经做了好几年了。

结束语

　　这位被称作是"百万制作人"的音乐大师与音乐相伴已近 30 载，音乐诠释着他的感情，诠释着他的生活，诠释着他的生命。

　　2007 年 1 月 26 日，李宗盛"理性与感性音"世界巡回作品音乐会北京站在人民大会堂隆重上演。此次从幕后转到幕前，是李宗盛为自己从艺 27 年作的一个小小的总结。

　　听李宗盛的人都是热烈而不狂热的。听到每一首他创作的歌的那一刻感受是欣慰，是满足，是明白，是懂得，是不孤单，是不寂寞，是走过千山万水原来你也在这里的梦境。

　　时过境迁，曾经在台下欢呼雀跃的孩子都已长大，无论在不在人生的既定道路上，他们都有一份共同的音乐记忆，每当歌声响起，浮现在眼前的还是那一段痛彻心扉但激情澎湃的岁月。

　　"恰同学少年，风华正茂，书生意气，挥斥方遒，指点江山，激扬文字，粪土当年万户侯。"这就是李宗盛带给那一代人最猛烈的心灵碰撞，以及他音乐创作的魅力所在。

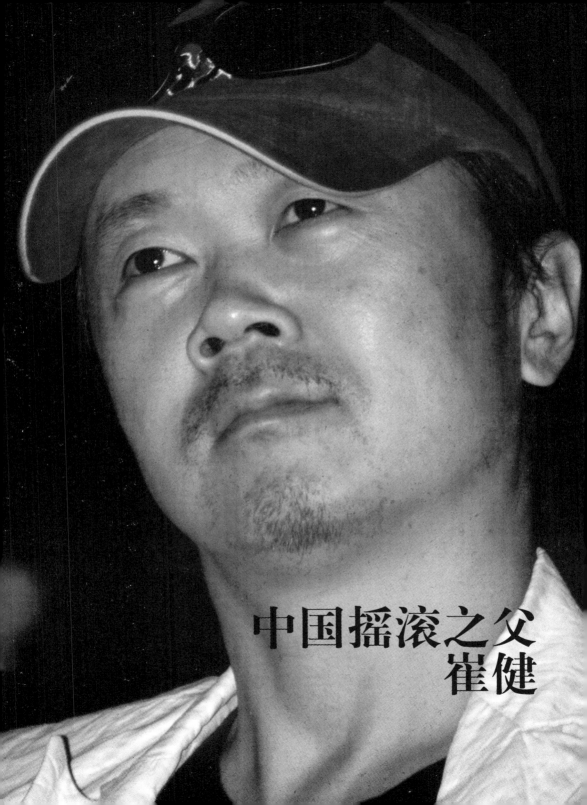

中国摇滚之父
崔健

人物小传

    1961 年出生于一个朝鲜族家庭，父母亲都是艺术工作者。1975 年开始学习吹小号，并一度成为著名的北京爱和管弦乐团的专业小号演奏员，1984 年与另外 6 位专业音乐人成立乐队——七合板。同年出版了他的第一张专辑《浪子归》。

    曾于 1988 年在汉城奥运会全球现场广播中演唱了《一无所有》。1989 年曾前往英国伦敦参加在皇家阿尔伯特厅举办的亚洲流行音乐大奖赛，并前往法国巴黎参加"布尔日之春"艺术节。1990 年开始着手他的《新长征路上的摇滚》在中国的巡回演出。

    崔健被誉为著名摇滚艺术家、中国摇滚乐的领军人物，被称为"中国摇滚教父"。代表作有《一无所有》、《红旗下的蛋》、《新长征路上摇滚》、《给你一点颜色》等等。近年开始涉足影视，演出作品有《我的兄弟姐妹》等，2005 年导演网络电影短片《故事无双》。

开场白

崔健似乎是专门为中国摇滚乐而诞生的天才，在中国流行音乐走入低潮的时候，他所领导的摇滚音乐在一夜之间传遍大街小巷。一个穿长褂、弹吉他的青年，一个高歌"一无所有"的邋遢男人，被称作是中国的"摇滚教父"。

已经跨过了四十不惑门槛的崔健，这位中国摇滚乐的奠基者，在新世纪里吹响了"真唱运动"的号角，其以惊人的活力奔跑在中国摇滚的新长征路上。他说最希望的死亡方式就是死在舞台上。对于一个音乐家来说，舞台就是他的战场，能够在战场上死去或许就是他最好的结束。

> 那天是你用一块红布
>
> 蒙住我双眼也蒙住了天
>
> 你问我看见了什么
>
> 我说我看见了幸福
>
> 这个感觉真让我舒服
>
> 它让我忘掉我没地儿住……

———崔健《一块红布》

这就是崔健的歌。对今天的年轻人来说，他也许已经过时，但是，在 20 世纪 80 年代，他是一股巨大的旋风，不，也许就是疯狂的龙卷风。

80 年代初，他接触到不为国人所知的摇滚音乐。

80 年代中，他成为青年人的英雄和偶像。那段岁月，人们在他的歌声中找寻自己。

90 年代，他被誉为"中国摇滚教父"！

21 世纪，我们仍能听到他的声音！

鲁豫：采访崔健之前，我在别的场合见到过他，我们没有交谈，但是直觉告诉我，这是一个话不多，做事执着，特立独行的人。我的同事们见到崔健以后都说，崔健和他们想象中的完全不一样，他们觉得崔健不够野性，不够粗糙。但我说，崔健一直就是这个样子。崔健给我印象最深的是他说话的方式，他是那种不太善于，也不太愿意讲故事的人，说起话来非常的理性，而且离不开音乐，音乐在他的血脉里流淌着。

鲁豫：你现在平常演出多吗？商业演出。

崔健：一般在 20 到 30 场，一年，算是多的吧，一直没有什么太大变化，因为我从一开始做演出的时候就一直是这样，没什么太大变化。

我是在 90 年代初在北京的首都体育馆有一次专场个人演唱会，那次之后，有几年没有在舞台上，至少是没有在北京的舞台上露面。现在我也很少在北京的舞台露面。

鲁豫：音乐在你生活中占多少？

崔健：我现在估计是百分之百吧，我现在做的所有事都跟音乐有关。

鲁豫：那音乐对你来说意味着什么，它肯定不是一个工作，当然也是工作，就是你生活的全部？

崔健：对，有可能。我明白你的意思，你想问我的意思就是说我的生活里边还有没有其他的，如果我总是音乐，我估计这个人就比较无聊，一天到晚总是谈他的音乐。如果是这样的话，我觉得我现在有很多的感兴趣的东西，它跟音乐不是很直接的关系，比如说电影，但有间接的关系。

鲁豫：但你还是通过你的音乐去接触电影。

崔健：对，还是音乐。还有什么东西跟音乐没关系。生活，生活肯定跟音乐没有关系，但我觉得跟生活也有关系，我觉得不喜欢音乐的女孩好像不能处得时间太长，你知道吗，作息时间就不一样，聊的东西也不一样，你很快就觉得没有什么可聊了。

鲁豫：和崔健聊天让我觉得他这个人太音乐了，这么说可能有些奇怪，因为崔健本来就是一个非常出色的音乐人，但我的意思是崔健的生活已经被音乐占满了。而跟他谈话，几乎每一个话题都会牵扯到音乐，我想音乐是流淌在崔健的血液中的，从他小时候拿起小号的那一刻就已经注定了音乐会和他结下不解之缘。

在崔健的音乐里，时常出现小号的声音。这个乍听起来过于舒缓的铜管乐器，尽管透露着哀怨，但确实显得与摇滚乐的其他习惯配器格格不入。不过，正是小号，沉淀着崔健深厚的情感。他的父亲是解放军乐团的小号手，崔健正是从父亲的小号声中接受了音乐启蒙和熏陶。

鲁豫：你应该算那种属于音乐儿童，就从很小开始就接受特别正规的音乐教育跟音乐训练。

崔健：没有过，不像现在的孩子，我14岁开始，我爸爸说，你要想吹号，你可以开始吹号了，你岁数大了，够了。

鲁豫：为什么吹号呢？多闹，一般小孩可能家长会说你学弹钢琴吧，或者小提琴吧。

崔健：对，这也是我父母从来没有给我压力，他要说你要想学的话你可以学了，他是非常轻松地告诉我。我一开始也试过别的乐器，试了半天都觉得不合适。我试过双簧管，手风琴什么的，后来……

我记得我最早开始吹一个小号二重奏的时候，跟我爸爸吹二重奏的时候，我突然发现音乐太美好了。我记得我跑到走廊里拿谱子那个过程是飞着跑的，跳着，是内心里高兴那种，觉得这个事儿好玩，那时候我就发现音乐太美了。在那之前实际上没有意识到，当时觉得好听但是没有觉得这么贴近我，实际上真正贴近我的时候，吹号，吹二重奏的时候，一下觉得这音乐太好玩了。所以我觉得回想起来我的青春期的话，就是有很大的反差，作为音乐来说，我觉得好像是一个归宿，好像是一个特别理性的一种自我制约的方式，我记得特别清楚，我每天看着表吹一个小时心里才舒服，或者吹一个半小时，看着（表），一分钟都不差，特较劲。

鲁豫：是觉得这个吹的时间太漫长了，好不容易吹完了，还是说，哎呀……

崔健：不，觉得是一种心理上的舒服。完成了也特别累，那时候号特别大，我特别瘦小，放在桌子上吹，胳膊拿不起来，那个号特重，我爸爸的号。

鲁豫：小号是特大的，是吗？

崔健：小号现在看不大，那时候看很大。

学习小号成了崔健少年时代一项重要的任务。凭借浓厚的音乐兴趣和特殊的音乐天才，崔健20岁就加盟北京爱和管弦乐团，担任专职小号手。不过，还不到3年时间，崔健已经清楚地知道，自己不属于那种板着面孔的严肃音乐。于是他开始寻找，寻找另一种能够让心灵世界飞扬激荡的声音。但那个时候，崔健还没有找到答案。

鲁豫：在台上独奏的机会多吗？

崔健：没有。我演奏这些东西都是一些比较

传统的，当时在北京交响乐团的时候，演奏了很多贝多芬的曲目，都是一些保留曲目。自己觉得这些东西好像很远、很高大的一种形象，是很正式的一种东西，从音乐形象来说，我们演出的时候穿的衣服是戴领结，穿笔挺的黑西装什么的，这种东西好像跟生活没有什么关系。

鲁豫：你觉得那不是你。

崔健：对，不是了。我们穿那种衣服的时候，多少会有点不好意思，所以说我从来不愿意（穿），演完出以后不愿多穿一分钟，马上脱下来，穿上自己的便装，这种感觉好像能说明一些问题，就是你演奏的音乐和你的生活其实不是很贴近。

鲁豫：第一次舞台的经验，我指的是舞台上唱歌的经历你还记得吗？

崔健：忘了，恐怕是唱一些英文歌曲，英文的乡村歌曲。那时候我在北京歌舞团，给别人伴奏，偶尔也唱一唱。

鲁豫：但是敢在舞台上唱歌，你得先觉得我自己唱歌唱得很好。

崔健：对，我觉得我在19岁的时候，自己在家里拿箱琴练歌的时候，就觉得自己会唱歌。上舞台的时候就觉得是应该的，应该上舞台。

鲁豫：当时觉得在台上唱歌比在台上吹小号过瘾多了吧？

崔健：不一样，唱歌的话，当然你会觉得你可以自己写，自己编配，因为我那时候开始学作曲，自己试着给一些歌曲做配器，那个感觉特别舒服。实际上更舒服的是那种感觉，就是你把自己的作品拿到那儿试，最后在舞台上，观众有反映，底下有掌声，那时候我记得嗓子特别不好，唱两三首歌，说话就说不出声来了，但是能感觉到观众还是喜欢，这种感觉让我有一定的自信，就是我们自己写的歌自己唱会有一些好的反应。

　　从观众那里得到初步认可的崔健，马上找乐团同事刘元等人，组建了"七合板乐队"，开始创作属于自己的音乐。

　　这首《不是我不明白》就是七合板乐队成立初期最有代表意义的作品之一。遗憾的是，80年代的中国，说唱风格的摇滚简直是稀罕古怪的玩笑。起初，没有人能够接受它。

　　崔健：我在"七合板"时期是自己配器，写歌，那个时候北京有一个全国的流行歌曲比赛，在东方歌舞团一楼的排练室，有很多人报名。我们也去了，我们演了两首歌，其中一首叫《不是我不明白》，但是我们第一轮就给淘汰了。当时挺狠的，但我演的是自己的歌。我记得特别清楚，我们四个人，王迪，刘元，还有我，还有一个黄小茂，黄小茂他拿鼓风机。我们四个人在门口排着队，门儿一开以后点我们的名字，别人还不让进，只能进去四个人，我们自己拿着音箱，一插电就支上了，特别有意思。然后他们那七个人（评委），往那儿一坐，拿笔记着。那些人根本不可能听我们这样的音乐，我们都是撕心裂肺的，唱歌的方法跟他们根本不一样。对于他们来说，这肯定不是什么东西。我们当时也不管那个，就是告诉他们，我们很认真地做音乐，没有进入第二轮我们已经做好思想准备了。但是特别重要的是他们看到了我们的态度。虽然没有进入第二轮，但是我估计就是那次给王昆留下了很好的印象，觉得我们这帮人可能在使所有的力量在给自己创造机会，到第二次接触到我们的音乐的时候，她已经很熟悉我们了。当时歌写得挺好，排练完以后，歌写得挺好，然后看歌词也挺好，所以我们才有机会。对我来说，这是特别重要的一件事。

　　一辈子唱革命歌曲的著名歌唱演员王昆，在流行歌曲还被很多人认为是"靡靡之音"的时候，就勇敢地站出来支持流行音乐的发展。1985年，时任东方歌舞团团长的王昆策划并推出了一台名为《让世界充满爱》的节目。就是在那次演出中，崔健演唱了《一无所有》。

王昆回忆说："崔健演唱的时候，我就坐在台子上。崔健唱'难道你爱我一无所有'时，我看到有同志退席。有人指责我：'王昆，你们陕北歌就是这么唱的吗？'"

"我是把《一无所有》当成爱情歌来听的。"王昆说，"而且，这首歌的音乐非常好，很打动我。所以，我就批准他唱。"

"一些人说我是引进流行歌曲的罪魁祸首，对我非常不满意。我认为，用不了几年，群众就会把我这个帽子摘掉的。"

崔健的第一张专辑是《浪子归》。当时的摇滚还带有抒情浪漫音乐的特质。在80年代中期，已经经过一次次思想启蒙的中国青年人第一次听到"西北风"并接受了崔健摇滚乐的布道后，他们的心灵受到棒喝和意外的摇曳，崔健和"七合板"也忽然从"稀有怪物"变成了年轻人的偶像。

1988年，许多大中城市的大街小巷都在传唱同一首歌，那就是崔健的《一无所有》。淋漓尽致的歌词，置放在刚劲陌生的音乐中。老人们认为，这是资产阶级腐朽文化的表现。而年轻人却因为在崔健的摇滚里找到共鸣而激动万分，于是穿着旧军装的崔健，变成了一个伟大符号，是启蒙、思想、真实、不合作的文化象征。

鲁豫：后来那次，就是大家印象最深的你第一次在北京——大家认为你第一次演出，就是你穿军装那次，那其实也劲儿劲儿的。

崔健：那是马褂。

鲁豫：我怎么记得是军装啊。

崔健：不是，那是王迪他爸的马褂。其实上台之前都没想好穿什么衣服，每个人都带了一大堆衣服，到底穿哪个，我上台之前决定我穿王迪他爸的马褂，就是这样，特别随意的。

鲁豫：但你当时那个裤腿是卷起来了吗？

崔健：裤腿是不是卷起来我不知道，如果卷起来的话真的不是有意的。

鲁豫：不是想刻意跟别人较劲，你们都穿特别好，我就这样特别个性。

崔健：那时候我们都穿那样的，好像我们很多人穿的是晚会的那种集体的服装，红颜色的。但那都不重要，这种形式上的东西，我也不知道会成为历史镜头，所有人都在谈论这件事，我觉得对我来说特别无聊。

鲁豫：对于我们来说这是一个很有意思的一个事，这是一个文化符号。

崔健：对于我来说就特别随意的，什么想法都没有。我们在那之前真的就是挑了半天衣服，本来是王迪要穿的衣服，我说，算了，王迪我穿吧，我就穿上了。

那个晚会就是唱《让世界充满爱》，是个大合唱。在大合唱之前，有个别的乐手有机会唱独唱，我写了一首歌叫《一无所有》，王昆看我们走完台以后说，你可以演，然后看了看歌词，歌词写得也挺好，唱吧。就这么简单。

鲁豫：我记得你当时上台是说，大家好，我是崔健，后来是看那些报道说，第一句话出来以后，全场掌声四起，是那样吗？

崔健：我不知道，不记得了。

鲁豫：那种演出你都不记得了，这都有划时代意义的一次演出啊。

崔健：我那天，我没记得我说这话。

鲁豫：但是气氛特别好那次演出，是不是？

崔健：对，我记得就是我们演出完的时候挺好玩的，演出完的时候，我们走在街上，我们从剧场后门出来的时候，有一帮小孩在街头上学我们跳舞的动作，我觉得挺有意思。

鲁豫：就等于是那次演出以后，崔健的名字开始叫响了吧。

崔健：对，可以这么说。还有一个专辑《让世界充满爱》，其中有我两首歌，一首是《一无所有》，一首是《不是我不明白》。当时卖得挺好的，封面用的是我的脸，我说你干嘛用我的？他们说因为你是第一首歌啊。

1986 年"国际和平年音乐会"唱红了两首歌——《让世界充满爱》和《一无所有》——崔健由此为同行所知。在接下来的巡回演出中，他征服了最初无法接受他的人，使《一无所有》自 1988 年开始广为流传，深入人心。1989 年，崔健出版了第二张个人专辑《新长征路上的摇滚》，这使崔健本人和他的《一无所有》变得家喻户晓。但大家无法相信的是，崔健写《一无所有》的初衷根本不是社会启蒙，而是描写爱情。

鲁豫：你写《一无所有》那首歌的时候是沉浸在一种什么样的情绪里面，我指的是那歌词？

崔健：当时写这首歌的时候，有很多的想法，都和这首《一无所有》本身没有什么太大关系，等我写完歌词以后才发现，哦，这其实可以叫《一无所有》。当时想过叫《你这就跟我走》或《你何时跟我走》，那时候好像是 1986 年，还叫《1986》。后来写完发现，因为我写歌词比较慢，写完以后我跟民乐配，配完以后再修改歌词，不断地修改，修改完了以后，最后的时候我才发现这是一个一无所有的感觉，就叫《一无所有》了。也可能这首歌不是我写的，是上帝，有人支配我写的，写完了以后我就发现，还比较有时代的代表性，但对我来说，好像我没有想太多，写完了就完了。

鲁豫：这是一首什么样的歌呢？

崔健：它就是比较乡村化的，就是比较西北的那种风格的。

鲁豫：不，我指的是内容，我可能更关注歌的内容，你表达比如是当时一种愤怒的，叛逆的情绪，还是一首爱情的（歌曲）。我就老觉得这是爱情歌曲，但是后来可能被听的人赋予了就是那个时代的一些东西。

崔健：它就是爱情歌曲，实际上甭管你赋予什么东西，甭管观众怎么样理解，你既然把作品写出来放到市场上，每个人拿到这个产品以后怎样想，那真的不是我的事儿了。有一次，我在北京电视台做节目，有一个插过队，下过乡的人问我，你是不是下过乡，插过队什么的，吃了很多苦什么的，所以你写出了《一无所有》。

我说这完全是理解错误，那东西就是一个情歌。他说你怎么可能写出这种歌呢？你太让我失望了，你这是无病呻吟呀。我说这怎么是无病呻吟，这是我的感觉呀。

崔健坚持不重复以前的路，接下来便出版了《解决》《红旗下的蛋》《无能的力量》。像大多数人一样，与《新长征路上的摇滚》比起来，我们并不喜欢他的后三张专辑。于是我们很想拍到崔健独唱老歌的镜头，却被他拒绝。他希望自己是新的，永远不活在过去。而无论新歌，还是老歌，崔健唯一能肯定告诉我们的是，他唱的摇滚始终不是政治，而是爱情歌曲。

鲁豫：我们能够从你不同时期的音乐感受到你不同时期的情感吗？

崔健：这个可以，我觉得感情、情感实际上是越来越复杂，越来越困难。感情上的吻合、和睦实际上是生活中最难的，最不容易得到的东西。我现在的爱情属于有好几种状态，我觉得有 1 状态，99 状态和 100 状态。

鲁豫：不明白。

崔健：1，就是要 1 个，不要 99 个。这是一种状态。要 99 个就没有 1，说明没有 1 要 99 个。还有的话叫 100%，1 也要，99 个也要，我觉得我现在是……

鲁豫：鱼和熊掌不可（兼得）。

崔健：对，但是我觉得我现在正在99的状态里，但是我肯定不会是100的状态，我不喜欢那样的生活。

鲁豫：但你也不可能是1个的那种状态。

崔健：我喜欢那种状态，现在还没有那1个呢，所以只能处在99里。

鲁豫：你的初恋是在什么时候？7岁那次不算，我觉得。

崔健：不要当绯闻往外放就行。

鲁豫：我觉得7岁那次不算，我看过你跟那个谁聊天，说7岁。

崔健：我觉得当我看到小孩的时候，我观察，小男孩，小女孩，他们七八岁的时候，他们都有感觉。

鲁豫：你说现在的小孩。

崔健：一样。回忆起我小时候，完了再看他们，我觉得都是一样的。对一个喜欢的男孩子有好感，对一个喜欢的女孩子有好感，都是一样的，而且你可能永远忘不了。但是这个容易成为绯闻。我觉得只有把它当作一种生理上的事我才有兴趣去谈，但是我觉得如果当成一个公众人物谈这个事儿，我不愿意谈，因为这种事儿不会给我带来什么好的反馈。但我觉得这是非常严肃的一个事儿，关于幼儿的性教育问题，恋情教育，情教育，情欲的问题，这是整个人类都应该关注的一件事儿。

鲁豫：我觉得这是一个浪漫的话题，不是个严肃的话题。

崔健：我觉得这是个科学的话题，这不是浪漫话题，我就怕他成为浪漫话题，

所以我不愿意谈论它。

崔健是一个有些害羞的人，虽然成名多年，但是我觉得他好像并不太习惯做一个公众人物，一直以来，他都把自己的家庭生活和感情生活保护得很好，他对我说，如果我们只是抽象地理论性地谈情感话题我愿意，但是我不愿意就事就人，因为我不愿意伤害别人。我想，崔健希望别人关注的是他的音乐，而不是崔健本人。

崔健在音乐中一步步成熟，正如他人生的足迹从为人夫到为人父。

鲁豫： 我想知道你是个什么样的父亲？

崔健： 我觉得一个父亲和一个情人可能某种程度上有点像，就是你在某种程度上不知道自己在做什么，等你爱上一个人的时候，你真不知道你在做什么，当你面对自己女儿的时候，你也是不知道在做什么，而且你不在乎你知道不知道，但是你必须要做。

鲁豫： 你指的是一种本能，一种天性。

崔健： 对，本能与天性。

鲁豫： 你在做父亲的那时候，你在心理准备好了吗？要接受一个小的生命到你生命当中来。

崔健： 是两回事。因为你没有孩子的话，当你看到你的女朋友，或者你老婆怀孕的时候，你会感觉这是一种变化，她的一种变化。当你看到一个人，活生生的大眼睛，瞪着眼看你的时候，那种震撼太厉害了，这是你创造出的一个生命，这时你完全就被动了。我当时就真的有点不知所措，如果父亲是这样的话，我就要考虑当不当父亲，当时那种震撼我永生难忘，因为一个活人跟你有关系，眼睛睁着看着你，所有的东西都得依靠你。

鲁豫： 你是一种不知所措的震撼还是……

崔健： 不是，与她没生出来时相比，就一刹那，生和没生之间就是两个概念，可能有第二个孩子就不会了，但有第一个孩子那种太震撼了。你自己完全变成被动了，一刹那间你就完全不是过去的你了，你的责任心一下就摆在那儿了，而且你是愿意做什么都可以做。就是你完了，她能改变你，她是你的上帝了，她能够让你做什么你就做什么，她要是有一点儿风吹草动，对你来说都是非常非常重要的，你的一切都要围着她转。

鲁豫：以前从来没有人能改变过你吧，爱情也不能改变你。

崔健：以前都是我们改变别人，都想的是，包括我父母，知道我父母养我们是怎么养的吧，这点特别重要，真的是一模一样。他们怎么对待你，实际上你能回想起来你怎么对待你父母，你从小就是被人这样看待的，就是我们已经改变了两个人的生活，这时候你得接受一个人改变你。

鲁豫：你跟一般的爸爸一样吗？比如你会给小孩喂饭，你会纵容她，你会……

崔健：都做过，当父亲该干的事都干过。

鲁豫：她知道她爸崔健是干嘛的吗？

崔健：她越来越知道了。

鲁豫：她那概念是什么，你所谓她知道的概念是什么，就是这歌儿是我爸唱的？

崔健：我们一直比较注意这种东西，我经常会跟她说，当名人无聊，特别没意思，这是工作，没办法，她也会理解这个，有时候别人找我签字，她在旁边就做鬼脸，觉得同情我，做个鬼脸就是同情我，你辛苦了。

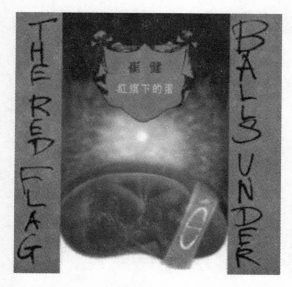

1994 年，崔健发行第四张个人专辑《红旗下的蛋》，令歌迷们大失所望。但崔健没有因此停下探索的脚步，依然朝着自己的既定方向走去。1998 年，他出版了第五张专辑《无能的力量》，几乎没有任何反响。可以说，此时的崔健已不为新青年崇拜，他的力量，活在上世纪 80 年代的启蒙时期，是那段难忘岁月里的里程碑。

不过，崔健还是崔健，2002 年，崔健又策划了中国第一个室外摇滚音乐节——雪山音乐节。此外在这次音乐节上，崔健还提出了一个带有运动性质的口号——"反对假唱"。

鲁豫： 现场演唱是你搞音乐当中最喜欢的一个环节吗？

崔健： 对，我觉得很多人可能没尝到这个快乐。

鲁豫： 你最开始的时候上过电视吗，那种比如说电视晚会，上过吗？

崔健： 那时候没有电视晚会，我比较在乎的是真实地表达自己，如果当你发现不能真实表达自己的话，你自然就会有一种反感的情绪。比如说电视台要求你假唱，他给你选歌，他的条件是我让你露面，我让你跟大家混个脸儿熟，这就是条件。其实可以搞现场播出，而且现场播出的话，我会认真做，非常简单，你雇一个人来就完了，你把音响师雇到了，给他一点时间，现场演出就能播出得非常好，而且现场演出的气氛肯定比伴奏带好，肯定比假唱好，他就不愿意去试。我并不是说我天生就恨电视，我没这道理。

移居北京制作音乐的罗大佑率先支持崔健"反对假唱"的态度。然而，台海两岸这一对若即若离的摇滚教父，他们此番惺惺相惜，却并未改变"真唱运动"应者寥寥的尴尬处境。内地流行乐坛众多歌手，用异乎寻常的冷漠，审视着崔健的一次次呐喊。

鲁豫：你一直都这么坚持，是吧？

崔健：对呀，多少年了，一直这么坚持。你看我每年 20 场演出，每一场演出都有非常清楚的合同，就是音响达到什么样的水平我们才去做，否则的话我们不做。如果要是想挣钱的话，就是不在乎这些东西，我走，那很容易的事，就是你根本不用签这些合同，你拿了钱爱什么样儿什么样儿，我去演就完了，我露脸不就行了。这就逐渐变成了现在的这种演出环境，根本不在乎音响，不在乎播出，只要你让我露脸，你给我钱就完了，说白了就是这个。我现在在做这个事，是一件事一件事跟人磕，有时候磕得头破血流……

鲁豫：头破血流是个什么状况？

崔健：就是一次彻底的失败。这个"反假唱"的运动，好像在某种程度上是一种抗衡，有可能头破血流，也有可能成功。就是像打赌一样。我发现，所有的媒体，大牌明星们都不支持这个运动，现在没有一个既得利益者给我们签字。即使有人想签字他们也不敢签，因为怕得罪其他人，怕得罪这个圈子。所以，你要是说我搞这个活动是针对歌手的话，我觉得不是我的本意。我针对的就是主办大型演出的人。他们是提高中国的现场播出水平和现场音乐文化的重要机构。要是不改变这个，中

国的现场音乐就没有什么发展。

在崔健大力倡导"真唱运动"的今天，我们还能够看到当年"七合板乐队"还有后来的"ADO"乐队建立时围绕在他身边的老朋友刘元和王迪，他们和崔健一样，追逐着属于自己的音乐世界。时代在变，崔健没有变，他依然像 20 年前一样，天马行空，独往独来。

鲁豫：你觉得你给别人的印象是怎么样的？

崔健：我中学的时候别人叫我老崔，现在还叫我老崔。我中学的时候就有人打电话，老崔，完了我爸接的，跟我爸聊了半天才知道不是这个老崔。

鲁豫：是因为你的外形还是因为你的声音？

崔健：就因为我的外形，我就这样。

鲁豫：从来没有年轻过，但是也不会变特老。

崔健：反正他们就愿意把这个"老"字加在我的姓前边。

鲁豫：那你怕老吗，我不是说作为普通的人，就是作为搞音乐的，不是你，只是作为崔健，你怕老吗？

崔健：唯一没办法的就是这个，但是我不怕它，我觉得我自己现在如果是在 A 面的话，不是有 B 面吗？ A 面是按加数走，活到 B 面的时候该减数走了。比如我这盘磁带是 90 分钟的带子，我活到 45 岁的时候，我开始走 B 面，走 B 面的意思就是说越活越年轻，开始倒着走了。

鲁豫：你喜欢，还是讨厌"摇滚乐之父"这个称号，或说根本无所谓。

崔健：麻木了，无所谓。

鲁豫：现在可能麻木了，最开始呢？听到别人说崔健

是"中国摇滚乐之父"的时候，还是会有成就感的。

崔健：我都忘了当时怎么着，我没有反对，但是我觉得现在是真的有点无聊了。

鲁豫：你不觉得这是个荣誉吗？

崔健：这是一种总结，好像是一种总结，好像你已经干完事儿了，但我还有好多事儿没干呢，我觉得我自己还想干事儿呢，我说过，我还想当我自己的孙子。所以，人们要是在家乡认出我的话，我不希望找我签字，如果他喜欢我的话，说老崔你干得不错，再见，这就够了。

结束语

　　和崔健的谈话似乎往往不自觉地就随他偏向了理性的一边，这并不意外，因为崔健似乎历来就应该是这般的。崔健不太喜欢别人把他看做是偶像，称他为"中国摇滚乐之父"，然而事实上，不管他是否喜欢那样的"符号化"，他的"绿军装"和他的"一无所有"将永远是一代人生命中挥之不去的记忆。

娱乐"小巨人"
曾志伟

人物小传

　　曾志伟，香港演员、导演、制片人，生于香港，原籍广东。中学毕业后曾加入香港青年足球队，现在是香港明星足球队的成员。1974年以替身演员的身份加入台湾的长弓影业公司，1978年开始自己创作剧本，1979年任成龙《笑拳怪招》的副导演。他也是知名的节目主持人和大型活动司仪。曾志伟身材矮小，其貌不扬，五音不全，却依凭他那聪明而极富喜剧感的脑袋，加上后天勤奋，人缘颇好，成为屹立香港影坛30年不倒的"小巨人"。

开场白

不帅，不高，不酷，甚至连嗓音都很难听的一个男人，却在香港这个五光十色的弹丸之地，成就着属于他的电影事业。这位被人们形象地称为"胖敦敦的搞笑高手"的香港影视界"大哥级"人物就是——曾志伟。

采访曾志伟是在香港的一家茶餐厅，曾志伟是这家餐厅的主人，从编剧、武行、演员、导演、主持人，再到香港明星足球队的主力球员，我们很难找到某一个名头来给曾志伟下个定义，这位 50 岁的香港影视界"大哥级"人物用最热情的方式欢迎了我们，就像是久别重逢的老朋友一样。

曾志伟一直很忙,采访那天他先是熬了一个晚上剪片子,然后早晨8点钟就赶到海边去拍一个糖果的广告,广告一拍完就马不停蹄地赶来做鲁豫的访问。采访是安排在下午三点半,曾志伟三点钟一过就到了现场,看到我们还在布光,他就松了口气说:"哎呀,我终于可以抽空吃碗面条了。"这是他留给我们的第一印象:精力充沛,守时,敬业。

鲁　豫:进演艺圈有多少年了?

曾志伟:30多年了,已经。

鲁　豫:30多年了,想过自己会在这行待那么长时间吗?

曾志伟:没想过,本来进这一行就挺意外的,在我们那个年代,男演员都是一些180公分的帅哥,长得又酷;你看我个子又小,长得又不帅。而且那个年代的美女演员,我几乎都和她们演过戏,拍过一些亲热的,每个镜头拍完,下来就被打一巴掌。做梦一样。

鲁　豫:你说入这行意外,但是我觉得,你入行之前是足球运动员,这我倒意外。

曾志伟:最主要是因为我爸爸是一个足球教练。他每个星期教球员的时候,都带着我去,人家跑步,我也跟着在后面跑。在学校读书的时候也很想把足球踢好,因为那个时候在学校踢足球就不用做功课了。但是到了20岁后的青年时期,对足

球的爱好开始有点减弱,其实当时唯一让我想离开足球圈子的原因是因为,我怕大家都把我跟我爸爸拉在一块,没有说第一眼看到我就说这个是踢球很好的曾志伟,他们都会说,哎,谁谁的儿子。所以那个时候我就很强烈地希望我能够做一个跟我爸爸完全不相干的工作,拉不上关系了,就没有人讲闲话了。

曾志伟从3岁开始就跟着爸爸踢

球，一直踢进香港青年队，代表香港打国际比赛。他在那时认识了当时做武行的洪金宝，在洪金宝的引荐下，曾志伟获得了一些在电影中扮演小角色的机会。

鲁　豫：还记得第一天进片场时候的情景吗？

曾志伟：我最记得第一天去片场当武行的时候，当时拍的是一个明初时候的戏，负责服装的阿姨就给我一套衣服让我换上，可是我看来看去根本不知道该怎么穿；裤子没皮带，衣服怎么扣，一点不清楚，就站在那愣着。后来知道还有一个和我一样的武行，我就想等着他换衣服的时候看他怎么穿，结果，他一直在那边赌钱，也不换衣服。工作人员就大叫一声，开拍了你们怎么还不换衣服！然后就是骂人。后来就稀里糊涂地穿上了，而且你知道吗，换上衣服以后你身上的钱就没地方放了，因为那个是古代的服装没口袋的。我就看到他们都用一块布卷着钱缠到腰上，我也跟着学了，但很麻烦，如果上厕所腰带一放可能钱就丢了，所以后来慢慢要去适应很多东西。

曾志伟初入武行的时候只是个青涩的小男孩，还不习惯片场上当着那么多人的面就换衣服，为了这份工作，曾志伟是慢慢习惯，并慢慢去学习。因为自己身材矮小的原因他还给很多女演员当过替身。

鲁　豫：你没有练过武术，没有武术的根基，你当武行容易受伤吗？

曾志伟：不会就慢慢学，其实以前我做最多的工作是当替身，当女孩子的替身；因为我身材矮小，又瘦，戴上假发就跟女孩子一模一样。有些女演员要作一些从屋顶跳下来，从悬崖这边跳到另一边去，从一栋高楼跳到另一栋大厦去，类似这样的动作啊，这些就都由我来替身。

鲁　豫：害怕吗？会受伤吗？

曾志伟：不害怕，因为觉得受伤是应该的，如果不会受伤，别的演员就来演了，为什么还找我。但是有一次，我代替人家吊钢丝，在几十层楼那么高的地方吊着，拍的时候已经吊在外边晃着了，结果大厦停电了，我就听见风吹得那个钢丝，哗啦啦，哗啦啦地响，因为当时演员用的钢丝都是很细的不像现在的那么安全，然后我脑子里就闪现出以前哪一部电影拍的时候钢丝断了，哪一部电影拍的时候替身演员出事了。非常害怕，没来电之前没人能来救我，就一直在上面吊着。

鲁　豫：那后来怎么样了呢？

曾志伟：后来就是来电了以后，工作人员把我救下来了。说实话当时腿都软了，几乎站不住，但是嘴里还说没事没事，还告诉人家一点不害怕。到后来却是越想越后怕。

鲁　豫：那救完以后，后来还吊吗？

曾志伟：吊！怎么不吊，这个就是我的工作，我就是替别人的演员，总不能因为我害怕危险了，再去找别人来替我。

那一次的小小意外让曾志伟体会到了做替身演员的艰辛和危险，但并没有阻挡他继续工作的脚步。他说，既然做了就一定要坚持到底，这是自己的工作。曾志伟一直兢兢业业做着他的替身工作，但是没几年就赶上了香港武侠片的低潮期，工作依然辛苦，但收入却只够维持生计；在导演麦嘉的鼓励下，从小擅长讲故事的曾志伟开始尝试着去编写一些电影的剧本。

鲁　豫：我能想象你演戏，当导演，做主持人，或者唱歌，做武行什么的，但我想象不出来你坐在那儿一动不动地写东西。很难想象！

曾志伟：我也没想过，我以前念书的时候，家里除了漫画书以外什么书都没有；但后来我当编剧，我家里最多的东西就是书，除了漫画书之外什么书都有，整个房间全是书，比我读书的时候多十倍甚至一百倍。

　鲁　豫：当时就一点都没有犹豫过学编剧？万一不是这块料，武行那边又放弃了，那怎么办呢？

　曾志伟：那个时候我觉得我既然决定从零开始做，就一定要有破釜沉舟的信念，不能说我做编剧去了，武行那边我还做；要认真地去做一件事情的时候，想做好就一定要把后面的的路先断掉，所以我就决定一定要离开武行。那个时候麦嘉导演他也不是一个有名的导演，他自己也接一些戏回来写剧本，每写一本给8000块，8000块他自己要生活，我还跟着他学习，等于当助理。那个时候生活很拮据，我就每天坐香港最便宜的那种电车到他家，要坐一个半小时的时间。有时候我们也会相约去咖啡厅，我记得当时我们经常去的是同一家咖啡厅，因为那家咖啡厅可以在那坐一天，喝完一杯再续杯不用加钱。

　　就这样，曾志伟度过了将近一年的学习编剧生活之后，开始尝试着参与写一些电影剧本，随着自己写剧本的经验增加并渐渐走上导演的道路。

　鲁　豫：你什么时候开始有个念头要自己红，做编剧的时候就开始了吗？

　曾志伟：我从小时候踢足球的时候就觉得，我要红；打保龄球，我也说我要红；打乒乓球也是。其实这个也不是叫红不红，只是好胜。每做一件事都想做成功。我记得我当副导演的时候，有一天导演请客，他喝得很醉，我扶着他到他的车子旁边，他拿了钥匙出来，丢在地上说，给你开一下了，你一生都不会开到这么好的车。那时候我就给自己说，我一定要买一部这样的车，我一定要做到。

鲁 豫：是很好的车吗？

曾志伟：是一部奔驰的敞篷跑车，后来不久我就买到了，虽然是部旧车。我记得买这部车的时候，一拿到钥匙我就把门打开把自己关在车里面，然后就"啊"一直大喊。终于买到了，虽然是一部旧车，已经转了好几手了，但是我买到了。很开心。

曾志伟通过编写剧本对电影产生了浓厚的兴趣，由他编剧的《少林三十六房》如今已经成了邵氏电影的经典之作，他为洪金宝量身定做的《肥龙过江》则让自己的好友一下子红了起来。在洪金宝和成龙等好朋友的帮助下，曾志伟一边继续写剧本，一边开始尝试担任副导演的工作。一个十分偶然的机会，终于让他坐上了导演的座椅。

鲁 豫：记不记得第一次自己往导演椅子上一坐那个感觉？

曾志伟：其实第一部戏，我拍得并不好，因为那个时候我太不理智。拍第一部戏的时候，我去找过一个有名的导演，我问他，我要当导演了，你觉得我应该怎么样？他说你当导演，你一定死。我说为什么？他就说我又爱喝酒，又赌马，又打麻将，那么多坏习惯，怎么当导演？除非把这些东西都戒掉，才能当一个好导演。结果你知道我怎么做吗？我不仅没有把这些戒掉，我还变本加厉。每天赌，每天喝，喝完去拍戏。现在想想那时候真的是大笨蛋一个，我跟谁斗气，跟自己过不去嘛。所以我觉得那次拍得并不好。

鲁　豫：但是我总觉得你在这行很多年，做武行那么辛苦，又受伤又受了很多委屈，现在当导演了，感觉应该是不一样的？导演不是都有那个专门的椅子吗，上面还写着导演的名字？

曾志伟：我不像那样，我以前常常喜欢蹲在地上或者坐在那边和摄影师聊天，要不然就跟演员坐在路边。因为我也是从最底层出身，我觉得大家都是一个集体，没必要搞特殊什么的，我不习惯。我记得我在台湾拍戏，台湾很特别，导演特别权威，要有一个小工，长期跟着拿着一个木箱，一把椅子，一把伞，随时准备拿给你用。有一次坐旅游巴士去外景，旅游巴士一停我就下车跑到树林里面，我去小便，刚准备拉裤链，就发现有一把椅子在后面，一个人就说大爷请坐。我说我不是看外景，我要小便。那个人他看我下车还以为我要看外景，他就拿着椅子看我跑得多快他就跑多快跟着，当时感觉很好玩。

从 1979 年《踢馆》开始，曾志伟前后导演过 17 部影片，其中大部分都是喜剧片。在这中间，曾志伟最满意的要算 1982 年的《最佳拍档》，这个系列影片创造了当年香港票房的奇迹。

曾志伟：我们拍的《最佳拍档》，如果当时票房按现在的情况计算的话，仍然是全香港最高纪录的。那个时候我们收 2700 万，以现在的票房就是一个亿吧。

鲁　豫：那部戏完了以后，你再上街，别人认识你了吧？

曾志伟：认识。我记得《最佳拍档》在公映的时候，两个月我的嘴巴都没有合拢过，每天都在笑。每天去戏院，看到又排长龙了就会享受那种气氛。那时候的香港电影院以前是没有出现过排队这样子的，我记得那天是大年初二，警察，防暴警察都来维持治安，排队排得骚动，你说这个电影多厉害。因为《最佳拍档》是一部喜剧，我就叫朋友把录音机带到各个戏院去录声音回来给我们听笑声，结

果从播第一个画面到出曾志伟导演字幕这个阶段，戏院已经有四次掌声了。感觉非常过瘾！

曾志伟导演的影片总能让观众开怀大笑，不管是票房大卖的《最佳拍档》，还是口碑不佳的《最佳福星》，然而在这些轻松幽默的喜剧片的拍摄过程中，身为导演的曾志伟却总要费劲周章地给演员们亲自说戏。几年下来，其貌不扬的曾志伟竟然从幕后说到了台前。令他没有想到的是突然间，70年代尾，80年代初，突然间流行一些小人物的戏。

曾志伟：我不觉得我自己会是一个演员，我就干脆讲，演员不可能是一个这么矮，这么卡通，这么丑的人。演员都是高个，帅哥，可是后来一有些和我差不多年龄的导演朋友会找我，就说让我帮忙客串一个小角色，什么独眼杀手，独眼龙，矮子枪王，神经侦探之类的，他们觉得我演比较好，结果就去客串了，演完连摄影师都会笑起来。客串了两三部戏以后，人家就觉得很好笑，戏院反映好得不得了。后来有一部戏有两个男主角的，另外一个男主角，拍了两天，就走了。他写了一封信给我说，导演，我觉得你比我演得更好，打得也比我好，我觉得自己不能再胜任这个角色。我没想到那时候一些小角色会那么火。

　　从 1974 年开始，曾志伟以武行的身份接演了三部影片的小角色，将近 30 年过去了，各种各样的小角色塞满了他的演员档案。正是这些小人物让他先后捧起了香港金像奖，最佳男主角和最佳男配角的奖杯。近几年来，曾志伟又开始塑造起黑社会大哥的形象，在《无间道》和《无间道前传》里面，他的表演获得了交口称赞。

　　在香港演艺圈，曾志伟是出了名的豪爽，热情，朋友多。朋友在一起的时候经常喝酒，当然也因为喝酒说错话和朋友之间会有不愉快发生，但是他总能调节自己与朋友的关系。

　　鲁　豫：我觉得你是香港演员里面，少数几个，就是这么多年一直可以做自己，不太管别人说什么，比较脱俗的演员。

　　曾志伟：因为我不是帅哥嘛，帅哥要照顾很多东西，出来要有形象，我拍戏小人物比较多，这两年才演什么大哥。

　　鲁　豫：你觉得你自己最大的毛病是什么？

　　曾志伟：我觉得我话一多毛病就出来了。我这人很奇怪的，在外面很多话一回到家就没话讲；然后就是爱喝酒说错话，喝醉后就会开快车，还有很多错的事情。

　　鲁　豫：你喝酒说错话，让你最后悔的一次是什么？

　　曾志伟：算了，不好的东西，我都不想往后再回忆，我觉得过去就过去了。以前在一起喝酒的时候，我会看人，看见我不熟悉的我觉得不是我朋友，我就不和他说话更不开玩笑，他们可能就会说我大牌。但是说实话，在我这个圈里其实很多人对不起我，但这些人现在都

是我很好的朋友。就是因为我不计仇，我觉得没有什么大不了就过去了，不要
太去计较一些事情，所以才会处那么多的朋友。

就是这位常常会为朋友出头，把朋友看得比家人还重要的大哥却因为说错话招
致无妄之灾。2001 年 7 月，曾志伟和几个朋友在香港一家酒吧喝酒时突然遭到三
个蒙面大汉的袭击，结果面部被缝了 20 多针，这一事件一时间也被香港媒体炒得
沸沸扬扬。

鲁　豫：被打那件事发生以后你害怕吗？

曾志伟：怕是会怕，没有什么大不了的。人最害怕什么？死亡嘛。但死亡你都
不怕的时候就没有什么好怕的。

鲁　豫：是那件事情让你改变了吗？

曾志伟：差不多，不是因为我做错了一些事情没去跟人家道歉才发生被打这件
事情。那只是一个意外。反正我就觉得，要改变一点应该对人更好吧，因为感受到
你自己的生命，自己的健康最重要。

在酒吧遭人打的事情发生后，曾志伟对生命的意义有了进一步的思考，一直展

现在我们面前的卡通般的人物，在那件事情之后的一次招待会上，让我们看到了他沉静的一面，并且看到他流下了眼泪。他说，当看到自己出事后有那么多的朋友来关心自己，有的甚至是不认识的一些新闻界传媒人，他觉得很感动。

19 岁就已经结婚的曾志伟对家庭常常是个健忘的人，对于女孩子的喜欢曾志伟也有自己的见解。他一直强调自己个子不高长得也不帅，但是他的善良，平易近人，近乎卡通的形象让女孩子很喜欢和他做朋友。

鲁　豫：怎么 19 岁这么早就结婚了？

曾志伟：那时候比较懂事。因为我爸爸妈妈希望我早一点结婚，所以就糊里糊涂地结了。可能是一见钟情，因为我认识她的时候，她很年轻，爸爸妈妈都蛮喜欢她。然后我就跟她说，我爸爸妈妈很想我和你结婚，你考虑一个晚上，但是我有一个条件，因为我还年轻，所以你要给我三年的时间不要管我，你觉得可以的话，你明天告诉我。结果她就同意了，那时候都很天真。那时候很年轻嘛就是想玩，每天和朋友喝酒，然后很晚回家。

鲁　豫：后来结婚她管你吗？

曾志伟：不够三年就离婚了。

曾志伟的第一段婚姻维持不到三年就匆匆告终，可能那时候太年轻，双方并不知道怎样去维持一段婚姻，后来逐渐成熟的曾志伟又有了美满的婚姻。

曾志伟有两儿两女，他们大都遗传了父亲的演艺细胞。大女儿曾宝仪如今已经是台湾综艺界有名的主持人和歌手。小儿子曾国祥也涉足影视界，在父亲的介绍下，给香港著名导演陈可辛担任助理的工作。

鲁　豫：你 19 岁就结婚做父亲的时候年纪也不大吧？有没有突然肩上担子很重的感觉？

曾志伟：那时候很好奇，咦，当爸爸了。还有就是当爸爸了要怎么样，但是什么都不会，什么都不懂。我爸爸妈妈比我还喜欢我的儿子，所以几乎都是他们在带。

我觉得我永远是一个失败的丈夫，失败的父亲，因为我把时间都花在了我的事业上，我的朋友上，我觉得我对家里不够好。

鲁　豫：跟孩子之间会有隔阂吗？

曾志伟：我觉得我跟他们一直都是很好的朋友，我女儿15岁的时候，寄了一张圣诞卡给我，让我很难忘。那年刚好是《英雄本色》上片，很卖座，那张圣诞卡就是《英雄本色》的封面，然后她说，老爸，你会拍一些这么有意思的电影吗？不要老拍那些喜剧吧。这句话放在我心上很久。所以后来在我拿了最佳男演员的时候我就说，这个奖是我给我女儿的，因为是她那句话，让我更有兴趣去演一些不同的角色。

一提到爱女曾宝仪，曾志伟便开始大赞女儿从小就很乖，很懂事，是四个孩子里最让人省心的。并且曾志伟回忆说女儿曾宝仪从上小学就开始看报纸、写日记，还会很严肃地拉着他问："爸爸在演什么戏？这次拍的电影有意义吗？"弄得自己拍了不好的片子都不敢面对女儿。不过虽说女儿从小到大都没让老爸操过心，但现在曾志伟看着年过30的女儿都没张罗结婚，还是不免有点发愁。曾志伟说："以前我问她，她都叫我别管，说自己还年轻不着急；可现在，我一问她就会翻脸，所以我即使是担心也不敢问她了。"真是可怜天下父母心。

　　曾志伟的女儿说爸爸很爱美，每次去外地出差，哪怕就去一两天，也会带很多衣服。做访问的时候他的助手果真帮他拎了好几件衣服，曾志伟看到鲁豫说，哎，你穿牛仔裤，那我配合你，于是跑去换了一件衬衫，一条牛仔裤。曾志伟就是这么有魅力的人，他的魅力在于他的可爱，随和，有亲和力。但是他不让人这么夸他，因为每次外界对他有好的评价回到家他都会有点压力。

　　曾志伟：都说我随和爱说话逗人笑，这个老婆就不喜欢。因为我回家很少说话，老婆就会抱怨，"你在外面老逗人家笑，回来就不笑。"可能我因为觉得有点累吧，觉得家就是个港湾，回去后不想说话，就休息。

结束语

    对曾志伟的访谈不知不觉就进行了近 3 个小时,很难得他能抽出这么久的时间来心平气和地坐下来聊他自己。曾志伟在香港演艺圈起落浮沉将近 30 年,酸甜苦辣早已尝遍,他说自己之所以还有继续向前的动力,就是希望能够把更多的新人带出来,不管是主持人、编剧、导演还是演员,曾志伟希望他们都能像自己一样用积极的心态去面对一切。如今被誉为"慈善北斗星"的曾志伟更热衷于慈善事业,用自己的爱心来实现"有钱出钱,有力出力"全民都做"公益北斗星"的那一天。

音乐教父
罗大佑

人物小传

　　1954 年出生于台北，台湾著名歌手，曾演唱《恋曲 1980》、《爱人同志》、《皇后大道东》、《童年》等脍炙人口的歌曲。中国医药学院毕业，1982 年 4 月出版第一张专辑《之乎者也》，受各方瞩目。随后推出的《未来的主人翁》专辑，针对民族、时局、传统、社会，进行前所未有的批判，在台湾掀起了热烈的讨论。当时以眼戴墨镜，全身黑衣的造型，类似美国歌手鲍比迪伦的叛逆形象，使他在台湾有"愤怒的抗议歌手"之称。1985 年离台后赴香港发展，创设"音乐工厂"，陆续发表《明天会更好》、《东方之珠》及《皇后大道东》等广受欢迎的国粤语歌曲。1990 年代初期，大陆歌迷对罗大佑的喜爱到达高点，尤其《恋曲 1990》。2000 年，罗大佑首次前往中国各地的举行个人演唱会。

开场白

罗大佑是一个"愤怒的青年"。他瘦削冷峻，永远戴着一副墨镜，会说一些不合时宜的话，也因为不合作，他的歌常常被台湾当局所禁。华语流行歌坛当中，代代都有震撼人心的歌曲，其中罗大佑可谓不容忽视的一个雕塑般的标志性人物，他的创作所带来的音乐省思和人文关怀，至今仍有着重要的地位及影响力。罗大佑的歌是台湾流行音乐史的横断面。从某种意义上讲，罗大佑是这个时代孤独的歌者，一个斗志昂扬、充满激情的、根本的革命者。他的歌，总是在现代的感觉中透露出古典的气质。

"老男人来了。没有人尖叫，也没有人抹着鼻涕上去啃他。你见过皮裙女郎啃《教父》里的马龙·白兰度吗？同理，被称为'音乐教父'的罗大佑也无福消受这种礼节。教父这个称谓有点阴郁，有点肃杀。

老男人开讲。背景是一张大幅海报，那一年他在深圳开个唱，雨水倾泻下来，让他看起来像一只从雨夜里浮起的孤魂。老男人说起往事，比如张艾嘉，比如给《东周刊》写专栏。他还说起自

己是客家人，祖籍广东梅县，幼年自台东而台南，而台北。

忽然懂得罗大佑为何要谱余光中的《乡愁》了。我也是客家人，明白客家这个族群宿命的行走和离愁。客家有古训：故乡即异乡，异乡即故乡。罗大佑身为客家人，身处孤岛，其间的凄惶不难想见。

他没有傲气，这是一种过气的象征。罗大佑是什么？一个缅旧的符号，一根曾扎进我们内心的锈针，无他，仅此而已。"

这是一个网上的帖子。年轻一代的评论总是一针见血，残酷、尖锐或精彩。但是罗大佑就是罗大佑，他是一座山，他站在那里，让每一个"登山者"不得不仰视，不得不去攀登。因为山在那里，罗大佑在中国的音乐史里。

鲁　豫：无论什么时候听到罗大佑的歌声，心里面总会有一种好像被深深碰触了的感觉，我想很多的歌迷都是跟他的歌声一起成长起来的。

鲁　豫：罗大哥，你好！我知道你现在是属于比较忙的时候。我曾经问过蔡琴大姐，我说那个演唱会之前，是不是会紧张啊？她说，你永远不要问一个音乐人上台之前会不会紧张。为什么？他永远会紧张。但是我还是想问你，你是不是很紧张？

罗大佑：我不但是紧张，我是超紧张的那种人，我会把旁边的人搞得很紧张。

鲁　豫：我帮你算了一下，写歌到现在有 31 年了。我觉得搞音乐的人特别幸福的一点就是你成长的所有的记录都可以在音乐里面找到。这个时期是我这段生活，那个时期是我另外一段生活。他的歌记录了他自己的成长经历，可能我们所有人的成长经历在他的歌里面都能够找到。

2005 年 7 月 20 日，在自己的 51 岁生日当天，罗大佑出现在他的 2005 北京"之乎者也"演唱会记者招待会上。在过去的 30 年间，在罗大佑的演唱会多次为歌迷留下难忘的记忆后，他又再度启程。

"这是一个失落的年代，所以，我们要找回我们的根源。"

或许是为了一次忘却的纪念，这一次罗大佑选择了自己在 23 年前发行的首张专辑《之乎者也》的名字作为此次演唱会的名字。

罗大佑：童年的出生其实蛮平淡的。我们家算是比小康家庭好一点点，父亲是医生。然后小时候是练钢琴，念书当然很重要。不过我有一点跟别人不一样的是台湾大概从台北、台中、高雄，我都住过。小时候我妈妈说，我是三个小孩子里面最文静的。

鲁　豫：这有张照片，前面头发齐的那个是你。你这个发型留到多少岁？

罗大佑：这个发型留到 12 岁，上完初中。那时候台北要剃光头的，教官说，你这个头发怎么可能剃掉？

鲁　豫：这个头发是不是就拿一个碗扣在头上，然后一剪，齐了就是这样。

罗大佑：这个头发有个名字，叫做马桶盖。其实，我妈妈说，我睡觉的时候是三个小孩子里面最最文静的。

鲁　豫：所以一般内向小孩容易去喜欢音乐，是吗？

罗大佑：没有别的地方去排遣。我不晓得是因为弹钢琴的关系，变成这个样子，还是个性的关系会这样子，也不知道是音乐选择了我，还是我选择了音乐。

鲁　豫：通常的小孩，如果是爸妈要你去练钢琴，练什么琴，小孩就会很逆反，很抗拒，你呢？

罗大佑：我当然不喜欢，一样嘛。恐怕谁都想出去外面玩嘛，对不对。那个时候我们住在台北市开封街二段 30 号 4 楼，然后家里存了一段时间钱，来买了这个琴。

鲁　豫：你需要每天练几个小时的琴？

罗大佑：半个钟头就够了。每天半个钟头很多了，对小朋友来讲太多了，我妈就在旁边打毛线，那秒针不到，我是不能走的。

鲁　豫：我们后来听的《童年》那首歌，是完全参照你童年的那些故事写的吗？

罗大佑：几乎是一模一样的。小时候就喜欢胡思乱想嘛。我老是想离家出走，去山里面去求师拜艺，去学武艺，把学校里面不喜欢的同学砍掉。

鲁　豫：那你家住在一个大池塘的旁边吗？还有一棵大榕树？

罗大佑：不是。那个榕树是我后来在写歌的时候，搬到学校池塘边的。那时候有租书的，一本漫画书，两毛钱台币，它有一个小板凳，那么矮，小朋友蹲在那个路上，看完给钱，走人。

鲁　豫：那隔壁班的女孩呢？当时你真的喜欢隔壁班一个小女孩吗？这是我一直好奇的，特想问的。

罗大佑：当然有啊，这个不但有，而且它永远是个秘密。

鲁　豫：这首歌能不能唱一两句？

罗大佑：这首歌……你看我今天已经50岁的老人家了，唱《童年》？我说的比较好听，我是属于说比唱好听的人，这个歌基本上它有点……别鼓掌我不会唱完的。

> 池塘边的榕树上知了在声声叫着夏天
> 草丛边的秋千上只有蝴蝶停在上面
> 福利社里面什么都有就是口袋里没有半毛钱
> 诸葛四郎和魔鬼党到底谁抢到那支宝剑
> 隔壁班的那个女孩怎么还没经过我的窗前
> 嘴里的历史手里的漫画心里初恋的童年
> 黑板上老师的粉笔还在拼命叽叽喳喳写个不停，
> 等待着下课等待着放学等待游戏的童年。

唱的时候慢慢你会有一点点伤感啊，有点那个乡愁啊那样的感觉。可是它不是坏的感觉，它不是让你会掉眼泪的那种感觉。那我发现一个人，一辈子最快乐的时间，就是他的童年。我问过太多人，总之不管你有什么痛苦啊，被打啊，母亲责骂啊……你发现小时候是个最没有烦恼的时代。你最大的烦恼不过是考试而已嘛。

鲁　豫：因为《童年》这首歌，让很多可能是不同年纪、不同背景的人，对童年有了一段共同的集体记忆。那也是罗大佑童年的一个特别生动的写照。他的童年、少年搬了很多地方，我想可能这样不同的环境，对于一个小孩子成长会有很大的影响。

在罗大佑《童年》一书中，他写下了很多关于童年、少年时的记忆，在书中，他曾自诩是个台北屋顶上的吉他手，一个偶尔弹出几个音符的少年。那时，上中学的罗大佑还在台北，但后来他随父亲迁到了位于台湾西南部的高雄。

鲁　豫：少年时期在台北比较多，对不对？你的那个在屋顶弹吉他那个阶段。

罗大佑：那时候我哥有一个吉他，我哥大我6岁。他很早就摸吉他。等我把吉拿到手的时候，他已经是初中生了。他会弹几个和弦，经常教我。学完之后发现自己就可以弹一些东西，然后就开始对这个乐器有兴趣。除了钢琴那个硬梆梆的车尔尼练习曲、巴哈练习曲、莫扎特……以外，吉他好像跟自己比较近一点，而不是要你去将就那个大乐器，一般小男孩弹吉他会觉得挺帅的，比弹钢琴要显得酷。可是那个时候全没有酷不酷的问题。那个时候，就是拿一把吉他睡在床上弹来弹去。

鲁　豫：你不坐在房顶弹吗？那挺酷的。

罗大佑：不不不，房顶有时候会上去，大部分的时间是躺在床上。因为我这个人懒，我可以坐的时候

不站着的，可以躺下的时候不坐着。

鲁　豫：那你在学校是很出风头的学生吗？

罗大佑：没有。其实我就静静地一个人玩些乐器，我还记得最出风头的一次，是我当学校鼓笛音乐队的大鼓手，然后演出完回家去，走在巷子里面，旁边一个女孩子说，哎，那不就是打大鼓那个人吗。

鲁　豫：第一次被人认识感觉很好啊。那个时候听说学琴已经很刻苦，常常会连饭都忘了吃？

罗大佑：饭都忘了吃是应该是再大一点，高二、高三，几乎每天放学以后，起码搞个两三个钟头吧。我们家里人说，这疯子反正回家就不干正事，就在那儿玩嘛。他们说，在不失控的情况之下，这小孩子好像还知道他自己要干嘛。那段时间常不吃饭的，吃饭的时候往往是晚上9点钟、10点钟左右。

鲁　豫：这个时候音乐家的特质已经显露出来了。一般音乐家不都这样吗，就是创作的时候就忘了别的东西了，什么吃饭、睡觉，都忘了。这时候没想过去搞音乐吗？已经这么喜欢了。

罗大佑：没有。我喜欢音乐，可是我父亲一直跟我讲，这个社会里面，医生还是比较受人家尊敬的啦，唱歌很有趣，我看你也是有天分的。但是，唱歌没有办法混饭吃。医生的话，社会地位比较高，比较受人尊敬，这行业，不管是战乱也好，饥荒的年代也好，它永远是有人需要的。不要放弃医生，但是继续做你的音乐没有关系。我本来想去考音乐学院之类的学校，他觉得不要。我觉得他讲的是有道理的。

鲁　豫：那个时候，你爸爸是医生，妈妈是护士，姐姐是药剂师，哥哥后来是在牛津大学拿了心脏医学方面的一个博士。全家都是搞医的，那你要是学医的话，特别顺理成章。那你生活费怎么来？

罗大佑：家里给。我那时候还在念书嘛，然后我说要去上补习班什么的，骗补习班费，但是那个钱没有真的去上补习班，交一半留一半，这是一个秘密。有时，我到餐厅里面，人家正放着《鹿港小镇》，我一听马上骑车就走。因为我会吃不下饭，会让我觉得，我在一个工作状态里面。

　　1972 年，罗大佑果然考取了一所医学院，但他却没有就此开始自己的大学生活，而是决定休学复读一年，再考一所能让他满意的医学院。没想到正是在这一年复读，且是独自居住的时间，却是他日后音乐生涯中的关键一年：罗大佑加入了一个名叫洛克斯的合唱团。

　　鲁　豫：洛克斯，英文叫什么？你的造型是非常 70 年代是不是？

　　罗大佑：Rock，就是石头，也是摇滚乐的意思。后来他们说，你们是乐队，衣服怎么有点像餐厅 Waiter 的衣服。那时我担任键盘乐击手，19 岁，距离现在已经 30 多年了。那些年，其实没有太多念书，都在搞音乐。大家已经开始觉得，音乐是我们特别特别喜欢的一件事情。

　　鲁　豫：等到后来你上大学之后，医学院的课程都挺重的。那你怎么办音乐，又要上课？

　　罗大佑：我有个本领，就是所有的课都及格，没有一门超过 70 分的，但也没有一门低过 60 分的，全部都是 60 几分。到我大学五年级的时候，我已经开始在外面跑江湖了。当时，有一个电影叫《闪亮的日子》，那个副导演写信跟我说，哎，大佑，你不是对写歌有兴趣吗，要不要过来参加这部电影的主题曲配音？我就写了几首歌曲给他听。导演说，嗯，比想象中的还好。他讲这句话的时候，其实我差点笑出来，不过咬住了嘴唇，没让它笑出来。蛮开心的。自己的歌，人家愿意欣赏，我蛮开心的。这是我第一首被发表、被人唱的歌。

　　鲁　豫：这首歌之后，你可能跟音乐圈有了很多的联系，但当时还是那种状态，不知到底是学医，还是搞音乐。

　　1980 年，罗大佑长达 7 年的医学求学生涯终于告一段落，他也如愿考取了医师执照，即将走上自己作为一名医师的职业道路。

罗大佑：我在两个医院待过，一个是景美综合医院，那是我姐夫的哥哥开的，在那里做医师；到了台北市仁爱医院的时候，做了放射科。

1982年28岁的罗大佑发行了生平第一张个人专辑《之乎者也》，没想到这张专辑的流行却造成台湾史无前例的自行风潮。同年，罗大佑生平第一次举办演唱会。那时的罗大佑，墨镜、黑衣、卷发，无论是形象还是歌声都充满了激情、奋力。

鲁　豫：这张专辑出得顺利吗？

罗大佑：算是顺利。开始录音以后，找唱片公司找不到，因为大家讲，听这种歌是神经病，戴着墨镜，穿黑衣服，什么都听不懂：叫什么《之乎者也》，什么《恋曲1980》。那种歌名啊，那时候是很怪的。后来我就跟邱复生、张艾嘉组织了一个制作公司，那滚石唱片正好成立没多久，就找他们谈。他们觉得滚石有心要做不一样的音乐，结果大家一拍即合。

我记得是1982年4月7日出了这张唱片，一上来就受到注意，因为之前都是比较流行的东西，或是校园民歌，那这张唱片有比较重的摇滚节奏的音乐在里面。

鲁　豫：戴墨镜，穿黑衣，那是别人给你的造型，还是你自己给自己的造型？

罗大佑：我自己弄的。我知道要出唱片时，觉得很紧张，长这个样子，歌唱得不好，怎么面对观众呢？最好就遮起来。我记得我跑到中华商场去，选了一个墨镜，买了一身黑衣服。

鲁　豫：传说中戴墨镜是因为以前是放射科的的医生什么的。那时，听到收音机里面放你的歌，电视里有你的歌，一开始感觉很奇怪吧？

罗大佑：开始是觉得蛮开心的，哎，又放我的歌。过一阵就开始觉得怪怪的，好像把自己放在工作状态里面。后来我出了第二张唱片，我就很怕。去到餐厅，好不容易坐下来吃饭，比如录完音嘛，一到餐厅里面，哎，他又来了，开始播放《鹿港小镇》，我一听到我马上起身就走。

鲁　豫：你那时候在台湾已经很不自由了吧？

罗大佑：因为写歌嘛，那歌里面也会有一些批判音乐，大家也知道嘛，国民党不喜欢我，家里面觉得做医生不好好干，音乐也没有做得太到位，又失恋，不太开心。挣扎到最后，总得有一个了断嘛。1983 年 8 月份左右吧，出了《未来主人翁》以后，就再也没有回医院。

鲁　豫：如果没有音乐，你做医生的话会是个好医生吗？

罗大佑：我是会强迫自己的人，所以有可能会是不错的医生，但现在回去做医生是不行了，已经做了一个音乐人，生活起居也是乱七八糟，常常是早上 10 点睡觉，下午四五点起床。我常常喝酒，不算烟不离手，起码也是经常抽烟的一个医生。

鲁　豫：有一个日期可能特别重要，1982 年 5 月 18 号，第一场音乐会是那个时候开的。他们说你戴黑眼镜，穿黑衣服，抗拒媒体，故意做出很酷的那种样子。有人用了一个词，说那个时候是罗大佑的黑色疯狂时期。1982 年那次演唱会之后，你可能做了一生最重要的决定，选择音乐人生。

罗大佑：我相信人这一辈子，工作不开心的时候，你生活是不可能开心的。

罗大佑的选择，就如他在《爱的箴言》里表达的那样：

　　　爱是没有人能了解的东西

　　　爱是永恒的旋律

　　　爱是欢笑泪珠飘落的过程

　　　爱曾经是我也是你

　　　我将春天付给了你

　　　将冬天留给我自己

我将你的背影留给我

自己却将自己给了你

　　1983 年，罗大佑的第二张专辑《未来的主人翁》问世，来年，他的第三张个人专辑《家》接踵而至，然而这两张专辑却并没有受到听众好评。一边是音乐理想与现实的差距，一边是十年来与医学之间的不舍，罗大佑一度陷入挣扎，终于在 1984 年底，随着一场名为"最后一个与你相互取暖的夜晚"演唱会的结束，罗大佑宣布暂时退出流行乐坛，远赴美国。

　　鲁　豫：那个时候，为什么要离开台湾去纽约？那时候是你事业最好的时候啊。

　　罗大佑：当时有些不开心的事。第一，自己做的音乐引起批评；然后，在歌词方面，我没有找到我真正要找的东西；第三个，又失恋了，这是很实际的问题；第四个，那时候我已经移民到美国去了。

　　我父亲看到我非常不开心，就从高雄飞到台北，拿着手压着我的手，在移民那个表格里填字。然后在 1985 年的 3 月 13 号飞到纽约去。

　　到了纽约以后就是一个全新的环境了，可是没有关系，从头开始嘛。一直到下一张唱片出来，那是 1988 年的事情。

　　1988 年，在长达 4 年的酝酿之后，罗大佑的又一名作《爱人同志》问世了。正如他当年用《之乎者也》敲开音乐的那扇大门一样，《爱人同志》再次轰动台湾乐坛，其中《恋曲 1990》和《你的样子》是周润发主演的电影《阿郎的故事》的主题曲与片尾曲。而这张专辑更是在市场上创下 53 万张的天文销售记录。时至今日，这个数字依然是罗大佑所有专辑销量的顶峰。

　　《爱人同志》在轰动台湾乐坛的同时，也惊动了香港乐坛，专辑里的曲目开始频频被选中为香港电影的主题曲和配乐。1990 年，也就是在《爱人同志》专辑问世两年之后，罗大佑在香港成立了自己的音乐工厂，也由此打开了自己在香港的另一番天地。

　　从 1987 年到 1997 年年初，在香港的罗大佑写了很多的歌，自己的歌，也帮电影、帮别人写了很多的歌。真正奠定了他在港台音乐界，在华语音乐界不可撼动的地位。

　　1998 年，罗大佑的医生父亲在帕金森症的折磨中病故，他历经人生第一次至亲死亡。罗大佑和父亲的感情一直很好，从小父亲就鼓励他学音乐，罗大佑的第一把电吉他就是父亲的礼物，首张专辑《之乎者也》也是向父亲借了一大笔制作费才得以完成。罗大佑说，父亲走了，对他来说"就像灵魂死了一次"。

　　罗大佑：真的，父亲去世以后，很长一段时间就不能再写东西，觉得好像有个支柱倒掉了，写不出东西了。我想人经过一个这样的洗礼，那种生死别离的洗礼以后，经过大概半年到一年左右时间，我觉得有一种新的力量注到我身体里面。我想，假如父亲身上的优点我再多一点，父亲身上的缺点我再少一点，我可以让他蛮开心的。我发现写出来的曲子，那个力量又来了。我不晓得这个力量是从哪里来的，应该来自于一种祝福吧。反正那段时间后来开始写了曲子，越来越有想法啦。好像又找到一个方式的感觉。

　　鲁　豫：又隔了很长时间，我们说是跨越 10 年，当然可能没有那么长时间，才有一个专辑，里面有很多你个人生活的一个总结。你刚才说你再也不会结婚了，肯定吗？

罗大佑：肯定。哎哟。结过一次婚已经
……

鲁　豫：但是将来会发生什么事情，谁也不知道啊。我想人就是找个伴吧，

罗大佑：这样子比较单纯一点吧。因为人不能一天到晚谈恋爱，两个人在一起，共同生活 50 年，你怎么一天到晚谈恋爱呢？我有个朋友住香港，他讲得很好，他说他有三老政策：要有一点老本，要有一个老伴，要有几个老友。我觉得还蛮有道理，我说三老政策要开始执行。

鲁　豫：但是一般人可以不谈恋爱，音乐家、艺术家怎么可以不谈恋爱呢？

罗大佑：我没有说我不谈恋爱啊，但是不能每天谈。你不能谈 3 个月、谈 3 年、谈 10 年、15 年还在谈，谈一段时间够了，然后坐班一段时间，再回来谈恋爱，再坐班，你必须要有若即若离的感觉，不能老是绑在一起。那种没有距离的婚姻，我觉得肯定是出问题机会比较大一点。

鲁　豫：可能音乐家、艺术家那个性格当中，有一些不太适合那种家庭生活的东西，比如太过自由散漫，生活习惯一般人不能接受。我想知道你生活当中，有什么我们不能接受的？你刚刚说早上 10 点钟睡觉……

罗大佑：我不是每天都这样子，可能第二天又变成晚上 12 点钟睡觉，早上 3 点钟又起来写东西，又写到早上 7 点钟，然后去外面买个三明治回来，吃点东西，看看报纸，到 10 点钟再睡觉。旁边那人会疯的。今天跟你这个时差，明天跟你那个时差。我专注做一件事情，周围事情我都看不见，也想不到，我常常会从一楼跑到二楼去，又忘了上来干嘛，想了半天，又跑到刚才那个位置去说，我刚刚在这儿是想拿笔，再跑一次……

结束语

　　2000 年,在上海,大陆观众首度与罗大佑相逢。2002 年的 12 月 31 日晚,罗大佑在首都体育馆登台演出"围炉"音乐晚会,与我们共度了 2002 年的最后一刻。2005 年是北京"之乎者也"演唱会。罗大佑用他辽远阔久的声音,记录他与我们共同的青春与岁月。

　　最后重温一首罗大佑作曲的《宁静温泉》:

一切错误都在等待宽恕

只有原谅才能消灭痛苦

只有一无所求才让所有人满足

一切故事一开始就等待结束

什么样的幸福要你去追逐

……

活力先生
任贤齐

人物小传

　　1966 年的 6 月 23 日，出生在台湾省彰化县，祖籍湖北武汉，毕业于中国文化大学体育系。大一因资质优秀被保送文化大学体育系，自组 ATP 合唱团，担任吉他手及主唱，大二开始担任校园 DJ，因参加上百次校园演唱而成为最热门的红牌 DJ，开始忙碌的"跑场"生涯，大四经新格唱片公司发掘，灌录个人首张专辑唱片并拍摄电视广告。1996 年起先后推出《心太软》、《对面的女孩看过来》等专辑，迅速蹿红于两岸三地；1999 年开始投身影视事业并取得很好的成绩。

　　现在的任贤齐愈加发展为一个全能型实力派男艺人。唱片、电影、广告，一个也不能少，从曾经的年年面临下岗到现在人气逐年递增的天王，从唱歌、演戏到当导演，任贤齐的道路也从曲折坎坷也变得愈加宽阔明亮，除了当年恩师小虫对他的提携之外，任贤齐的成功更证实了坚持就是胜利。

开场白

　　任贤齐是家中的唯一男孩，和很多家庭一样，父母抱着殷切的期望，并为他取名"贤齐"，意为"见贤思齐"，希望他能向圣贤们看齐有所出息。

　　学生时代的任贤齐不仅学习优秀，体育成绩更加突出，尤其擅长跑步，高中毕业时他因出众的体育才能被保送进文化大学体育系。大多数体育优秀的人或是天赋惊人或是刻苦训练，然而关于任贤齐跑步的特长，他却说是在父亲的追打下被逼出来的。

　　鲁　豫：为什么说你跑得快是被打出的？

　　任贤齐：因为我小时候很调皮，我爸的规定很严格。比如说在家里面他一定要我穿鞋，因为小时候我们在乡下长大性格都很野，常常在田里面玩儿，舍不得把鞋子弄脏通常都不穿鞋。但我爸觉得，穿鞋子除了是一种礼貌之外还是一种卫生习惯，然后他一看见我没有穿鞋，就会拿着那个鞋子跑过来打我，我就跑让他追。所以我那时候跑步就是给我爸追打锻炼出来的。

　　鲁　豫：你在学校是属于调皮的学生吗？

　　任贤齐：我从小学就不太听话。常常是被训导处那边罚站的，然后还要被学校的广播通告。可能因为从小学体育吧，我比较好动，常常都是想一些奇奇怪怪的东西，根本不遵守校规。以前我上学的时候，学校规定要剪小平头，我就不听，就把头发留长，留小辫子！

　　关于任贤齐的长发他还讲了一段不为人知的闹剧。

　　任贤齐：我当时长头发很直，有一天我光着膀子披散着头发在池塘边钓鱼，结果有很多小男孩跑过来看，伸头看我前面然后就说，哎，是个男的。后来我妈还给我起外号说我是金毛狮王。还经常会被老师训骂，有一次还被老师剃过"高速公路"。

　　鲁　豫：什么叫"高速公路"？

　　任贤齐：就是因为你头发不合规定，老师或者是训导主任就过来，他也不说叫你去理发店剪，他就自己拿一个推子从你后面开一条"高速公路"，然后头发后便缺了一口。因为那样子会很难看，自己就只能去把它剃光。有时候就经常会被请家长，我爸爸经常会被请去，他会觉得很没面子，回家就追着我打。

　　鲁　豫：难怪你说体育特长是被追着打练出来的。

　　因为调皮，体育天才就这样的被打出来了，而从小就不安分的任贤齐也没有好好地专心于体育。大学时期的任贤齐将更多的精力投入在了音乐上。

大一时任贤齐与同学组建了 ATP 合唱团，担任吉他手和主唱；大二时开始担任校园 DJ，因参加了上百次的校园演唱会，而成为校园最热门的红牌 DJ；大四的时候，任贤齐被台湾新格唱片公司发现，于 1990 年拥有了自己的首张个人专辑《再问一次》。然而对于这次签约的唱片公司任贤齐却一直抱怨自己当初是被他的吉他老师骗进唱片公司的。

鲁　豫：为什么说是被骗的呢？

任贤齐：那时候我的一个吉他老师，他在那家唱片公司当制作人。有一天他打电话约我吃火锅，我挺高兴的，老师怎么这么好请我吃火锅，我就去了。到那一坐下的时候就看见几个西装笔挺的那种主管级的人物也坐那。然后老师就说这都是唱片公司的高层想跟我签约。我说，啊？不要吧！结果我老师就非常热情地说，小齐你放心，老师就在这家唱片公司当制作人，我一定会好好照顾你的！我看到他说得热泪盈眶，心里想难得老师这样开口，我就答应了，然后就签了合约。我记得那天签完以后我是骑摩托车回家的，我就把那个合约插在屁股后面的口袋里，结果回到家合约就丢了。不知道什么时候掉了。

鲁　豫：你什么都没看就签了？

任贤齐：因为老师说他也在里面会照顾我嘛。然后过了一个礼拜唱片公司就叫我去试造型，录音。我去的时候我就问我老师在哪里？结果人家就说我老师已经离职了。我当时就不愿意了，本来老师说要照顾我的，那他不在了，我的未来在哪里？我也不干了，我要走。然后人家公司的人就把合约拿出来说，违约要赔偿，好像是100多万。我一个学生哪有那么多钱啊！没办法就只能听唱片公司的，开始试衣服。接着就出了第一张专辑。

鲁　豫：合约里面有什么要求吗？说是必须要你出几张专辑？

任贤齐：有，合约的条文其实蛮文字游戏的，讲了很多，都是限制我如果怎么样他们就可以怎么样这样子的。我完全也不清楚，因为那家唱片公司也没有其他歌手，就我一个，也算是全力包装我，结果第一张专辑卖得还挺好的。

鲁　豫：第一张专辑卖了多少张？

任贤齐：第一张好像在台湾卖了6万多张。那时候我还是新人，很不错了。所以后来一年我出了三张专辑。我以前累积的那些玩乐队或者当DJ的基础，我觉得都被掏空了，我没有新的东西吸收，所以那时候我就说不能再出唱片了，我要拍戏。

谈到去拍戏，任贤齐说了自己第一天去试戏的情景。刚到片场的时候任贤齐并不知道谁是导演，刚好碰到一个女孩招呼他打牌，任贤齐很高兴地去给人家打了，结果打完牌那女孩就说，你明天过来拍戏，就定你了！原来这个女孩就是导演。就这样任贤齐莫名其妙地拍下了第一部戏。

第一部戏，任贤齐完全就是在演自己，剧中他饰演一个农村里长大的调皮孩子。

任贤齐：我在剧中演一个调皮捣蛋的农村小孩，常常去偷人家田里的地瓜啦，甘蔗啦。跟我小时候干的勾当还挺像的，所以当时虽然是第一次演戏，但演起来得心应手。后来那部戏在台湾反映也挺好的，直到现在台湾很多人都还叫我"张大冠"，就是那部戏里的名字。

鲁　豫：第一次演戏有这样的成绩很不错！

任贤齐：我那哪是在演戏，我感觉那部戏的角色就是我。我小时候在乡下有很多牛粪，我就经常会拿个信封，里面塞满牛粪，然后点一根香旁边放一个鞭炮，计算着时间等着人家放学。然后看他们被炸到一身牛粪。还有，在台湾乡下有很多的土地公庙，里面有香炉，大家经常会在里面烧一些纸钱，然后我看到里面的火还蛮旺的，就到隔壁田里挖了地瓜放进去烤，结果烤着烤着没火了，我就去捡一些木柴来放里面继续烤。然后那个庙里的人出来看到我在香炉里烤地瓜，就把我抓住打一顿。经常会有这样的事。小时候常常调皮捣蛋。

鲁　豫：我发现你小时候是非常调皮啊。

任贤齐：所以那部戏演得很好。就是我真实生活的表现。

1990年唱片公司偶然为任贤齐接拍的这部叫《意难忘》的电视连续剧使得任贤齐在台湾意外走红。任贤齐的第一部戏就让他在台湾红透半边天，找他拍戏的导

演也接踵而至。失意歌手转眼间变成影视当红小生。任贤齐一度被称为新生代8点档小生。

鲁　豫：当时你拍这部戏一集是多少片酬？

任贤齐：折合人民币差不多两千多块吧，也不算高，当时如果是一线红星一集有几万块人民币。因为我是第一部戏，我不计较报酬。

鲁　豫：拍了多长时间？

任贤齐：大概是9个月，我们在一个村子里拍的。拍的过程中我们和村里的人关系处得都非常好。他们会跑来看我们拍戏，村里的张妈妈呀，李妈妈呀经常会拿一些泡菜，卤肉之类的东西给我们吃，每次吃饭桌子上满满的都是菜。后来到拍完要走的时候都挺舍不得的。

《意难忘》这部电视剧拍完以后，任贤齐暂别了歌坛，又陆陆续续地出演过其他一些影视作品。两年后，当任贤齐再回到当初的唱片公司，公司已是一片狼藉。任贤齐所在的新格唱片公司倒闭，任贤齐作为公司唯一的歌手连同公司的桌椅板凳一起被卖到了滚石唱片公司。

初入滚石唱片公司的任贤齐，并没有机会施展自己的才华，当时同在滚石的还有赵传、周华健、李宗盛、辛晓琪、陈淑桦等这些当时一线的实力歌手。没有机会发专辑的任贤齐一度面临着解约的危机。

鲁　豫：你当时到滚石不兴奋吗？滚石是个很大的公司呀。

任贤齐：兴奋，但是刚到那么大的公司一个人都不认识，就傻傻地站着，别人还以为我是送快递的呢。按当时出片计划排队的话，其实我要排很久，又因为我不是重点歌手，所以那个时候就出现在年度解约歌手的名单里面。

鲁　豫：什么叫年度解约歌手？

任贤齐：就是说公司对于既不会帮你发片，也不想耽误你的前途的歌手，就会提前解约，当时我被新格唱片公司卖到滚石去的时候合约上还有几年的时间，但是滚石又不想给我发唱片，于是就打算把我解约了。

鲁　豫：那为什么关键时刻又没有解约呢？

任贤齐：因为虫哥把我留下来了，有一次我在公司晃来晃去想去问我什么时候可以出唱片，然后刚好虫哥去开会，他看到我就问我是干什么的，我说我是公司歌

手啊。可能他看过我演的电视，对我有点印象。所以在公司决定给我解约的时候虫哥就站出来说他对我有感觉，要把我留下。可是虫哥一直在美国录音啊，他根本没时间帮我量身做歌，所以这中间我就去做主持人啊什么的。

在人才济济的滚石公司想脱颖而出谈何容易。当时的任贤齐被分配到著名制作人小虫的小组中。小虫的手下当时有辛晓琪、杜德伟等许多当红艺人，任贤齐只有等待着崭露头角的那一天。同时，任贤齐还再度改行在一些电视节目中担任临时主持人。

鲁　豫：你还当过主持人？

任贤齐：对，因为觉得做主持人还可以锻炼自己的口才。当时我做的是儿童节目，还有动物节目，考古节目。

鲁　豫：考古节目？

任贤齐：对，我去了中东，埃及、叙利亚这些国家，去探访古文明。我那时候蛮用功的，还请了很多教授来教我。每到一处地方比如像金字塔，我就站在埃及金字塔前边开始说，各位观众，这里又新挖掘出一个什么什么墓。有时候进去看看里面木乃伊什么样子。就是类似这样的节目，有点像学术型的研究。我还在那个法老墓里面待过好几天，一直介绍一些古文明的东西，了解当地的风土人情。我觉得对我来说是一种成长，但是那个时候离歌手就越来越远了。

鲁　豫：那个时候你一直得不到发唱片的机会着不着急？

任贤齐：很着急，因为青春也不是很多。我那时候给我自己一个底线就是说，如果再等两三年还没有机会，我就必须要把重心转移到其他地方去，不会再在唱歌上发展。

1996 年年底由著名音乐制作人小虫为任贤齐制作的《心太软》专辑在台湾面市，苦苦等待的任贤齐终于等到了自己发专辑的机会。这张专辑一发出的时候在台湾市场上反应平平，然而不久后却意外地在内地出现了罕见的人人传唱的火爆热潮，继而这股《心太软》的热潮又接连引爆香港，新加坡，最后又火爆到台湾。

迂回走红的方式令许多人百思不得其解甚至不敢相信。

《心太软》迂回走红，并在台湾爆出近20万销售量令全公司精神鼓舞，任贤齐也顺理成章地逃离了被公司解雇的黑名单。

鲁　豫：你想过这首歌会红吗？

任贤齐：我觉得它很好听应该会红，但是没有想到会那么红。这首歌是从内地先红起来的，在台湾没有立刻就红。当时我有朋友在北京做生意，他打电话说《心太软》在北京很红，我还以为人家就是因为朋友安慰我说好话呢。因为我一直没来内地宣传，所以并不知道那时候内地会那么火爆。后来就是越来越多人说《心太软》。比如像王菲，有一次她去台湾做宣传的时候有人问她现在北京什么最火啊？她就说《心太软》最火。还有我听他们说，齐秦到鲁藏江采风碰到一个小孩在唱歌，他以为是在唱当地的藏族歌曲他就跟司机说，唉，走，咱们去听听。结果一听就是"你总是心太软"。他回来就跟我讲，他说你的歌真红。大家就都开始注意这首歌，然后注意到我。反正有一年夏天，应该是1996年夏天到北京去哪儿听的都是这首歌，出租车上，商店，理发厅……反正你去任何地方都是这首歌。

鲁　豫：现在内地的餐厅里面有一个菜就叫"心太软"，你吃过吗？

任贤齐：吃过，我在上海吃过。红枣里面夹糯米的那种。那次在上海的餐馆，服务员很热忱地端过来还唱着说"你总是心太软"，我就问她，上菜还可以唱歌吗？结果她就告诉我这个菜的名字就叫"心太软"，还告诉我说是刘德华取的名字，我不知道是不是真的。

鲁　豫：后来到内地宣传反应怎么样呢？

任贤齐：我来北京宣传的时候和虫哥一起，我们在三里屯那站着，然后就听从街头到街尾一直都在放这首歌。我还以为是唱片公司宣传得好，一家发给他们一张让他们播呢。然后我们就看见一个老伯伯踩着那个脚踏车卖着糖葫芦，嘴里唱"俺总是心太软"，当时我和虫哥就在那里热泪盈眶的样子，心里就很确切地知道这首歌红了。

鲁　豫：听说你在三里屯酒吧签售唱片歌迷太热情你要爬墙跑走，是吗？

任贤齐：那次在西单，签售会的那个门给挤爆了，没有其他出路，后面是一堵围墙。有工地上的工人在施工，正在拆墙。然后工作人员就跟我说，从正门可能出不去了，就从后门走吧。我说，那墙很高怎么翻得过去啊？他说刚好要拆墙已经打了个洞，然后我就按着小时候逃学的那个经验，从那个洞里钻出去了。我穿过那个工地的时候很多工人都很好奇地看着我。

鲁　豫：走开了吗当时？

任贤齐：当我刚走到马路上，那时候音像店就在远远的地方了，结果突然间歌迷看到我就说，在那里！她们当时好眼尖啊，那时候冬天我记得我围了围巾。然后工作人员就把我塞上出租车就回去了，留下工作人员维持秩序。

1998 年任贤齐相继发行了《爱在太平洋》和《对面的女孩看过来》两张个人专辑都获得了不错的成绩。但为了摆脱歌红人不红的状况，任贤齐于 1998 到 1999 年的两年间连续接拍了《神雕侠侣》和《笑傲江湖》两部古装武侠连续剧，这两部电视剧的播出果然令任贤齐的人气大增。但是在拍摄过程中的武打动作让任贤齐尝尽了苦头，甚至一度有过半途而废的念头。

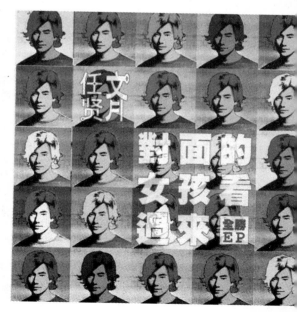

鲁　豫：很苦吗，当时拍古装戏的时候？

任贤齐：蛮辛苦的，也很危险，因为当时没有那么先进的电脑科技。吊钢丝通常都是很细的那种，容易在作剧烈动作的时候断掉。

鲁　豫：会断啊！那你当时飞得离地

面有多高？

任贤齐：最高的我有点忘了，几层楼高吧，因为要飞上城墙。但是最麻烦的是那个钢丝一吊很不舒服，上洗手间都很不方便，浑身都被勒着。

鲁　豫：为什么说差点就不想拍了？

任贤齐：那个时候是因为休息时间不够，我一天大概只能睡两三个小时。一直都是在拍戏，我觉得睡眠不好，我的样子看起来就会很恍惚，其实辛苦我倒可以忍受，只是我怕表现得不好。因为有些时候太累了那个状态不太好，压力很大。而且基本上每一组都会有我的戏。

鲁　豫：我想你在现场拍戏可能会有很多的人围观，你的歌迷或者是影迷。

任贤齐：有啊，很多。而且我最怕的就是有人看，因为大家看热闹挺开心就一直不停地嘻嘻哈哈地说笑，我们现场要收音，所以当时就感到很烦，脾气特别暴躁。刚开始还很有礼貌拜托他们别说话让他们配合我们点，可是后来就不行了，有时候会很大声呵斥人。

鲁　豫：骂过人吗？

任贤齐：好像也有说脏话，不好意思。因为当时是古装剧，演员在对峙要准备开战了突然间有个人拿个相机就走过来拍照；有时候是我们这边在爆破啊干嘛的，辛辛苦苦打了半天，那边突然冒出一个穿现代衣服的人。然后我就会受不了，很凶。

体会到拍古装剧的艰辛以后，任贤齐在后来的日子里尽量不再去接拍古装剧。在音乐事业蒸蒸日上的同时，任贤齐开始在滚石大姐大张艾嘉的推荐下投身于商业电影的创作。

1999 年和 2000 年任贤齐分别拍摄了电影《星愿》和《夏日么么茶》。在电影《夏日么么茶》中任贤齐还在拍摄过程中为电影即

兴创作了主题歌《浪花一朵朵》。这首歌后来和影片一起成为脍炙人口的佳作。

鲁　豫：我听说《浪花一朵朵》本来不是这个版本的。

任贤齐：对呀，本来影片打算在北京拍的，我就照着北京的感觉写的歌词是：

我要你陪着我　爬上那小小的小山坡

静静地躺在草地上　数着天上的云朵

可是，后来导演又决定去马来西亚拍了，到了那里一看，没有山坡也没有草地，后来就改成了马来西亚的样子：

我要你陪着我　看着那海龟水中游

慢慢地趴在沙滩上　数着浪花一朵朵

鲁　豫：听说这部戏以后你的外号就叫"活力先生"了？

任贤齐：是导演给我的封号啦，因为他经常看到我拉着阿牛和光良跑步。有时候不拍戏实在无聊我们还会划独木舟到对面的小岛。

鲁　豫：影片中有很多你露出肌肉的画面，那时候是你身体状态特别好的时候？

任贤齐：因为知道拍海边的戏肯定有很多赤膊的镜头。我是为了拍戏专门锻炼了一下，然后再晒黑一点。片中没化妆，都是天然的黑。那是我拍的最快乐的一部戏。因为不用梳头化妆，在海边每天心情都很愉快，不拍的时候大家就会一起烧烤，吃火锅，弹吉他，写歌。

这位活力先生喜爱运动的性格一直没有改变，2001 年在泰国举办的越野车竞赛中，任贤齐勇夺桂冠，获得业余组的第一名。除了酷爱赛车之外，任贤齐还精通多种体育项目，并在现场演示了民俗体育运动"抖空竹"。

鲁　豫：你还会玩越野摩托车是吗？那个时速是多快？

任贤齐：这个时速也不会特别快，大概 160 千米每小时就是最快了，因为它是在山林中穿越，它跑的都是烂泥巴路，如果时速过百其实就蛮可怕了。而且要自己找路，你永远不知道前面的路况是怎么样的。有一次我就不小心冲进人家的院子里去了，就看到很多鸡呀，鸭呀，都跑出来；不过当地的那些居民都知道我们是在比赛，都蛮热情的，会给我们指路，有的还会从家里面拿打气筒啊，虎头钳什么的帮忙修车。

鲁　豫：你会不会受伤呢？

任贤齐：会啊，其实我身上伤蛮多的。

鲁　豫：唱片公司同意你这么冒险地做这些运动吗？

任贤齐：唱片公司会叫我小心去进行，我会告诉他们我有准备。因为高速危险刺激的运动要投入很多的安全装备，护具啊，盔甲，安全帽。也会去买保险。

鲁　豫："抖空竹"你是跟谁学的？

任贤齐：我有一个朋友是民俗体育的选手，我觉得"抖空竹"蛮好玩的就拿来练练，不练不知道，原来这些民俗的体育都很难，需要花很长的时间去练习；练的时候也容易受伤，一不小心就把鼻子打歪了。

鲁　豫：练这个也会受伤？

任贤齐：对啊，因为练这个需要一些技巧，你把它抛出去了一不小心就会被打倒。其实我蛮有体育天赋的，只是不肯用功，顶尖的运动员其实要经过一种所谓枯燥的高原期才能够真正进入顶尖的殿堂。可是我每次练比较苦闷的基本动作的时候，我就容易移情别恋去做别的运动。所以我每样运动都会，但每样都不精。

有哪个歌手会称自己的歌迷为"家人"？有哪个歌手又会心疼歌迷在电台外等他，只因为担心天气冷，歌迷会感冒？任贤齐做到了。任贤齐的歌迷和影迷们自己成立了一个名为"小齐家族"的粉丝团。小齐家族在 1998 年年底成立，在短短一年多的时间内，已经发展成为一个成员来自香港、台湾、中国大陆、日本、韩国、美国、加拿大、新加坡及马来西亚等地的庞大后援组织，继而正式宣布成立"任贤

齐国际歌迷会"。事实上，他们并不常称自己为"歌迷会"，因为小齐家族的成员与成员之间，及成员与小齐之间，早已建立起如同家人朋友的亲切关系。小齐家族的家人，除了会留意小齐的动向，支持他在歌、影、视各方面的演出外，亦会关心他的事业发展以至身体状况；但同时又不会给予小齐压力，不过分介入小齐的生活空间，不与其他不同意见不同爱好的人交恶，只会为演艺舞台上的小齐送上最贴心热烈的支持。如果说，"有怎样的歌手，就有怎样的歌迷"，那小齐家族家人们的最大责任，就是表现出最好的修养，让小齐足以感到骄傲，这也是任贤齐多年来努力得到的回报。

　　对于事业已达巅峰的任贤齐来说他的感情生活一直是人们所关注的话题。在媒体和Fans面前任贤齐从不避讳早有女友这个现实，而他的坦诚也令喜欢他的歌影迷们接受了他身边的伴侣。

如今任贤齐与女友 Tina 已经经历了 17 年的爱情长跑，这份专一稳定的爱情在演艺圈内一直被传为美谈，而任贤齐更是被很多人羡慕地称呼为"爱情长跑高手"。

问起小齐 17 年恋爱中最难忘的事，小齐说是 2001 年美国"9·11"发生的那一刻。小齐向记者透露，Tina 当时正在纽约出差，工作的地点就在世贸大楼，幸好事发当日 Tina 因身体不佳，在家调养，逃过一劫，而她的许多同事都被困在那次恐怖袭击当中。小齐说，当他在电视上得知消息后，第一时间就开始疯狂地寻找 Tina。当时她还在睡觉，所以手机一直处于关机状态，等两人通上电话已经事发 6 个多小时了。此事让小齐感触很深，他希望 Tina 不要太过操劳，多留在家中，从此 Tina 成为小齐身后的女人。

爱情事业双丰收的任贤齐也已当上了爸爸，谈到他的宝贝女儿更是满脸的幸福。

鲁 豫：你是个特别好的父亲吗？你会亲自给女儿换尿布喂奶吗？

任贤齐：我觉得我不是，我不太会给孩子喂奶什么的，很多时候我都是慢慢开始学。不会可以请教前辈。

鲁 豫：听说你想去户籍处把你的名字改掉？

任贤齐：我不晓得名人的子女会在同辈之间会有什么样的影响，但我不希望我的名字会影响到我女儿以后平常的生活。

鲁 豫：你女儿现在知道爸爸是唱歌，演戏的明星吗？

任贤齐：已经有点能分辨出来了。

出身于贫苦家庭的任贤齐对社会有着更多的理解，他除了忙碌于艺人的工作之外，还通过自己的明星号召力积极投身于公益事业，被众人冠以"公益王子"的美称。

鲁　豫：怎么会有时间去做这些事情的呢？

任贤齐：我会把时间先空下来啊，我一赚了钱都会留一个比例来做一些公益。一次听说有一个地方学校塌了，然后我们就去资助盖了个小学。在云南的大关，比较偏僻的那种山区，然后看到小朋友上学要走很远的路，每天要花好几个小时走路上学。我觉得他们很渴望念书，可是没有一个好的环境，我就觉得大家有这个能力为什么不去帮助他们呢？但是让我惊讶的是那么偏僻的地方的小孩子他们知道我，还唱歌给我听，唱《对面的女孩看过来》挺感动的。我希望通过我对他们的帮助，他们会有机会好好地读书，将来有所作为改善家里的生活。

鲁　豫：谢谢任贤齐。

任贤齐：不好意思啦，其实现在很多人都喜欢去做善事。我还听说很多人都会去签那个叫器官捐赠的协议，就是说等自己以后有什么意外了就把自己身上的器官捐赠给需要的人，我觉得这也挺好的。

结束语

　　任贤齐现在人气正旺，唱片，电影，广告，公益一个也不少；从每年面临下岗到人气天王，从唱歌到演戏，任贤齐的道路从曲折坎坷也变成了前途无量，除了当年恩师小虫的提携之外，任贤齐的成功更证实了"坚持就是胜利"的格言。

岁月沉浮
钟镇涛

人物小传

香港演员、歌星。生于香港。外号阿B。1973年比谭咏麟早一年加入香港温拿乐队，任首席歌手，并在香港丽州电影台、无线电视台主持音乐节目。1975年从影，主演《大家乐》、《秋霞》等影片。

70年代末80年代初在台湾主演了众多文艺片，包括李行获金马奖的《小城故事》、《早安台北》，以及侯孝贤、陈坤厚的早期作品《风儿踢踏踩》、《俏如彩蝶飞飞飞》、《在那河畔青草青》等。1980年在港参演许鞍华的《撞到正》。1984年主演徐克的《上海之夜》。1983年参演张坚庭的《表错七日情》。1986年自导自演《杀妻二人组》。随后参演的电影有《杀手蝴蝶梦》（1987）、《一妻两夫》（1988）、《再见王老五》、《不脱袜的人》（1989）、《新精武门1991》、《91神雕侠侣》、《莎莎嘉嘉站起来》、《赌霸》（1991）、《漫画威龙》、《梦醒时分》、《战神传说》（1992）、《玫瑰玫瑰我爱你》、《铁拳无敌孙中山》（1993）、《金玉满堂》（1995）等。1999年与章小蕙离婚。2002年宣布破产。之后出演的影片有《风流家族》、《阴阳路十六之回到武侠时代》、《求爱上上签》、《花好月圆》、《我要做Modle》、《阿孖有难》、《头文字D》等，2005年参演中美合拍片《上海红美丽》。

1988年与有"败家女"之称的章小蕙结婚后，为了满足妻子奢华的生活曾经一度拼命赚钱，最后以投资房地产失败破产而告终，一双儿女双方各抚养一个。2006年钟镇涛告别破产。

开场白

　　"老婆本来就是娶来疼的"，这句曾经感动过香港无数女孩的表白就是红极一时的"温拿五虎"之一钟镇涛说的，当时这句话是说给他的前妻章小蕙，章小蕙从事广告拍摄、时装及设计生意。1996 年香港楼市处于顶峰，当时还是夫妻的他俩，以钟镇涛的名义担保，短期借款 1.54 亿港元，"炒买"港湾道会景阁 4607 室等五处豪宅和其他项目。1997 年亚洲金融危机爆发，香港楼市下滑，所购各项目大幅度贬值。债权人虽没收这些房产，钟镇涛仍无法偿清债务。由于部分贷款利率高达 24%，所余本息现已滚至 2.5 亿港元。2002 年 7 月，法院裁定钟镇涛破产。

　　《鲁豫有约》栏目在北京电影制片厂摄影棚，采访了在此拍摄电视连续剧《宫廷画师郎士宁》的钟镇涛。

　　1973 年，刚刚 20 出头的钟镇涛和谭咏麟一起，牵头成立了五人组合——温拿乐队。遥想当年，"温拿五虎"可谓威风八面，他们的歌传唱整个东南亚地区。一直被称作阿 B 的钟镇涛除了是演奏萨克斯的高手之外，他还是乐队的主唱之一。

鲁　豫：当时"温拿"受欢迎的程度是什么样子？

钟镇涛：哦，怎么形容呢，反正做什么都是对的，出

什么都很好卖。

鲁　豫：你们当时的那种成功几乎是一夜之间的吗？就是一夜之间大家都在唱"温拿"的歌？

钟镇涛：对，太快了，快得我们的技术还没有那么好的时候，就已经红得不得了了。所以到后来我们稍微回落一点，变成比较实力的时候，就反而没有那么疯狂的半日追捧了。

鲁　豫：你印象当中有没有被歌迷追捧最疯狂一次的记忆？

钟镇涛：常常都是很疯狂的。掉鞋子啊，被扯衣服啊，什么都经历过。不过以前的歌迷跟现在不一样，现在都有科技的东西，荧光棒啊，吹的那种小喇叭啊之类的道具。以前的歌迷都是用声音喊的，常常有一万人在那边尖叫，所以那个时候的耳朵都蛮难受的。

从1973年成立到1978年，温拿乐队在前后5年的时间里发行了整整11张专辑，举办过上千场演唱会，在明星寥寥的20世纪70年代，刚刚踏入娱乐圈的钟镇涛就已经如日中天，风光无限。但在此之前，钟镇涛的少年时光并不美妙。父母离婚之后，跟随母亲的钟镇涛为了维持自己的学业，从16岁时就开始在夜总会表演。

鲁　豫：你说你小时候也是熬出来的，那时候有多苦？

钟镇涛：那个时候没有自己的一个洗手间，我洗澡一定要在晚上，到外面有一个水龙头偷偷地洗，怕人家看到。其实那个时候居住环境挺苦的。有时候睡不着，因为太热了，我们也没钱买冷气，有时候为了睡觉，我会去买一张戏院的票，因为戏院有冷气。然后就是晚上上班白天睡觉。其实当时的生活蛮苦的，但我不觉得苦，因为当时年轻，干的又是我喜欢的工作。

鲁　豫：其实按道理说穷人家的小孩早当家，承受力应该是挺强的，而且应该是懂事挺早，但听说你恰恰相反，你是很晚熟的。

钟镇涛：对，我也不知道为什么会这样子。小时候是有很多挺艰苦的经历，但是我不觉得那些是苦。那个时候最担心的是生活问题，当我生活没有问题的话，那其他一切事情就好像都不显得那么困难了。

鲁　豫：你开始赚钱的时候，你应该很会安排自己的经济吧？

钟镇涛：我很会处理一些财政的问题，很会处理。

　　钟镇涛总是说自己是被推上浪尖的人物，还没有完全反应过来就已经大红大紫。或许是因为事业上的坦荡顺利，那时的钟镇涛从不用为明天担心。1978年温拿乐队宣布解散，单飞之后的钟镇涛被邀请到台湾发展，成为影视圈中数一数二的当红小生，主演了包括《小城故事》《早安台北》在内的数十部影视剧，高大英俊、温文而雅的钟镇涛成为众多影迷心中的偶像。

鲁　豫：你应该算是一个挺幸运的艺人，唱歌的时候很顺利，拍戏的时候也是很顺利。

钟镇涛：我的不顺利是到后来才不顺利的。人家都是经过很长时间的奋斗才开始成名。我是反过来了。

鲁　豫：你成名很早？

钟镇涛：我是还不知道发生什么事情呢就已经

成名了，所以我开始的时候没有特别去珍惜我的事业，怎么去安排，因为我的事业是追着我来的。

鲁　豫：那个时候一定有很多女孩子喜欢你？

钟镇涛：我也很会交女朋友，但是又总会被女朋友踢开。

鲁　豫：那个时候你喜欢的女孩是什么样子的？

钟镇涛：我喜欢的女孩子应该会讲英文，而且不是做我这一行的。因为我是晚上工作的，当然我见的都是那一些比较复杂一点的女孩子，我就希望能白天上班的。当时可能我觉得如果女孩子穿那种套装我就会觉得很好看的。

从香港到台湾，从歌星到影星，钟镇涛以自己的天赋与努力树立了实力与偶像的人气。无论是当年的"温拿时期"，还是后来独自发展，前后 20 年间，阿 B 钟镇涛都是公认的当红人物，每年收入以千万进账。但没有人能够想到，一场婚姻会给他的生活带来翻天覆地的变化。

鲁　豫：采访之前我还是有一些顾虑，我怕提起那些伤心事让钟镇涛难过或者是难堪，但钟镇涛的经纪人说没关系，他什么都可以说。而钟镇涛也的确是非常坦率，虽然自始至终他都没有提到章小蕙这三个字，但关于自己的第一次婚姻他还是说了很多。

正处于事业顶峰的时候，钟镇涛认识了美貌的章小蕙，尽管章小蕙身处娱乐圈外，但由于和钟镇涛的恋情，加之学美术出身的她格外讲究穿着，使得章小蕙在香港媒体娱乐版面上的曝光率越来越高。钟镇涛对章小蕙可谓一见倾心，迅即与她在香港筹备梦幻婚礼，单单是一件婚纱，当时就已经价值 13 万元港币。

鲁　豫：结婚的时候你已经是 30 几岁了？

钟镇涛：30 多一点，34 岁。

鲁　豫：还不是很成熟？

钟镇涛：对，我原以为是很成熟，以为我已经找到我应该走的路，结果还是不很成熟。而且当时我也没有什么朋友，没有人会给我意见说好不好。当时我就去算命啊看一些所谓的高人啊什么的，每个人都说一起到老，天作之合，什么好话都说尽了。所以当时对这个婚姻我蛮有信心的。

鲁　豫：在当时算是一个很大，很豪华的婚礼。那是你的风格吗？

钟镇涛：很豪华！但不是我的风格。

鲁　豫：你当时心里会不会紧张会担心，这么多的钱？这么豪华的婚礼？有过那种很犹豫的时候吗？

钟镇涛：我自己都不知道。我想这个婚姻就是永远的，反正她是我的太太嘛，你要什么我就给你，我不知道后来会发生什么，我也没想过后来会发生什么。

或许就是在这种动力的驱使下，钟镇涛从来都对妻子有求必应；无论是巨额的投资项目还是每月高达30万元港币的购物签账，钟镇涛一直都不吝付出。"老婆本来就是娶来疼的"，钟镇涛的这句名言，还曾经让不少女性传诵一时。

钟镇涛：那个时候事业还好，所以赚钱还不成问题。但是跟花费不成正比，就是花

得比赚的快。

鲁　豫：那个时候一开始已经是这样了吗?

钟镇涛：一开始都差不多是这样子，反正我就永远觉得钱赚得很慢，不够花。永远是下一部片子的片酬，就已经在计划怎么把它用掉，也可能已经用掉了。

鲁　豫：你从来没有想过这样的生活我需要把它变一变，不能这样子? 至少要我挣多少钱花多少钱。

钟镇涛：那个时候已经不是我的控制范围。有一次，当时我前妻对我讲了一句话我就觉得很失望。她说，"我还没有玩珠宝"。我觉得已经很不错了，已经比一般人都好了。我看报上说菲律宾的总统夫人家里多少双鞋子，但我老婆的也差不多那么多。结果她又说一句她还没玩珠宝。我就觉得我再怎么做下去都没用了，因为我的能力实在是支持不了了。

在钟镇涛看来，妻子的挥霍无度已经越来越超出了他的承受能力，但作为公众人物，钟镇涛不得不以忍耐这种最消极的方式面对压力。

鲁　豫：你的婚姻真正快乐幸福的时光多吗?

钟镇涛：两年，顶多三年吧，我看任何一对热恋的人或者是夫妻能够超过三年已经很难得了。

鲁　豫：在你婚姻的那段时间里，你的经济最紧张的时候，面前有很多的账单，然后银行里面的钱完全不够付这些账单，需要去周转，有过这样的情况吗?

钟镇涛：很多时候都是这样子，都是很危险地度过。就是好像我还没有拍那个戏，可能就已经先问公司调一些片酬来付一些账单。但是到了片拍完了，那个账单又更长了，是这样的。

鲁　豫：所以你是一个还挺能忍的人。在夫妻的关系当中你是相当一个能忍的人。

钟镇涛：我都忍得蛮久了，只要能过得去我忍着。但是后来实在是没有办法了，财政已经有那么大的困难了，还要出现一个第三者。然后我知道的时候是所有的记

者在我家楼下给我看照片，当时我的太太开着我的车，用着我的司机来送她的情人上班。我都不知道怎么逃避，当时我还死撑着假装没事。

　　鲁　豫：事情都已经这样你还不肯放弃，是因为已经付出这么多了，是因为对她还有一些感情，还是因为这是个家庭不想把它破坏掉？

　　钟镇涛：应该是还有个家庭，不想把它破坏掉，我已经是在一个破碎家庭长大的孩子，不想让我的孩子再这样。我就觉得，她买衣服会比自己的丈夫、孩子更重要吗？但是后来我就真的非常失望了。

　　谈话的过程中，有两次说到钟镇涛伤心的地方，他的眼圈一下就红了，这个时候他会停下来，平静一下情绪好像是要把眼泪咽下去似的，然后才再去回忆那些让他难过、难忘的事情。

　　在90年代中后期，钟镇涛已经失去了往日一线明星的风光。事业的低谷、家庭的动荡已经让他不堪重负，但财政危机却接踵而至。1996年正是香港的楼市高峰，钟镇涛与章小蕙借贷巨额资金在香港购入四套豪宅，期望转手之后获得高额回报。但事与愿违，遭遇金融风暴，楼市急跌，损失惨重。媒体报道说，钟镇涛夫妇欠下的债务高达两亿五千万港币。

鲁　豫：你心里面没有想过买了这么多房子，万一卖不出去万一跌了怎么办？你从来都没有想过这些吗？

钟镇涛：想过，但是已经不受控制了，那个时候，我只能是希望多找一些机会来填补空缺。

鲁　豫：到什么时候发现空缺来不及补了？

钟镇涛：整个香港的房地产垮掉的时候，但是当时我都不知道怎么讲好，我当时就等于是一个担保人，我只是不停地签字，不停地签字。所以后来人家问我欠了多少的时候，我自己都不知道，大概传媒比我更清楚，我自己真的不清楚，到现在都不清楚。所以我很多事情都已经经历过，现在觉得没有什么大不了的事情了。

钟镇涛：我可以不生气的，看到很多事情我都可以哦、这样；哦、这样。

鲁　豫：这可跟"温拿"的阿 B 完全不一样。

钟镇涛：完全两个人，以前很个性，随时会吵架，然后还要骂人，后来就越来越觉得，没必要跟人家争了。已经磨得都没有脾气了。

鲁　豫：你性格的这个棱角被磨平了，是被婚姻磨平的，还是被一个人磨平的？还是被这一段的经历磨平的？

钟镇涛：大概是我的婚姻吧，婚姻就是两个人的事，整个精力就磨平了。

鲁　豫：那段时间你经常失眠吗？

钟镇涛：会啊。有时候会睡不着。因为我知道我再怎么努力再怎么付出都没有用了，所以那个时候完全失望，就真的完全死心了。想着要怎么样去过我自己的生活了。

1987 年，钟镇涛与章小蕙结婚，花费超过 300 万港币的婚礼极尽豪华。

1993 年，钟镇涛与章小蕙以 1300 万港币购入豪宅。

1997 年，钟镇涛与章小蕙联名购入多个贵价物业，贷款 1.8 亿元港币，加上利息总共 2.5 亿元港币。

1997 年金融风暴之后，香港楼市一泻千里，钟镇涛面临着越筑越高的债台；而此时，他已经是两个孩子的父亲，接近 50 岁的年龄。1999 年，钟镇涛与章小蕙正式离婚，结束了 10 年的夫妻关系。

鲁　豫：那段时间晚上自己一个人的时候会哭吗？男人不会当着别人的面哭，但是当你一个人的时候你会哭吗？

钟镇涛：会，但是哭不出来。哭不出来更难受，我不会表达自己，我不会去向别人倾诉，又不会去喝酒来麻醉自己，但是那时候幸好我有个录音室，很多时候一不开心就去唱歌玩音乐，把一些感情的事情发泄出来。幸亏那时候还可以玩音乐发泄，不然我真的不知道我该怎么过下去。

鲁　豫：所以做歌手有时候还是很幸福的，你痛苦的时候或者快乐的时候都可以在舞台上唱歌，把感情释放出去。

钟镇涛：那个时候我连舞台都没有，就是在录音室里唱歌，把一些感情发泄出来，所以可能是音乐救了我一命吧。天无绝人之路，总是在很不好的时候遇到一些好事，不过这个真的是好事，就是我认识了现在的女朋友。

鲁　豫：怎么认识的，你们俩？

钟镇涛：我在工作上认识的，我跟她不是一见钟情的，是慢慢交往久了以后才走到一起的。那个时候她给了我很大的鼓励。

鲁　豫：刚认识的时候她知道你是谁吗？她听过你的歌或者是看过你的戏吗？

钟镇涛：她知道有一个阿 B，有一个钟镇涛，但她不知道钟镇涛就是阿 B。因为她当时不在国内，她在法国念书，她对我有一点模糊的印象不是那么清楚，就是因为她不是那么清楚，所以我们才可以走到一起。

钟镇涛的女朋友范姜一直在北京陪着他，采访的时候范姜就站在旁边，中间不

时地走上来帮钟镇涛擦擦汗，给他补粉，有时候还提醒他没有记清的日期，看得出，钟镇涛很依赖她。

　　在钟镇涛走到人生最低谷的时候，范姜站在了他的身边。这位出生在台湾的女孩 16 岁时就考入美国著名的 Julia 舞蹈学院，如今她和妹妹一起在北京开了一间公关公司。

　　鲁　豫：她第一面对你就有好感了吗？
　　钟镇涛：那你就要问她了。
　　鲁　豫：你们后来没有谈论过吗？
　　钟镇涛：我相信有吧，有好感，我对她第一眼也有好感。
　　鲁　豫：那就是一见钟情啊。

钟镇涛：但不是一见钟情那种，好感不一定要走到一起啊。就是朦胧的好感，没想过会走到一起。

鲁　豫：而且那个时候你正处于心力交瘁的时候，可能也顾不上再开始一段感情。

钟镇涛：对，我怎么开始？我自己已经乱七八糟了，婚姻已经破了，然后小孩怎么办，财政一塌糊涂，事业也不好，都不知道那几年怎么过的。反正我记得的就是不停地搬家，问题一大堆。

鲁　豫：我觉得你这个女朋友真是了不起。

钟镇涛：我觉得她真的是很伟大，因为她不仅要承受很多东西，而且跟我以后还会有那么一大堆的麻烦在后面。

鲁　豫：从什么时候开始就被债主追得很紧了？

钟镇涛：2001年。那个时候和女朋友一起就已经决定做最坏的打算，就是破产，因为没有别的路可以走。一张欠单我都没办法还，一张单就有几千万我怎么还。天文数字，那时候一千块钱对我来说都是天文数字了。

鲁　豫：其实对您来说，宣布破产是一个摆脱的很好的方法。

钟镇涛：我不是摆脱，我也负我的责任。所以我现在也是不停地工作，希望能够还多少就还多少尽量让我的债主损失没有那么惨重。

　　按照香港法律的规定，钟镇涛申请破产之后，不能拥有财产，甚至不能搭乘出租车以及外出旅行，在破产令执行期的4年内，钟镇涛的所有收入都须交由破产管理局分配给债主，4年之后，如果债权人没有反对，钟镇涛才可以恢复原本生活。

鲁　豫：决定要宣布破产的时候很难过吧？第二天你要见传媒要宣布了，头一天晚上是怎么过的？

钟镇涛：睡不着了，然后脑子就是空白的。我的公司安排一个车去接我的时候所有的传媒都已经在等我了。我在经纪人公司的时候，我脑子里完全是空白的，甚至走路都不会走了，好像是人家押我上去的样子。我看见人还会跟人打招呼，但是我自己却不知道我在干什么，脑子完全就是空白了。当时记者会没有很长的时间，但是对我来讲好像是一年的时间，很长很长的时间。

鲁　豫：听说你当时是要把手放在桌子下边？

钟镇涛：对，因为我的手一直在发抖我不想人家看到。

鲁　豫：其实想一想不过就是新开始而已。

钟镇涛：其实往好的方面去想，失去的就只是一些物质上的东西。起码我拥有过，我享受过，起码我还没有经过战争，起码我还是很健康的一个人，还有很多朋友支持我。当然也有很多不好的，我身边有特别多的"变脸大师"，尤其这几年，有些人看见我破产了都躲得我远远的，过一阵子看见我好像又火了，就又突然对我很好，忽然又看见报纸上报道什么对我不利的消息，又立马离我远远的。太多这种人了，但是我觉得这对我已经不重要了，因为一些不关心我的人，我为什么要在意你呢？所以那些人我已经不在意了。

鲁　豫：会担心未来吗？

钟镇涛：不能担心，我只能去努力做。有的时候不是我可以安排的，我现在能做的就是让自己去努力地去做好每一件事。

鲁　豫：那你的女朋友呢？

钟镇涛：开玩笑的时候我经常会说上辈子她欠我的，这辈子她才和我在一起。但我没有伤害，我希望能给她多少给她多少。

鲁　豫：婚姻呢？还会再有婚姻吗？

钟镇涛：现在真的不敢奢求了，现在她能跟我在一起，不走开我已经觉得很满足了。

钟镇涛：我曾经的一段婚姻以为是找到自己的归宿，但是都过去了，那段时间就当是给自己一个磨炼，让我可以更成熟地到现在吧。虽然是很多惨痛的经历，但是我觉得我还是很乐观的。因为我比上不足，比下有余，如果我是很平淡地过，到了老的时候怎么跟小孩讲呢，人生总得有一些经历。

鲁　豫：谢谢你今天跟我聊了很多。像你经历的很多事情其实是很难讲出来的。

钟镇涛：我也不知道怎么就讲了这么多。有一些自己以前都没讲过的。有一些我都不愿意讲，可能是因为报喜不报忧。但是既然我上一个这样的节目，如果我什么都不讲，那上来干嘛呢，我尽量能讲我就讲就当给自己做个记录吧。

鲁　豫：钟镇涛是个内向的人，他平常话很少，他告诉我，我们采访的两个多小时，他说的话，比他平常一个星期说的话还要多，我觉得钟镇涛很勇敢，他勇敢地接受了现实，也勇敢地承担起生活当中的很多变故。他告诉我，他把破产以后的这4年当作上大学一样，那我祝愿他，早一天大学毕业。

2006年，经过4年的忍辱负重，钟镇涛终于成功"脱贫"彻底告别破产。前妻让他吃尽了苦头，范姜的不离不弃却让他重获新生。他因此明白了什么女人该娶、值得娶。如果说初次结婚是发昏，那么吃过亏上过当、受过伤有过痛的钟镇涛决定再婚，应该是权衡再三后的慎重之选。成功"脱贫"告别破产的钟镇涛一掷千金只为迎娶与他共患难的范姜。

结束语

    在经历了破产、与章小蕙婚姻破裂等风波后，钟镇涛又重新回到影视圈。在《头文字D》中饰演杜汶泽的老爸，在《上海红美丽》中饰演邬君梅的老公，可谓片约不断。

    钟镇涛2006年推出全新大碟《涛出生天》收录了11首新歌，这个专辑的名称非常切合自己，与歌迷们展开新年新生活的开始，每一天都是很好的新一天。也希望经历过风雨之后的钟镇涛每一天都是很好的新一天。

白马王子
秦汉

人物小传

　　秦汉，台湾演员，原名孙祥钟，原籍四川华阳，生于上海，曾用艺名康凯、孙戈，后来改名为秦汉，出生在军人世家，父亲是著名抗日大将孙元良。

　　秦汉1965年毕业于台湾开平中学，后进入台湾联邦影业公司当演员。他所出演的角色大多书卷气较浓，朴实正直，尤善出演言情片。秦汉是上世纪70年代琼瑶电影的热门男主角，并深深地影响了一代观众，成为观众心目中的白马王子。

开场白

2007 年 5 月 25 日，黄埔军校一期最后一个学生、抗日名将孙元良在台湾辞世，享年 103 岁。对于孙老将军的事迹可能不是被那么多的人所熟悉。但是关于他的儿子、著名影帝秦汉却是深深地被一代人所熟知。

秦汉出生在军人之家却与电影结缘，从演员训练班到文艺片的当家小生几番沉浮；曾有过一段无奈的蛰伏期，功成名就时，他却选择远赴大洋彼岸当起了导演；重回荧屏的秦汉在上世纪 80 年代琼瑶剧集中再掀热潮。秦汉原名孙钟祥，秦汉是他的艺名。

秦汉 1965 年毕业于台湾开平中学。随后进入台湾联邦影业公司当演员，1966 年出演电影《远山含笑》之后去服兵役三年，1973 年以艺名孙戈出演《唐山五兄弟》后改名为秦汉。

尽管秦汉出生在一个名副其实的名门望族，但秦汉幼年时候的生活记忆却是有些黯淡。当时身为军人的父亲很少在台湾，是母亲独自一人带着 6 个孩子艰难度日。年少的秦汉很懂事，从不和母亲顶嘴，并帮之做一些力所能及的事情。一家人的窘迫生计，在父亲彻底安顿在台湾之后才有了一些改善。

秦汉对于电影的爱好从小时候刚接触到电影开始，就已经接近痴迷。

鲁豫：我听说你小的时候你的父母经常会带你去电影院看电影。

秦汉：从小就喜欢看电影，然后在电影院里面就想以后我要拍戏。我小时候不愿意去学校，因为台湾那时候的学校好像有点日本式的教育，老师打骂学生很厉害，用那种课桌椅，很粗的一种课桌椅打屁股。我非常恨这一点，所以我当时是逃避学校就跑到电影院去看电影。

鲁豫：当时去电影院最多一年会看多少部电影？

秦汉：我那时候一年大概看了320部电影吧，因为学生戏院一天可以演三部不同的戏，所以看了很多。

鲁豫：你当时就只是看电影你就想着去演戏，你怎么就觉得自己能演戏呢？

秦汉：我当初对电影感兴趣，是想要探讨电影背后的事情。

零距离地接触电影是秦汉从小的梦想，然而当他真正踏进了梦想的大门他才发现自己对表演根本一无所知。

秦汉：当时台湾有个中央电影公司招考演员，我就去考演员训练班，最后一关面试让我们演一个小段。然后我就进了一个黑黑的房子，评审在黑暗中看着我，我看不到他们，然后就是只能听到声音说这个够高啊，还可以啊什么的。好像接受我的样子，后来我回到家之后那个公司就有人来找我到他们公司去。开始的时候就只让我在演员训练班里面训练上课什么的，并没有签约。

鲁豫：后来结业也不签约吗？

秦汉：没签，也不晓得为什么。其实我表现得也还可以。

刚上完培训班的秦汉渴望有机会能一试身手，就在此时恰逢导演李翰祥筹备成立台湾的电影公司。这个消息让迟迟不能签约的秦汉看到了一线曙光，他迅速召集了五六个同期的学员齐刷刷地站在了李翰祥的面前。

鲁豫：去了李翰祥导演的公司就签约了吗？

秦汉：到了那里人家一拿出来合约，我那5个朋友饥不择食地马上就签了，一个月400块钱台币。他们也不看那些条文是什么东西就签了。我从家里出来之前，我母亲就跟我讲了一句话，她说如果有任何人让你签约，你就说我先考虑一下。结果我一说完考虑，公司的那个经理立马就说给你800块你别考虑了。

鲁豫：你真聪明，一下他就给翻了一倍啊。

秦汉：但是我还是说再考虑下，因为我母亲跟我说要考虑一下嘛，我还是不签，我要考虑。然后那个经理又说，好！你别考虑了我给你1600块。

鲁豫：1600块钱啊！他们还有没有再加？

秦汉：没再加了，因为我自己投降了。大概过了一个多月以后，李翰祥导演就让我拍戏了，而且是当男一号。但是不巧的是我接到这个戏的同时，我因为吃坏肚子得了肠炎。我又要出外景又要拍戏，然后都是荒郊野外找不到厕所那种外景，很麻烦当时。然后我又不太会演戏,拍特写镜头的时候导演总是觉得我表现得很不好。

尽管第一次出演男主角并不成功，但秦汉略带羞涩的气质与电影《破晓时分》中的男主角形象十分契合，这一点让公司决定在这部即将投拍的电影中，再次启用秦汉为男主角。可就在《破晓时分》开拍前，秦汉接到了服兵役的通知，这使得本来摩拳擦掌跃跃欲试的秦汉不得不满怀遗憾地离开，最终与这个可以让他一炮而红的机会擦身而过。

就在秦汉服兵役的这三年里，台湾的电影环境发生了翻天覆地的变化，整个圈子正经受着香港电影以及国外电影的巨大压力，新人辈出，这一切让离开了整整三年的秦汉感到陌生而失落。一切似乎又要从头开始。

鲁豫：服完兵役回来到处都在放武侠片吗？

秦汉：对，都是打片，那个时候台湾叫刀剑片。我出来之后就好像断了线一样，也不知道何去何从。

鲁豫：没试过拍拍武打戏吗？

秦汉：也拍过武打戏，有一个戏是我跟一个日本的空手道高手对决，他大概是两三段的级别吧，然后一个晚上我们两个都在练习怎么对打，导演又要求我怎么打他，要靠近一点什么什么的，反正练了很久。结果到第二天的时候我正巧就碰到一件事情，详细情形我就不说了，就是我在路上走着，有两个人过来找麻烦，他们就是那种无赖耍流氓。其中一个人拿了个棍子，另外一个人叫往我这边走过来，他一过来刚要伸手，我看这个危急的情形就想我得把他摆平，我就很本能地一拳挥过去，结果那个人就好像一棵树这样平平地就倒下去了。我自己当时都傻眼了你知道吗，他太不禁打了，我没想到我一拳威力这么大。然后我再找另外一个拿棍子的那个人，那个人就赶紧把棍子丢掉了，我走过去就轻轻地打了他一个小耳光就当是惩罚他一下。被我打倒下的那人我把他送到医院去了一检查，脑震荡！我当时好紧张，赶紧把他送到最好的医院去住院，住了两个礼拜结果最后花了3万块，我那部戏的片酬才1万5千块台币。

鲁豫：你那么厉害啊！

秦汉：我自己都傻了，就只看见他咚，身子平着就倒下去了。

上世纪70年代，秦汉几经周折又回到电影圈，虽然努力却仍然只能出演一些小角色，事业处于人生最低谷。一次偶然的机会秦汉结识了他后来的妻子邵乔茵。秦汉和邵乔茵虽然不是一见钟情也算是彼此投缘，时隔未久便于1972年共结连理，女儿孙诗雯和儿子孙国豪的相继出世，更是为这个小小的家庭带来了快乐。

此后不久，一位重要的人物找到秦汉邀请他出演《心有千千结》中的男一号，这位重要人物便是当时台湾电影界举足轻重的大导演李行。在70年代的台湾，艺人因为主演了李行的电影而声名大噪的例子举不胜举，一个毋庸置疑的绝佳机会摆在了秦汉的面前，然而因为已经身有片约秦汉委婉谢绝了这位当时台湾电影圈炙手可热的大导演。

秦汉：我拒绝李行导演的时候他很生气，你知道吗，他就说，你要么来拍我的戏，要么推掉其他人的戏，你自己想清楚。意思就是要把我赶走。

鲁豫：他当时没准备封杀你啊？

秦汉：他就是很生气，很讨厌我。就感觉好，你居然敢不拍我的戏，我以后都不会用你。他当时就觉得我这个人实在是无可救药的，简直就是朽木不可雕。很多年过去了，我们成了朋友以后他就给我聊天聊到这件事情，他就说你这个人啊真的是很笨，当年我找你拍《心有千千结》的时候，多好的机会你不演，我一打电话到香港，人家那边的演员马上就过来了。你当时还敢拒绝我，真是太不识相了。

鲁豫：秦汉不是一入行就一炮而红的那种演员，中间还等了相当长的一段时间。

直到碰到他生命当中挺重要，对电影很有影响的几个导演，我觉得李翰祥可能算是一个，李行算是一个，后来可能琼瑶也算是一个。

秦汉：对。我想当时是琼瑶的这些东西比较热了，而且热度越来越增高。那时候我个人的感觉就是很奇怪怎么越来越多人找我拍戏呢。

上世纪70年代，台湾电影一度横扫香港市场，琼瑶式商业电影是当时台湾很多明星进入影坛的开始。秦汉略带忧郁的眼神和帅气的外形与琼瑶小说中男主人公的形象不谋而合，加上日渐纯熟的演技，秦汉成为众多文艺片导演优先考虑的不二人选。

1973年秦汉出演由宋存寿执导的电影《母亲30岁》和《窗外》，这两部电影的拍摄成为他出名的序曲。尽管因为版权纠纷《窗外》没有在台湾公映，但这并不妨碍海外观众的好评如潮，喜讯传回台湾，秦汉的身价也开始水涨船高。同时也正是在这部电影的拍摄过程中，秦汉与曾经被誉为"东南亚第一美女"的林青霞暗生情愫，使日后一段痴缠十几年轰轰烈烈的苦恋成为可能。

无论是他与妻子邵乔茵的夫妻患难，还是与林青霞缠绵悱恻的爱情，秦汉的感情生活显然是不得不说的一段故事。

秦汉的妻子邵乔茵是SK-II化妆品台湾区域老板的女儿，她本人既是出身名门而且是一位身材娇好，皮肤白皙的标准美女，与秦汉这位将门之子也算是门当户对。结婚以后，妻子邵乔茵为了支持秦汉在事业上的发展，独自一人经营了一家化妆品公司，并靠着自己出色的经济头脑，短短几年内就把这家化妆品店经营得红红火火，并且公司由原来的几十人迅速扩展到几百人。秦汉走红后台湾很多媒体报道过他们的化妆品店，称它们为"患难夫妻"。

林青霞是一位少有的绝世佳人，据说几乎所有和林青霞一起演过戏的男演员都追求过她，但是她并不为所动，在她的心目中爱情是至高无上的。林青霞18岁的时候遇见让她心动的秦汉。在林青霞与秦汉成为影坛上的"金童玉女"组合之后，他们二人也把在剧中缠绵悱恻的爱情带到了生活当中，只是那个时候秦汉已是有妇之夫了。林青霞和秦汉两人当时成了千夫指的"罪人"，他们两人的爱情也承受着巨大的压力。

秦汉的妻子邵乔茵为了她的家庭也打起了自己的爱情保卫战，她在秦汉的每一场戏都会到场亲自给老公端茶倒水，一度被媒体报道为爱情保卫战的经典；她甚至买了照相机，拍出秦汉在居家的一些温馨照片送给当地的一些媒体刊发。那段时间，台湾媒体上不断出现秦汉一家的温馨照片。这位女性默默地做着一切来证明自己与秦汉的婚姻坚不可摧。可是不管怎么样，关键还是在于秦汉本人，秦汉的心早已属于林青霞一个人，但是他是两个孩子的父亲，考虑种种因素的他似乎是辜负了林青霞的一片痴情。

1980年9月5日，电视和报纸报道了林青霞和秦祥林订婚的消息，林青霞在这场苦苦的爱情中选择了追求他的秦祥林，而这一消息却给深爱林青霞的秦汉一个沉痛的打击。得知道林青霞订婚的秦汉整天以酒麻痹自己，一时间台湾媒体捕风捉影地报道了秦汉常常用酒精来麻醉自己的消息，说林青霞和秦祥林订婚了，秦汉的心也死了。也有媒体说林青霞订婚，秦汉没了希望，甚至连死的念头都有。

就在林青霞订婚的消息发出不久，秦汉与妻子邵乔茵离婚了。

专栏作家罗兰曾在她的文章中写到这桩离婚纠纷。她说：

在报上看到秦汉和邵乔茵终于离婚了。

我不是个影迷，秦汉的电影我一次也没看过，但这并不妨碍我对他们这场婚姻的关切。因为他们正是现代社会形态下，婚姻触礁的一个典型。他们离婚的消息正式公开的那天，我看了两家报纸的报道。这两家报道恰好有一家是完全站在秦汉这方面的，另一家完全站在邵乔茵那方面的。看站在秦汉这方面的报道，你会觉得邵乔茵过分能干跋扈，而且着眼点全在钱财，使秦汉不能忍受。站在邵乔茵那方面的报道却又使你觉得，既然最后房子也归了秦汉，儿子也归了秦汉，又未曾见到有关什么赡养费的约定，似乎邵乔茵做了很大的牺牲，何况他们当初酝酿分手的导火线还有一个第三者在内。

我相信，对这样一对知名度很高的夫妇的离异，社会上一定充满着见仁见智的看法，大家站在自己同情的一方衡量这件事的是非曲直。但可悲的是，婚姻上的问题，几乎全不是"是非曲直"所可以衡量。它所赖以维系的只是那点极抽象，却又极重要的"感情"。夫妇二人没有先天的血缘亲情，全属后天的"两情相悦"。所以你不能希望婚姻关系的任何一方保证当初的海誓山盟永远不变。先天的感情可以不变，因为它与生俱来，后天的感情没有任何条例可以约束，使它不变。这也就是说，当双方中任何一方"变了"，那就是"变了"。责备、恳求、限制……最多都只能收效一时和表面，而很难彻底改善。这是婚姻悲剧之所以令人悲哀的原因。

林青霞虽然和秦祥林订婚了，但订完婚后的生活并不甜蜜。因为后来林青霞拍电影经常会和秦汉合作致使她和秦祥林的矛盾不断增加。后来两人终于解除婚约。

秦汉离婚了，林青霞解除了婚约，这两位心底深处都藏着对方的男女还是承受住了外界的压力很自然地再次走到了一起。只是再次走到一起的他们再也没有了当年对爱情的那种激情，对于爱情二人都过于成熟了，所以再次走到一起的他们并没有进一步的发展，只是不进不退地维持着恋人的关系。

1994年6月29日，香港《大公报》以《一代美人嫁与商家》为题报道了林青

霞嫁人的消息。秦汉与林青霞分分合合 20 年的爱情也终于落幕。

对于和林青霞的这段往事秦汉至今仍是三缄其口。

秦汉：有很多私人的东西我无法去跟群众说清楚，我也不愿意对别人去把自己很私人的事再做任何解释什么的，我觉得这都是过去的事了。

1976 年琼瑶和平鑫涛组建巨星公司签下了秦汉，拍摄的第一部电影《我是一片云》在当时的台湾引起轰动，秦汉的事业从此进入一个高峰，各种奖项也纷至沓来。从 1973 年的渐为人知到 1978 年演艺事业的持续升温，秦汉每一天的工作安排异常紧凑，那段忙碌而高产的日子，成为那个时期秦汉最深刻的记忆。

鲁豫：我是听说你 1978 年一年的时间拍了有十几部戏。

秦汉：对，我最高的时候同时拍五六部戏。

鲁豫：那时候片酬多少了？

秦汉：大概就是 30 万，40 万，50 万这样的，反正就是一直往上涨的。同时拍五六部戏的时候是，早上 6 点钟一个通告拍到 12 点是第一部戏，12 点之后到下午 5 点钟是另外一部戏，然后下午 5 点到晚上 10 点还有一部戏。有时候太忙，到夜里 11 点后还会有一部戏要拍。

鲁豫：那你睡觉的时间呢？

秦汉：睡觉全部都在坐车，从这个片场到另一个片场的路上，我就在车上睡一会。

鲁豫：老是拍文艺片拍长了以后会不会想去试试别的角色？

秦汉：其实我很早就一直在这样做了，比如说我拍琼瑶片的同时也在拍《汪洋中的一条船》。我在那个戏里演一个残疾人，走路要靠跪着往前挪。

鲁豫：你演的时候你也要跪着走路是不是？

秦汉：对，两个脚就绑在后面，脚边装两个皮套罩在腿的这个膝盖头上，所以就只能是一直跪在地上，演起来蛮辛苦的。

鲁豫：凭借这部戏最后在台湾拿了金马奖是吗？

秦汉：对，得了金马奖最佳男主角，然后又得了亚洲影展的最佳男主角。挺遗憾的是当年领奖的时候因为我正在美国拍戏，所以没能亲自去领奖。

当年正在美国好莱坞拍戏的秦汉在一个电影硕士的怂恿下产生了当导演的念头。

秦汉：那个硕士他就说我，你不是很喜欢做导演吗？他说你要做导演应该在好莱坞做，好莱坞是世界的影都，一个片子 16 万美金就可以拍了。我一想自己正好有 16 万美金，当时很诱惑我的。而且当时有个很有名的片子叫《大白鲨》，这部电影的导演就是很著名的史蒂文·斯皮尔伯格，他那个时候才 23 岁。我心想人家才 23 岁就做导演了而且做得那么好，我都超过 23 岁了，我也一定要去做电影。

没想到本来很遥远的梦想居然离自己这么近。秦汉兴奋之余立刻招兵买马着手自己的第一部电影，然而让他始料不及的是这部电影一开始的剧本撰写就遇到了麻烦。

秦汉：我请一位先生写剧本，结果他写了很久也没写出来，他老是忙着自己一些琐碎的事情。那没办法，我就自己写。结果我写了三四天吧，我就写一个东西出来。然后我就拿给一些人看，问他们意见，我说你们要觉得可以拍，那就拍，不可以的话我就回台湾了。结果他们一看就说很好嘛，每个人都说好，我就把钱拿来准备开拍了。要去定摄影师、买底片呀、租机器呀、招兵买马各方面的人员都要找到。

　　鲁豫：后来呢？

　　秦汉：没拍成。因为种种原因，反正就是拍了一点就没法完成了，就赔了很多钱。预先支付给摄影师的钱，工作人员的钱都赔了。大约有几百万台币。

　　尽管初次当导演就碰壁而归，但秦汉并没有放弃当导演的念头，相反他从好莱坞回到台湾后的第一件事就是马上成立自己的孙氏电影公司，并迅速拍了孙氏公司的第一部电影《情奔》。

　　秦汉：我在美国第一次当导演失败的那个感觉，就像是骑马的时候从马上摔下来了，我必须要很快地再骑上马背，否则我心理会不平衡。

　　孙氏公司的第一部电影《情奔》是秦汉自导自演的电影。1982年，他又一次自导自演《铁血勇探》，尝试新的角色转变，然而在表演上成绩斐然的秦汉自己执导的两部电影却市场反应平平。对于他的努力，观众并不认同，短短三年中两次落败，秦汉不得不再次回到演员的位置。

　　1985年秦汉在接拍他的第一部电视剧《几度夕阳红》时颇下了一番决心，此前的秦汉接拍的都是电影中的角色，初次尝试电视剧角色就让秦汉尝尽了甜头。80年代琼瑶一连几部小说改编的电视剧使得秦汉刘雪华这对电视版男女主角红遍半边天，出人意料的好成绩使得本来只想在电视剧上浅尝辄止的秦汉欲罢不能。

鲁豫：你拍的第三部电视剧是《庭院深深》是吧？

秦汉：对，拍《庭院深深》那真的是太累了，要演个瞎子。可是谁知道一拍完之后，不得了，很轰动，不只在台湾，在内地都很红了。收视率这么高的情形之下更加不能停止，接下来后面又拍了很多，都是电视剧，拍得我简直累昏了。

上个世纪的 80 年代中期，电视开始在中国内地的百姓家庭中普及，而恰在此时，琼瑶多部电视剧引进内地。秦汉扮演其中主人公的形象迅速赢得内地观众的人气。就在秦汉事业春风得意的同时他的婚姻却亮起了红灯，邵乔茵与秦汉平静分手，他们的两个孩子跟了父亲并在不久后被送往美国读书，独自留在台湾的秦汉对事业更加投入。

从小在台湾长大的秦汉对大陆的印象几乎是一片空白，直到 1989 年秦汉接拍严浩导演的《滚滚红尘》。这次的拍摄地选择在中国东北，对于秦汉来说第一次踏上中国大陆的记忆尤为深刻。

鲁豫：那次是第一次到内地来是不是？

秦汉：对对，就是因为《滚滚红尘》这部戏。我记得那时候我们在塘沽一个镇里边拍戏，拍的时候当地很多人都在看，有爬到树上也有爬屋顶上的。然后晚上收工的时候，我们在前面走，就听到后面脚步声，喔喔喔，就只听到那脚步声，

很多人跟着，我们走到哪里他们就一直跟着。我觉得蛮特别的，我在台湾没经历过这样的事情，那么多人跟着你走，在黑暗当中追你，蛮有意思的。而且那时候第一次到内地，什么都很新鲜。看到解放军的时候特别爱去拍照，要去跟解放军合影。

鲁豫：为什么？

秦汉：因为我们那时候没有机会看到解放军啊，所以看到他们就很兴奋。现在想起来是蛮可笑的一件事情。那次来内地以后很长时间就没再来内地拍戏了。

鲁豫：秦汉再次踏上内地来拍戏就是在 2003 年了，首次与内地导演谢飞合作拍摄电视剧，秦汉的敬业和谦和让导演谢飞赞不绝口，除了他本身的资质条件经验丰富以外，就是艺德非常好，非常敬业。

日前正在内地播出的电视剧《紫玉金砂》是秦汉继《豪门惊梦》后近年来第二次来内地拍戏，并且一改在港台拍戏时的时装风格又一次穿起了风度翩翩的民初长袍。秦汉的女儿孙诗雯现在是父亲的专职经纪人，偶尔陪父亲到欧洲旅游。儿子孙国豪是台湾综艺节目的知名主持人，从小在片场长大的他对表演也颇感兴趣。当年因为父亲工作繁忙，姐弟俩在孙国豪 12 岁那年去了美国读书，直到孙国豪 19 岁才双双回到台湾与父亲共享天伦。

鲁豫：今天儿子也来了是吗？请他上来吧。

秦汉：上来吧。

孙国豪：鲁豫，你好。

鲁豫：你好国豪，你们俩自己觉得谁比较帅一点，你觉得你爸帅还是你自己帅点？

孙国豪：以先天条件来讲的话当然是我爸，我是后天努力型的，打扮一下就比较帅了。

秦汉：我觉得他跟我型有点不太一样，他是属于比较现代年轻人的这种典型。

鲁豫：你小时候有没有很多人围着你？你爸爸很有名气有没有很多人问你关于

他的事啊？

孙国豪：有啊。记得有一次，我陪我爸去他们明星篮球队东南亚巡回比赛，然后我们坐在那个游览车上的时候外面的影迷都会拍车子推游览车，很多人一直在喊"秦汉秦汉"我都吓哭了，我觉得好像是暴动，很可怕。然后就觉得为什么这些人要这样子，这么热情，这样激动。我当时年纪好小，也不清楚他们是在干什么。

鲁豫：刚才你爸说小时候就老逃学什么的。

孙国豪：这个应该是有遗传的，大概从幼稚园开始就有，一直到小学。有一次正上课老师就走到我跟前说，"孙国豪，你爸爸在校门口等你，你们家有很重要的事情，你要回去一下。"很恐怖听起来，因为当时是小孩子，就很害怕不知道什么事，然后赶快收书包背着书包就往学校门口走，结果走到校门口的时候呢一看，我爸在外边车旁边很开心的样子不像有什么事，结果我跟我姐一上车，他就说带我们去阳明山游泳。

鲁豫：但是他们在上课啊，你不知道吗？

秦汉：我知道，我觉得他们那个课就是后面几节嘛，也不是那么重要。因为那时候我拍戏很忙，空闲时间很少，刚好那天我放假我就趁着机会跟他们相处一下。我太喜欢他们了，觉得他们两个太好玩了，很可爱。

鲁豫：这是偶尔为之还是经常啊？

孙国豪：这个算是蛮经常性的吧，我小时候的记性不是很好，只会记得玩具卡通的事情，但是他的这档事情就印象很深刻。

　　鲁豫：所以慢慢地你们自己也旷课？

　　孙国豪：对，我后来在美国念书的时候，就很会编借口不上课，我想就是从小这样培养出来的。

　　鲁豫：演技也就是那个时候慢慢培养出来了。小时候你爸爸他就告诉你长大以后你也可以做个演员，还是这想法你自己很小就有了？

　　孙国豪：没有，从小就没有想过。自己要演戏什么的从来没有想过，一直真正到第一次拍过电影以后才喜欢上表演的。

　　鲁豫：如果孙国豪他想去拍戏，你会帮他吗？

　　秦汉：第一部戏是刚好有一个机会，就是到香港去拍戏演一个角色。当时他演的时候我就尽量不去看他，不干扰他，我让他真正地自己跟那个剧组生活在一起然后去学习。但是他好像有点不满意，觉得好像我不管他了。到后来他已经拍了有一两个月了以后我才去看他，结果他就说"你现在还来干吗，我都已经适应了。我需要你来给我支持来给我安慰的时候你没有出现，现在来也帮不到我"。

　　孙国豪：但是后来有一天我睡起来的时候，我就看到我爸写一个纸条就说：豪豪，看你一切都还 OK，那我跟奶娃——就是我姐——我们就先回台湾了。看到那简短几个字其实我很难过，因为我觉得我也没有好好地招待他们，一直为了那件事情内疚。

　　鲁豫：现在补偿还来得及。我想知道儿子交女朋友，你会管吗？

　　秦汉：我不管我不管。

　　鲁豫：孙国豪，那你爸爸交女朋友你会管吗？

　　孙国豪：不会。

　　鲁豫：他会征求你的意见吗？

　　孙国豪：也不大会啦，就偶尔聊天聊聊吧。

　　鲁豫：要是你爸爸不在你可能就不会这么说了，他在你可能比较紧张一点。

出演过无数感情戏的秦汉，在经历过离婚以及与大美女林青霞的爱情之后至今

依然保持着单身的生活。

鲁豫：我就特别好奇，一个人这一辈子演了那么多关于情感的戏，你自己对情感的要求是什么？或者说对感情的看法是什么？

秦汉：其实我不太喜欢那种复杂的男女交往的这种东西，黏乎乎的很不清爽的这种感觉。

鲁豫：谈恋爱不就是这样的吗？

秦汉：对啊，所以我不是一个会谈恋爱的人。我觉得一个人应该出入自由，来去自由，这样很潇洒，不要老是牵肠挂肚，会很麻烦，感情总是牵牵搭搭的，来去不自如。

鲁豫：现在会有很多人追你吗？

秦汉：谁会追一个老家伙？未免太那个了，还好啦，没有人追我，只是我看我要不要追别人而已。

鲁豫：你要不要追别人呢？

秦汉：我觉得我现在没有这种积极性了，有点懒了。我觉得可以稍微地积极一点点，不然岂不是太孤单了。

鲁豫：对呀，人总是要有个伴嘛。

秦汉：我觉得也不一定，我不会以一种要找个伴的心态去找女朋友。我曾经约会过一个年纪还蛮轻的女孩子，还很漂亮。我跟她约会的整个过程就觉得好累啊！我跟她讲一些什么她就只会"嗯"一声，也不怎么说话，互相根本谈不起来什么话题。从那以后约会就少了。

鲁豫：你现在算是退出江湖了吗？

秦汉：有一点，没事，歇两年再战江湖。也许下一分钟一出门碰到一个机会，就又得再战江湖了。

鲁豫：你们父子俩什么时候合作拍部戏？

孙国豪：一直以来都有人问这个问题，但是这么多年好像一直都没实现。然后每次被问到我们都会说，我想演个年轻警察他演个坏蛋或者他演个老警察我演个小坏蛋，然后大家追杀这种类型的电影。希望有电影公司老板出钱来投拍，但是就从来没人感兴趣。

鲁豫：谢谢秦汉和孙国豪。希望以后你们父子俩合作的电影能够跟观众见面。

结束语

　　已经近 60 岁的秦汉现在主要是和儿女们享受天伦，至今仍然单身的他说，对感情并不想再劳神地去追求，可能在他这个年龄段最享受的还是亲情吧。

"至尊"大哥
成龙

人物小传

　　1954 年 4 月 7 日出生在香港，原名陈港生。成龙的父母来自大陆，抗日战争时期由上海辗转来到香港生下成龙。小时候成龙的家境并不优越，为了让成龙长大有个混饭吃的手艺，成龙的父母把成龙送进了戏校去练功夫。从武行到跑龙套，再到如今的功夫巨星，成龙经历了别人没经历过的磨难，他所出演的电影，部部精彩，片中的打斗场面也是惊险刺激，但这些精彩都是成龙用自己的努力，甚至是不要命的努力换来的。他付出了一些人没有付出过的艰辛，当然他的付出也得到了别人所得不到的回报。如今的成龙在圈中已经俨然成为了一个大哥，甚至是一个权威。五十有余的他也从未停下打拼的脚步。

开场白

　　成龙在香港有三个住处，其中两个的地址狗仔队都知道，所以，他和我们约采访地点在他的第三个住处，他的助手在给我们发的传真上特别强调说，这个地址一定要保密，我们很清楚，这是成龙在香港最后一个清静的地方了。采访时间定在晚上 8 点钟，成龙说，这样我们就可以在一个不受干扰的环境下自由自在地畅谈了。成龙的家很大，楼上楼下有很多房间，里面搁了很多拍电影时使用的道具。除此之外，他还有一个酒窖，里面藏着将近一万瓶的葡萄酒。全部参观完成龙的家至少需要半个小时的时间，而每一次成龙带着他的朋友们参观这个仿佛博物馆一样的家时，都会兴奋得像个孩子。

　　鲁豫：有一次我们参加微笑行动的记者会，当时有工作人员正在特别叮嘱一个人说："成龙大哥来了以后，你要么叫成龙大哥，要么叫 DR.JACKIE CHAN（成龙博士）。"事后我想了一下感受很深，就是这样两个称呼，对你来说，是花了很多年很多努力，才得到别人的尊重和认可。

　　成龙：叫我 DR.JACKIE CHAN，我听了会不舒服。成龙大哥，或者是大哥这个称呼我也由原来的不舒服变成现在的舒服了，时间久了就变成很自然的了。以前人家叫我大哥的时候，我说不要不要，叫我 JACKIE 就好了。这

么多年来我在外国，在唐人街，很多老人家看到我就说成龙大哥，我就说不要叫我成龙大哥，不要叫我大哥，叫我 JACKIE。那老人家就说，好好好，JACKIE 大哥。我到了香港连我们的董特首，董建华见到我来了也说："大哥来了，大哥来了。"有时候在外边见到警察先生，他们也叫我大哥。年轻人、老人、外国人都叫大哥，叫大哥就叫大哥吧。现在变成一件很自然的事了。这么多年来，我得到了人家的尊重，但是我也付出很多。这一声"大哥"我得来的不易，真的很不容易。

在香港，公众对成龙的称呼都是成龙大哥，据说从董特首到老大爷都这么叫他，而我们发现成龙的确是有大哥风范。采访之前，他特别让助手买了一大堆甜品，让我们工作人员吃了以后才开始工作。成龙很喜欢照顾周围的人，能够照顾别人对于他来说是一件非常快乐的事情。

抗日战争时期，成龙的父母由上海辗转香港避难，1954 年生下成龙。当时成龙的母亲怀孕长达 12 个月，呱呱落地的小成龙体重竟重达十斤九两，喜得贵子的父母给他取名为陈港生。成龙从小十分顽皮，小学一年级的时候便留级重读，为了不荒废时光，成龙的父亲决定把他送到戏校学习。

鲁豫：我听说第一天你爸爸带着你去到戏校你就很高兴，一般第一次去一个陌生的环境，又是戏校那么辛苦的地方，别的小孩都是哭闹。听说你进去一看还可以随便打架就高兴得不得了。

成龙：我想其实每个小孩子都喜欢的，第一天进去一看，每个人都穿着白 T 恤黑裤子，黑绸子的灯笼裤，然后是站成两排。我就觉得很好玩，老师就叫我说，"小鬼，你过来，来坐这旁边。"对我很和蔼。然后就看到他们拿着刀乱晃，挥舞着，我就很喜欢。跟着他们玩，还可以打架，我觉得很开心，玩了一整天。吃饭的时候我还能坐在师傅旁边。晚上我爸爸来接我问我这里好不好，我说好好好，我要留下来。所以我爸爸就签合同了，当时有 3 年、5 年、7 年、10 年可以选择，我一看 3 年那么少，不行，签 10 年。结果签完真正进去以后后悔了，哇！结果根本不是这么一回事。

鲁豫：进去第二天就后悔了？

成龙：是第三天。那一天我拿个吃的，是栗子还是杏仁之类的东西，我记不太清楚了。我把它掉冰箱后面了，我伸手去捡的时候有一只手把我抓了出来。就是我们师傅，平常对我很多笑容很和蔼的老师怎么抓我耳朵干嘛，而且很用力那种。他说，"是时间给你吃炸酱面了。"我还说吃炸酱面？好好好。结果我就被他一拉按下来，连打我三下，那三下把我打得哭死了。那

个时候他就教我们什么叫礼貌、礼让、尊师，以后我一看见师傅就发抖。我记得在我已经很有名气的时候，那时候已经出师了，我们租了个大酒店给他住，很大的房间，我们大家都坐在那边，那时候我已经二十七八岁了，我的脚就翘着二郎腿，翘得很高在那晃着，结果师傅走过来，啪！狠狠地打了一下说，"翘个二郎腿什么样子！"那个时候我还很害怕他，你可以想象他那种威严有多厉害。

　　成龙的父母因为工作的缘故前往澳洲定居，年仅 7 岁的成龙独自一人留在了香港的中国戏剧学院。然而戏院的生活远非他想象中那样精彩，每天练功的生活不但十分清苦，师傅于占元的要求更是异常严厉。挨打受罚对于成龙来说已经成了家常便饭。

　　鲁豫：你在学校每天学习练武，你当时的梦想是什么？

　　成龙：没有，没有梦想，每天有一顿很好的饭吃，不挨揍，师傅不打我，就是过了一天了。明天是怎么样都不知道，我们没有梦想，也不会想到我们会干什么。

　　鲁豫：你没有想过自己喜欢干什么？

　　成龙：没有。那个时候，只是知道有点好饭吃，有个好觉睡，可以远离师傅的视线，这就是我每天想做的事情。

　　鲁豫：你每天都要被师傅打吗？

成龙：对，我是几乎每天挨打的。因为我叫"鱼儿干殿下"，我是师傅的干儿子。别人犯错的时候我也要跟着陪打。

鲁豫：为什么呀？干儿子应该受特别照顾呀。

成龙：不是啊，我以为"鱼儿干殿下"会特别受照顾，没有的。别人犯错我也要被打，我自己犯错打我更厉害。我是永远被陪打的那一个，所以好惨。所以我会告诉其他人不要犯错，有时候他们把一些东西弄脏了，我就赶紧帮忙去擦，因为被师傅知道要打的也一定是我。所以，我现在很多习惯，比如说干净、节省啊，可能都是被打着培养出来的。

鲁豫：我刚才注意到你，离开每一个屋子都会赶紧把灯关掉，都是小时候养成的习惯吧？

成龙：是，我小时候师傅就会跟着我的屁股后面看着我把灯关了，不关就要挨打，我当时就好像是学校的一个小总管一样了。我们那时候从外面回到学校的时候，一定是鞋子一摆，袜子一翻，洗澡的时候顺便把袜子洗了，每天都洗，那个袜子就能保持很干净。到现在我还是自己洗我自己的内裤和袜子，每天晚上洗完澡顺便把袜子和内裤洗了。

鲁豫：现在也是这样吗？

成龙：对呀。

鲁豫：真的假的？

成龙：真的，我骗你干什么。你问我们的助理，你问我的经理人，我住五星级酒店，总统套房，一进去就会看到内裤、袜子，内裤、袜子就挂在那里晾着。有一次陈自强和我一起，他看到了就说，"我求求你大明星，你能不能把它藏起来。"

鲁豫：我也觉得我想说。

成龙：我无所谓，我真的无所谓。

戏校生活艰苦清贫，但却练就了成龙一身真功夫，也为他日后凭借独到的功夫喜剧扬威国际影坛打下了坚实的基础。

20 世纪 70 年代，戏曲业在香港开始衰落，而电影业逐渐蓬勃发展起来，许多

电影公司来到戏校挑选武打演员，成龙由此开始接触电影，迈出了进入影坛的第一步。

成龙最开始的工作就是做一个跑跑龙套、为明星做替身、不可能有正面镜头的群众演员，和大多数武行一样，成龙在银幕上露面极少，但对于导演给他的每一个机会，成龙都异常珍惜，这使他很快在武行之中脱颖而出。

成龙：忽然间有一天严峻导演找我来做个童星，去拍电影。什么叫拍电影，我那时候也不懂。就知道去了现场，师傅不在我身边了，好开心。每个人都很疼我，叫我翻个跟头，我就翻个跟头，叫唱两个歌我就唱两个歌，叫跳舞我也跳舞，每个人都喜欢我。而且有很好的饭盒吃，要是不够还可以再去添菜。收工回到学校看见师傅，师傅就说，"早点睡，明天有点精神拍戏。"那时候好开心！原来居然可以早睡晚起，其他人5点钟起来，我8点钟才要起来。八点通告，李丽华你认识吗？

鲁豫：我知道。60年代很著名的一个女演员。

成龙：对，我那个时候和她一起拍戏，我记得有一场戏就是要我吃树皮，我说我不吃，她要打我一巴掌然后我哭。当然是假的，演戏嘛，他们就事先给我点眼药水我也不懂啊。后来李丽华说，"好了好了，我们拍吧。"然后就拍，啪！她一巴掌就打过来，哭得我唏哩哗啦。后来她认我做了干儿子，疼我疼得不得了。那个时候我就开始喜欢拍电影，因为拍电影，我就可以逃开练功。

成龙：到后面就是做武行，小武行。14岁做武行，拍一些小角色，有时候演一些死人的角色需要很长的时间不能喘气，我真的可以做到，那个导演喜欢得不得了。别的演员演的时候会憋不过然后透气，导演就说，"不要叫他了，换成那个憋气很好的元楼。"他们那时候叫我元楼。以后就是一演死人就会叫我，每个导演都喜欢我，我就多了一些接触片场的机会，逐渐从小武行变成中武行，再变成大武行。

鲁豫：就是从最小的那个群众演员，变成最大的那个群众演员。

成龙：那个时候就是渐渐喜欢做这些了。我的梦想是做一个武术指导。

鲁豫：你在当主演之前，是不是也在李小龙的影片里面帮他做过特技？

成龙：对对对，就是拍他踢日本人踢出去的时候，我做那个被踢飞的日本人替身。飞出去没有东西垫着，就是水泥地，钢筋水泥地，摔下去。他一次踢飞6个人，我要摔六次，他那时候就很欣赏我。

鲁豫：你当时有没有梦想，有一天自己可能也能像李小龙一样。

成龙：梦想每个人都有，但是我从来没有想过我会跟他一样，从来没有。只是我希望有一天我学他，但是我一看自己的样子，觉得不可能。就只是一个臭做武行的而已。

鲁豫：为什么？你觉得自己的形象不够好还是什么？

成龙：我又不帅，也没有本事，我自己觉得自己没有本事。但是后来发现原来自己有很多潜能，是没有发挥出来。

　　1973年，一代功夫巨星李小龙突然在香港去世，他的死使整个香港电影界仿佛经历了一场地震。电影公司的老板们开始四处寻找长相、谈吐、行为举止甚至格斗身手都和李小龙相似的武术家，成龙也成为他们物色的对象，然而成龙并不愿做"李小龙第二"，他希望能够创造出另一种完全不同的武打风格，于是，又一个伟大的功夫巨星在成龙的坚定信念中悄悄成形。

　　很多人爱拿成龙和李小龙比较，李小龙的形象在那个时代已经深入人心，李小龙仿佛是个打不死的神，是英雄无坚不摧。不同的是成龙所塑造的形象是个有血有肉的人，他也会疼，也会受伤，也会被别人打个半死，也有自己的喜怒哀乐。

鲁豫：他们那个时候想把你培养成李小龙第二吧？

成龙：也不是，是另外的一个人，完完全全另外的一个人。李小龙去世以后，我们就坐下来商量，千万不要再学李小龙，因为李小龙是没有人能学到的，就算你比他打得好你也学不到他。因为那时候他的形象已经深入到观众的心里了，就算现在有比李小龙好的，观众也不会认同的。李小龙那时候就是一个坚不可摧的神，他永远都是个英雄的样子。因为观众不会认同别人，所以我就要变另外一个出来。人家打我一拳，我会痛，我要做一个人，我不要做一个英雄，那也是我自己的性格，我喜欢喜剧点的。

在经历了数次失败之后，成龙在 1978 年凭借影片《蛇形刁手》初次尝到了成功的滋味，而同年拍摄的影片《醉拳》在赢得高票房的同时，也让成龙一跃成为观众心目中的功夫巨星。

在此后的《警察故事》、《A 计划》、《龙兄虎弟》、《奇迹》、《双龙会》系列等多部叫好又叫座的影片中，成龙将他所创造的功夫喜剧类型电影不断加以完善。

成龙：《蛇形刁手》破纪录了。一破纪录，我自己再导演一部戏叫《笑拳怪招》，又破纪录。后来《醉拳》也破纪录了。我就自己编剧自己导演，自己做老板，拍我自己喜欢拍的东西，后来就一步一步更成功了。

鲁豫：从来没有人敢给你保险吧？

成龙：没有。尤其香港，他们是把我列入黑名单的，电影上面是黑名单，其他的他们都很欢迎我买。什么意外保险，电影不受理。第二就是我的成家班也不受理。一说拍成龙的电影，没人敢来了，我们已经是亡命之徒了。我是拼命，自己几乎死掉过好几次，就是因为好胜。

鲁豫：你从来都没有害怕过吗？

成龙：害怕，真的害怕。我每做一个动作我都怕，其实我没有他们想象的那么能打，那么强壮，我也只是一个普通人而已。

鲁豫：普通人没有人去做那些动作。

成龙：对，但是我只是想做一些普通人和超人之间

的事情。我每做一个危险的动作的时候我会很怕，以前我拍《A计划》跳钟楼的时候，我一往下看，等很久不敢跳，我就想我的手会断吗，我的脚会断吗，会担心很多。但后来都克服了，越想着害怕不敢跳就越害怕。拍之前先在下面和工作人员聊天，聊得差不多了，好开机，立马上去。就算是摔断腿了也就在一刹那的时间，感觉不到痛的，只要摄影师拍到镜头就行了。结果那次拍的时候果然摔断腿了，我当时一跳下去，整个人就撞到地下了，满身的痛，但已经忘了痛了，根本不知道哪里痛。就是赶紧问摄影师镜头拍下来了没有，摄影师说拍下了，那好，放心了。这才愿意去医院，早晨送医院下午回来拍戏，坐着那个轮椅拍半身，下面有人推着轮椅跑。

鲁豫：可是为什么？明明知道这样会受伤，为什么要自己去做那么危险的事情呢？

成龙：为什么？对，为什么？我也不知道为什么，反正就是我觉得我有责任这么做，这个电影我要拍好它，我要为我们整个成家班争面子，我们要让我们公司这么多电影中，我的戏是最赚钱的，我要老板疼我，我要我的电影最好。

电影《A计划》的拍摄让成龙吃尽了苦头，但无论是伤手还是断腿，都丝毫没有阻挠成龙带领成家班的弟兄冒险拍电影的脚步。明知道会受伤他一直是勇往直前的，不为什么，只为给成家班的弟兄争个面子，只为拍出最好的电影。

成龙没有受过什么正规的学校教育，但他非常聪明，很努力，悟性非常高，就说语言吧，他会粤语、国语、英语、朝语、日语，而在电影方面他也绝对是个权威，这一切都是靠他努力得来的。

鲁豫：我为了采访你，我上网看你的一些资料，在网上一般的演员都会有很多介绍拍过什么电影，得过什

么奖。你可能是唯一一个特别介绍的演员，就是有一个表，上面写着你受过什么伤。我觉得可能全世界再没有第二个演员会有这样一个表，就是眼睛受过伤，鼻子受过什么伤，嘴受过什么伤，反正全身哪都受过伤。

成龙：他们说我每一块骨头都断过，那是太夸张了。但是你说我每一寸都受过伤这个绝对不夸张，真的是全身每一寸都受过伤。你不知道，我跟你讲，我的脸上其实每一处皮肤都受过伤的。不是说我头受伤了，腿受伤了，不是的。我真的是整身都是伤，以前我们没有什么保护，全靠自己有足够的胆，根本没什么可以保护的东西。

鲁豫：在南斯拉夫拍《龙兄虎弟》那次伤得最厉害吧，那是在哪一年？

成龙：是1982年吧，

鲁豫：那次是怎么回事？

成龙：那时候有个大约30尺的高跳过去，对我来讲这个高度不高，但是要跳到路的对面我没把握。我就说这样子吧，在中间加一棵树，我跳到那个树上，然后树一倒我就可以降落在一旁了。因为那个坡度是斜的摆东西都没法摆，没法把海绵呀什么的摆地上，我就让所有成家班的人抓着海绵在那边等着，如果我一掉下来，就叫他们抓住我，因为我知道我落地的就是在那个范围，一定是在那。结果第一次做好了，出镜很好，但我嫌不够好我要求再来一次。第二次一来，那个树就断了。我从上面，我已经尝试在中间抱树、抓树，我抓什么断什么，身体就一直往下掉。结果就"噔"的一下，我只感觉腰最痛，我一想起来，所有人把我按下去，我就听到血流出来的声音，原来头上凹进去一个洞。

鲁豫：你有感觉吗？当时？

成龙：有感觉。不痛，就是整个人迷迷糊糊的，渐渐就没了知觉了。我爸爸当时也在，所有人帮忙把我抬上车，用了一个多小时才搬下山。一路上每个人都在喊着："JACKIE不要睡，JACKIE，振作振作，不要睡啊。"我当时只能听到他们说话已经不能回应他们了。

在成龙所有的影片中，他几乎已经是无片不伤。这个让成龙与死神擦肩而过的事故发生在影片《龙兄虎弟》的拍摄外景地南斯拉夫，在影片末尾出现演职员字幕的时候，我们至今还能看到成龙当时摔伤的过程。

鲁豫：听说那次医生说很危险。

成龙：对，这个你真的要去访问一下曾志伟或者蔡澜或者是陈自强，他们在外面清清楚楚什么事情。当时是1982年不是现在，根本就没有手机。他们要给一个专家医生打电话，打到香港。因为根本没电话，去打那个公用电话还要排队等一个小时，他们就先打到香港给一个朋友让这个朋友打到瑞士找瑞士的那个专家医生，他是最好的脑科医生，结果打到瑞士说那个医生不在，他去环游欧洲讲课去了。其他人就说包机把我从南斯拉夫送到香港，这个办法还不行，因为飞机上会有压力，会让人马上死掉。后来他们一直不给我开刀，因为没人拿主意敢同意让他们给开刀，南斯拉夫你想想那个医院，那个白色的床单黑黑的，很脏。后来有个医生走进来就说："你一定要开刀，你不开刀，我们不负责。要么就白痴要么就死。"我爸爸也不敢拿主意，当时我爸爸都吓傻了，所有人都傻了。医生走进来就讲一大堆东西让赶紧开刀。我当时就讲了一句话，"这里我没有人可以相信，我只相信你。"他拍拍我的手就出去了。我也不知道干什么，反正我当时人很晕，迷迷糊糊的只看见我所有的兄弟在哭。后来就是被推进手术室做了手术，你知道吗，原来跟我开刀的那个医生就是我们要找的瑞士的那个专家，刚刚好他在这边讲课，结果就是他帮我开的刀。

鲁豫：太巧了。

成龙：你说多巧。人有时候真的要相信命。我这么多年来，真的很好运，除了我自己努力以外我觉得上天对我太好了。

成龙一直强调说自己命好，这么多年来的成功也是因为上天眷顾着他。但是他不知道这一切都是他用努力甚至是鲜血换回来的，他所付出的努力，我们看到了，所有看过他电影的人看到了。他无数的奖项以及他在娱乐圈里的德高望重都是他自己的双手打拼下来的。这中间的辛酸，这中间的汗水、泪水甚至是血液，只有他自己心里感触最深的吧。

成龙的家中珍藏着不少影迷送给他的礼物，高兴的时候他会拿出来和朋友们分享。

成龙的影迷不仅遍及全球，他们那种执着与狂热甚至超出成龙自己的想象。

成龙： 我的影迷近乎是疯狂。包括现在还是有这种疯狂的影迷出现。以前的时候，只要我一说有女朋友了，立马有人就跳火车自杀了。

鲁豫： 这是真的吗？

成龙： 真事。有报纸说我有女朋友了，结果就有个影迷在我的办公室喝毒药。

鲁豫： 哪的影迷呀？

成龙： 日本的，我叫都叫不住。我刚说不，那边已经来救护车把她送医院了。后来我再到日本的时候，招待所有的影迷，我就跟他们讲，成龙只有一个，就算是娶你们也只能娶你们其中的一个，也不能把你们全娶过来。我是一个正常的普通人，我有我的爱情我的生活。我就这么给她们说，但是她们在下面一起说行，弄得我还是没有办法。只要在影片中有一个女孩子摸我或者亲我，整个戏院就会有很多女孩子叫，真的我不骗你。你有没有看到过一个人会一下子高兴晕过去？曾经有个女孩子站那边看我，我就跟她打个招呼，我说，"嗨！"结果她就晕了，我自己都不敢相信。只要我出席一个公众场合，警察就会跟我讲，我不能用任何一个动作跟下面的观众打招呼。我不能讲一个"嗨"，也不能做一个"嘿"的动作，因为我一动下面的人就会疯狂。我就站起来，警察说，"一二三，转身走，不要回头。"我就转身走，也不敢跟下面的人打招呼，致谢。这些都是真的，我自己都想不到有今天。梅艳芳问过我一句话说，"成龙你睡觉会不会笑醒？"

鲁豫： 我刚想问。

成龙： 有时我真的会笑醒。你看，我爸妈逃难到香港来，把我送到戏校，后来

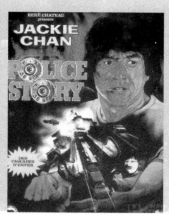

就是做个臭武行，我自己都是想都想不到会有今天。今天在中国这个地方或者是说在电影圈成为了一个举足轻重的人，真是想都想不到，而且我自己本身也很喜欢这一行。

1996年，影片《红番区》在美国上映并且取得了巨大的商业成功，西方的电影观众也第一次认识到在李小龙之外，还有另一位东方功夫巨星——成龙。他的《警察故事》、《尖峰时刻》系列电影让他在好莱坞赚足了票房，也更奠定了他在影视界的威望。在不到10年的时间里，成龙不仅在好莱坞站稳了脚跟，还让许多国际影星成为了他的影迷。他高超的武打风格不仅征服了国内，更征服了好莱坞，征服了美国。

对于成龙的感情生活，不仅在荧屏上可以看到他与众多大牌美女演对手戏，在现实生活中他的感情依然也是多姿多彩。梅艳芳、张曼玉、林青霞、关之琳，这些影坛上的美女明星都曾与成龙的电影结缘，成龙在银幕上可谓是"艳遇"不断。在访谈中成龙更是谈及自己生命中的每一段感情，甚至是自己的初恋。

鲁豫：你第一个女朋友什么时候交的？

成龙：第一个女朋友，在学校上学的时候交的。那个时候也就十一二岁的样子吧，那个时候我有三个女朋友。

鲁豫：同时有三个啊！

成龙：对，同时三个。都是我同学，她们都很喜欢我。

鲁豫：这三个人里面当时你比较喜欢谁？

成龙：我想那时候不能算叫爱情，也谈不上是恋爱就是喜欢而已，三个对我都好那三个我都喜欢。但是，谈第一场恋爱，可能就是十五六岁时候的那一次了，因为那个时候拍拖就会感到很开心。

鲁豫：那是个什么样的女孩？

成龙：她是一个很有名气，做潮州戏的一个女主角。每次她在后台休息的时候你都不知道有多少人看她，上面下面，里三层外三层的。我每天为了见她，就在她从后台走上前台的那个转弯处等着，看见她要走过来了，刚想"嗨，你好"去给人家打招呼，人家一转身就不见了。为了要亲近她，我就学服装，就是唱戏的那种服装，我去帮她穿衣服，帮她扣扣子，服侍她，结果还真让我把她泡上了。只能叫做是纯纯的爱，那个时候我还在学校，不能跑出来去拍拖，只能每天趁着做戏的一刹那见见她。那时候在新加坡，有一天下着小雨，我踩着个单车在路上走着，我就说："天啊，让我娶她做老婆吧，如果我娶她做老婆让我短命十年我也愿意。"我做梦也会梦见她在一个凉亭等我，那种很单纯的爱，我永远记得。我觉得那个时候才真的叫爱情。

鲁豫：那后来为什么分开了呢？

成龙：我坏呀。在一起的时候聚少离多，而且后来我自己渐渐有名气了之后又遇到很多的女孩子。最不好的就是我不懂得珍惜，我没有去珍惜过自己的每一段爱情。

成龙自己承认自己在对待感情上是个花花公子。自己并没有珍惜过自己身边的爱情，不管是初恋还是至今在他心里萦绕的一个女子，成龙并未透露这个女子的姓名，但说出了他们之间的一些事情，说出了自己对这个女子的愧疚。

成龙：她是个非常坚强独立的女孩子，她不要我帮助。我妈妈还没有过世的时候，她会经常陪我爸爸妈妈，那个时候我爸妈就已经认定了她就是我的媳妇。但是后来没有，她至今还没结婚，都是我害她这样的。她是我到今天还在怀念的一个女孩子。我曾经在她做事情的时候，开车在门口偷偷地看上她几眼，看完之后再走开。那时候她开了一个服装店，我就让我所有的朋友都去买她的衣服，买完回来拿账单我给结账，我是想帮她，让她感觉生意很好。但是她是个坚强的女子，她不要我的帮助，后来她知道我让朋友去买她的衣服以后她就关门不干了，服装店不经营了，跑掉了。也不知道她跑哪去了，至今都找不到她。如果她需要我可以给她买房子，尽可能地去帮助她，可是她不会接受，她不愿意接受我的帮助。

　　1980年，成龙受到美国片商的邀请远赴大洋彼岸拍摄电影《杀手壕》，虽然这部影片在当时并未让成龙引起西方观众的兴趣，但是这次美国之行却让他有机会认识了已经十分走红的邓丽君。

　　鲁豫：你和邓丽君是什么时候坠入爱河的？

　　成龙：我认识邓丽君的时候，那个时候我跟我的一个女朋友在迪斯尼乐园玩，然后那天她和她一帮朋友也在迪斯尼，我看见她了就走过去，随便聊了几句。

　　鲁豫：那个时候她也已经很红，你也已经很红了？

成龙：对。后来我就给她打电话,她说她要学溜冰,刚好我那个时候就在学溜冰,我就主动说要教她,后来我们就一起溜冰,每次溜完冰的时候她回家,她妈妈会给她煮汤喝,然后就叫我也上去喝汤,喝着喝着很自然地我们就走到一起了。每天我不做事的时候就打电话给她,她也会打给我,就是一起吃饭、看电影、拍照、两个人聊聊天,其实那个时候很开心。

鲁豫：对啊,我觉得听起来挺好的。

成龙：但是我不会欣赏那种东西。

鲁豫：什么叫你不会欣赏那种东西?

成龙：就是很讲究的精致生活。她要吃法国餐,两个人中间还放个花,我就要把花拿走,看也不看一眼,吃饭还弄什么花,真是的。点菜的时候英文我又不懂,她很行,英文,法文都很精通,餐我又不会看,就点不了,她会问我吃什么,我就很生气,怄气给她看,点了这个那个的很多,菜上来我又不吃,拿起来倒掉。不吃,买单走人。

鲁豫：那她不要气死了?

成龙：气,她很气,我越看她生气我越开心。

鲁豫：真是太气人了。

成龙：对,我那个时候就是这样的性格,很花花公子,永远不懂得什么是幸福,更不懂得去珍惜。其实邓丽君她是一个很好的女孩子,只是我们认识的时间不对,是错误的时间认识在一起了。我那时候太不懂得珍惜。

1995 年邓丽君去世后不久,成龙首次向媒体公开承认两人之间有过一段短暂的恋情,但是因为性格不合而分手。成龙在自传中透露自己时常会播放邓丽君的唱片聆听她的声音,在成龙的一张个人专辑中,他利用电脑将自己和邓丽君的声音合成在一起,重新演绎了那首经典情歌《我只在乎你》。

1981 年,成龙在一次朋友的私人聚会上与台湾影星林凤娇相识,当时的林凤娇和林青霞并称"二林",是台湾最顶尖的女星。在其后林凤娇的影片中,成龙亲自带领成家班的弟兄鼎力相助,工作上的合作让两人擦出爱情的火花。

鲁豫：我从来没有见过林凤娇大姐，但我感觉她是很了不起的一个女人。

成龙：你可以问一下所有电影圈的人，问一下每一个人，没有一个说她不好的。她太好了，就是她太好，所以就变成我太不好了。

鲁豫：就怕有一人在那衬托。

成龙：对，她太好了，她好得已经无以伦比，那就变成我太坏。

鲁豫：你们在一起多少年了？

成龙：20年。

鲁豫：你那个时候为什么会突然想到结婚呢？

成龙：我没有想到结婚，到了后面是逼不得已。我太太肚子那时候已经大了，我就说，"啊！肚子大了，我就说这个孩子我要。"结果她答应了要把孩子生下来，就自己一个人为了我躲到美国去。好多人想去拍她的照片，我躲起来，那些日子对她来说真的是很难。她生孩子的那天，我的经理人就给我讲让我该去看一下，那我就说，好吧，那就看一下。去到那边，我看见她，她就说有话给我说。我说什么事啊，她就说她不希望孩子出生以后在父亲那一栏不知道写谁的名字。我就问她，那是什么意思嘛？她就说我们能不能结婚。那好了，就去结婚了。结完婚第二天儿子就出生了。

曾经贵为台湾"金马影后"的林凤娇在和成龙相恋之后甘愿低调处理两人恋情，林凤娇在自己事业颠峰之时甘愿放下所有荣耀，做一个平凡的女人。1981年与成龙喜结连理，但是直至16年后，成龙与林凤娇这对"龙凤配"才得以公开。

林凤娇在与成龙结婚后便退出影坛，开始扮演贤妻良母的角色。

鲁豫：这么多年，她会不会有怨言呢？这么多年了和你谈恋爱不能说，到了结婚生子了还是不能说，要一直被藏起来。

成龙：没有怨言，她现在已经什么怨言都没有了。

鲁豫：现在是没有，以前呢？以前被藏起来不能够公开的时候。

成龙：我相信有，但她没有讲过，从来没在我面前提过，她让我看见的她一直都是开开心心的。

鲁豫：那她一个人会不会觉得很寂寞没有人陪？

成龙：没有，她可以一个礼拜不出去的，她一个人在家不出去。东搞搞西搞搞，很高兴的样子。

鲁豫：那是因为被你训练出来了吧，就是因为你整天不在家，所以她是没有办法。

成龙：不是，现在叫她出去，她也不出去，真的，她是很文静的一个人。有一次，有一整天我在家没出去，到了晚上12点的时候，她拿个花瓶过来，我就问她说，"你干什么？"她说，"我要颁个奖给你，这个花瓶是给你的奖杯。今天是你20年来第一次一整天没出家门。"

鲁豫：我觉得她真的是不容易。

成龙：对，我就觉得我命好。整个电影圈的人见到我都会说我的命好，找了这样的一个妻子。所以我给她承诺过，我说，"你放心，不管到什么时候，儿子只有一个，老婆只有一个，家只有一个。"我做到了，起码到今天为止我做到了。你可以看一下电影圈里，多少人结婚离婚，起码我到今天为止没离过婚，我答应过她，我承诺过的事情我就会做到。人经一事长一智，我经过一次大事，我相信你也知道我讲的什么事情，我的一个大错误。

成龙指的那件事就是"小龙女"事件。1999年10月，亚姐吴绮莉向香港媒体公开声称自己怀有成龙的骨肉，这一事件随即成为当年全港最热门新闻之一，"小

龙女"的意外出现也给成龙的家庭生活造成了巨大的影响。

成龙：经过那次事情之后，我甚至很庆幸发生了那样的事情，因为发生那个事情我才知道林凤娇有多好。在那个事情发生之后，我要给林凤娇打电话，我当时根本就不知道我该怎么打电话，我打电话要讲什么。

鲁豫：你所谓的发生，是在报纸上都已经被炒开了？

成龙：对，两天之后。我打电话回去，我当时真的不知道她会是什么反应。如果你是我老婆你会怎么讲？

鲁豫：我肯定"哇"就哭了。

成龙：所以啊，一定就是"哇"地哭开了，要么就是"离婚"什么的。我甚至已经做好了离婚的准备。结果我把电话打过去，电话一接通那边很静，我就问她看报纸了吗？她说，"看了，就是很奇怪你为什么还没有打电话过来。"我就说我不知道怎么说，我说电话里讲不清楚，我想飞去美国给你见面再说。结果她就说，"不要紧了，反正现在事情已经发生了，如果你要我跟儿子站出来，我们随时都会站出来支持你。你不要伤害到别人，但是如果别人伤害我你要保护我，其他的事情你不要管好不好？"我当时那个眼泪呀就出来了，我连再见都不能说了，眼泪就一直在流。我哭的原因是，第一，她太好了；第二，我这么多年来对她一直有戒心；第三，这么多年了我从来没对她好过。以前我不相信女人，我身边朋友的一些女朋友，经常是分手的时候把我好朋友的家当带走，银行的钱拿走，保险箱的东西拿走，所以我不相信女人。

鲁豫：以前连她你都不相信？

成龙：不相信，谁都不相信。但是那件事情发生以后，我就发觉她真的太好了，我就马上把遗嘱所有权都交给她。

鲁豫：可她要的是你这个人。

成龙：对，但是这个起码是我唯一可以做的一小部分。这么多年了我对她一直有戒心，现在我完完全全相信她了。后来回家后，我开了一次家庭会议，我就说儿子也不小了，那个时候他已经十七八岁了，我就说我要跟你们讲一声对不起。我儿子就说，你不要给我讲，你给妈妈讲就可以了。我说我知道以后该怎么做，后来以后谁都再没提过那件事。

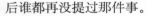

林凤娇曾说，"我曾经将委屈化为力量，我知道幸福不是必然的，如果没有当初的委屈，哪有现今的安逸与美满。"

林凤娇，这个女人为了一个男人奉献了自己的青春、事业、荣誉，她就那么默默地做着成龙背后的女人，过着甚至是隐居的生活。当她再次出现在媒体的视线的时候居然是因为自己丈夫的花边新闻，一个为男人放弃了一切的女人，面对自己不忠的丈夫，她毅然选择了宽容，这也让驰骋影坛的巨星成龙感动得暗自垂泪，也真正让他明白了什么是贤妻良母。

成龙说，在他生命当中最重要的是电影，排在第二位的是兄弟，而做他的妻子一定要甘当绿叶，这么多年来，林凤娇一直默默地站在成龙身边甘当绿叶，无论成龙遇到什么样的困难，林凤娇都给了他最大的支持和鼓励。这种伟大的包容并不是每一个女人都能做到的。

鲁豫：大哥，那件事情发生以后，你现在会怎么去解决它怎么去面对它？因为毕竟……

成龙：不面对，我已经忘掉了。真的，访问完了之后，我就忘掉了，我又继续做我的事情。很多事情想也没有用。

鲁豫：但这个事给你一个很大的教训，就是以后不会再犯那样的错误。

成龙：对，绝对不会再犯同样的错误。人都会不断地犯错误，因为是第一次犯错，犯错之后家人原谅了自己，自己原谅了自己，但是如果再犯错就不能原谅。

成龙犯了一个全天下男人都会犯的错误。但是林凤娇选择了包容，成龙面对自己的妻子和儿子，面对自己犯下的错误给了自己一个坚定的信心，绝不让这种错误再犯第二次，这也算是他给妻子给家人的一个承诺。

谈及成龙的儿子房祖名，如今也是娱乐圈里有名的歌手、演员，从写歌到出演电影，他靠着自己的日渐成熟的实力在娱乐圈也打出了自己的一片天地。成龙对于儿子一直心存愧疚。

鲁豫：做你儿子也不容易。每一个小孩上学的时候，同学之间都会说，我爸爸是做什么的，我妈妈是做什么的，但是他就不能说。

成龙：对，以前我是从来不带他出去，他永远都没有跟我在一起的时间，即使有也都是在半夜。在他很小还在上学的时候，还是我的助理告诉我他在哪里上学。有一次一个朋友告诉我说，"ＪＡＣＫＩＥ，你知不知道你的儿子的愿望是什么？"我说不知道，他说，"你儿子的愿望就是你能去接他放学。"他一说完我就觉得感触很大，我还从来没接过他放学。然后刚好有一次我从美国回来，是早上6点半到香港，我回到家的时候他已经去上学了。我回去以后就跟司机说今天你不要接他放学了，我去接他，司机就交代了我好几遍让我记住他是1点放学。我也不敢休息，怕睡着误了时间，就在家搞搞这个搞搞那个撑着，到了12点半我就开着车子到他学校门口等着了，但是离他学校门口很远，要躲起来。最后学校门一开，一个个小孩就出来了，我就是看不见我儿子，我就在那一直等，结果司机就打电话来说，"少爷已经在门口等了很久了，已经骂我怎么还不去接他了。"我就说我已经在学校门口了没看到他出来。然后我就告诉他我在哪里，结果司机一说，原来儿子已经上中学了，我还去了他以前读的小学校门口等着。我就问清楚中学在哪里，赶紧过去了。到了他那个学校门口就看见他一身汗地站在那里，他是刚打完篮球。看见我的车了他就走过来上车也不说话，我也不说话，我很不好意思。走到一半路的时候他就说了一句话："我已经读中学了。"听完我那个眼泪就已经在淌了，我说"对不起，对不起。"然后他第二句说"我的同学都走光了。"原来他是想让他的同学看，你看我爸爸真的来接我放学了。我只能讲对不起，把他送回家以后他下车也不看我，自己就上去了。唉，永远都记得。

成龙还略带炫耀地让我们听了房祖名录的几首歌曲，真的是很好听，但成龙一再叮嘱我们的摄影师，千万不能录音，否则儿子知道了以后会怪他的。在谈起自己的儿子的时候，此刻我们的功夫巨星变成了一个最普通的父亲。

鲁豫：人是有两种的。比如说你拍武打片，有的人是要坚持到最后打不动了才不拍，还有一种就是我还能打得很好，但我不打了，我不拍了，我要让所有人记住我最辉

煌的时候。你是哪一种人？

成龙：你这个问题问得很好，就是我几时退休我都不知道。如果你知道，你告诉我。真的，有时候我真的好想退休，现在就退休了，我宣布明天退休了，我会很开心。迟早有一天会来的。我现在是属于模棱两可，都不知道，我现在怎么样退休。

鲁豫：你觉得你这一生过得精彩吗？

成龙：精彩，很精彩。我比普通的人，一般人精彩十倍。做武行那段日子所认识的一些朋友、我的爱情生活、我一个人出去闯天下，我觉得我这个人生太多姿多彩了。就像梅艳芳说过的，我会笑醒的。我虽然也很辛苦，但是苦完之后我得到了很多人得不到的东西，我以前付出的累，付出的辛苦现在全是收成。所以，就是一个人需要努力是必须的，不要看眼前的东西。今天接受你的访问，就是因为我欣赏你的访问，很少人打电话来邀请我去做访问的，但我今天把时间给你了，而且是你要多少时间，我给你多少时间，为什么？就是因为我欣赏你。有一句话是我给下面人讲的话，"千万不要看眼前的东西，把眼光放长一点。"

鲁豫：谢谢大哥，真的，谢谢接受我的访问，而且给了我们这么长的时间，这么好的配合，非常感谢。

成龙：哪里，有什么要求尽管找我，谢谢你们，辛苦了。

结束语

　　采访结束以后，成龙一直把我们送到门口，我们还特别提醒他说，你千万别出来，万一被记者看到，你在香港最后一个清净的地方也没有了。大门慢慢关上的时候突然觉得，成龙显得有些孤独，但天亮以后他的孤独感会消失得无影无踪，因为第二天成龙将和他的兄弟们一起，投入到新片的筹备工作之中，继续开始他多姿多彩的生活。

青春往事
吴若甫

人物小传

　　1983 年毕业于解放军艺术学院戏剧系，分配到总政话剧团当演员。曾参加过《淮海战役》等多部话剧的演出。1986 年吴若甫初登银幕，在著名导演陈凯歌执导的影片《大阅兵》中饰演军人吕纯的形象。吴若甫在优秀的创作集体里耳濡目染，再加上自已独特的艺术天赋，非常有深度地刻画出吕纯的形象，赢得影视圈内外的一致称赞。

　　之后相继接拍过《望日莲》、《周恩来（上、下）》、《远山姐弟》、《越狱女囚》、《恐怖的夜》、《摇滚杀手》、《冰城擒魔》、《弹道无痕》、《征服死亡地带》、《哥哥们的青春往事》、《黑脸》等影片。吴若甫精湛的演技给观众留下了深刻印象，从此在电影界崛起。

开场白

　　吴若甫是东北人，出生在齐齐哈尔市。1979 年，17 岁的他从家乡齐齐哈尔市考入解放军艺术学院戏剧系；四年之后，毕业分配到总政话剧团，成为一名穿军装的职业演员。

　　1986 年的电影《大阅兵》是吴若甫触电之后的第一部作品；此后，他又相继在电影《陆军见习官》和《望日莲》中担当重要角色。当时，这两部电影在国内外都获了大奖。就在吴若甫事业越来越顺之时，却突然提出不再出演电影角色。吴若甫毕业分配到总政话剧团，需要演话剧。本来吴若甫想停半年，结果因为演话剧一停就是三年没拍一部戏。

　　吴若甫：那些年也就这么过的。后来发现周围开始拍电影的那一批朋友，他们都有自己的车了。因为当时开始流行拍商业片。当时就想说，得拍点电影了。

　　鲁　豫：别人在开车的时候，你还在骑车吗？

　　吴若甫：我在骑单车。我记得台湾的一个导演，家在台北的白警瑞，现在已经过世了。还有黄灼，汉大的制片人，他们来国内的时候，先安排见面。然后白先生说，若甫，你开的一定是一个非常好的车吧？我当时没反应过来，我说我的车是飞鱼牌的。他当时很奇怪，我说的

是自行车，他说的是汽车。然后他说你的公寓在哪，我说我是单身宿舍，是一个非常简陋的6平米的小房间，而且当时还是跟别人一起同住的。想想挺有意思，后来一咬牙，一口气一年半的时间里，拍了五部电影，就是为了买一部车。我记得我买的第一部车是（切诺基），然后在短短的两个月时间里面，开着车就是疯跑，漫无目的地跑。有的时候，拿着一张地图，然后开着车，把北京郊区的燕山山脉啊，甚至往内蒙方向去的一些地方，都跑遍了。就只按照地图跑，有时一看路不对了，原来地图已经老了，路都是新修的了。

1998年，电视连续剧《牵手》热播内地。也正是从这部戏开始，在剧中出演男主角的吴若甫为更多观众接受。吴若甫在剧中扮演男主角钟锐，一个在婚外情中苦苦挣扎但最终回归家庭的男人。吴若甫在剧中塑造的形象深入人心，以至于多年以后他的名字还是和那部戏紧紧相连。

鲁　豫：《牵手》这部戏对你来说意味着很多吗？

吴若甫：我觉得《牵手》所有的主创部门，包括责编、导演，我们都倾注了自己的心血。所以在那之后，一想到婚外恋、情种之类的一些戏，我就很别扭，真的很别扭，所以也一直尽力在回避。但是说实话，在那以后再也没有接拍。因为我不愿意让我的观众把我锁定在他们印象深刻的一类角色里去。

鲁　豫：有时候你一个角色成功了，沿着这条路走下去的话，成功的可能性会比你再开一条路大一点。但是你不是一个愿意走一条路的人？

吴若甫：对，有时候我想想自己所走过的路。不像个别的一些演员一夜成名，成星了，我没有那么幸运。只是想，这是我的饭碗我的事业，扎扎实实地做，老老实实地做，没想更多的事。所以走过的路，也远远不如他们那么轻松，但感觉

很踏实。

　　吴若甫是一个很执着的人，在他的性格中有一种不会拐弯的东西，从小到大，包括他从事演艺这行起，直到今天他在选择一个剧本的时候，都会凭自己的第一直觉去看他自己是否喜欢，是否能够胜任。在他的创作道路上，最希望的就是能够看到，若干的剧本中翻到一个爱不释手，放不下的好东西。人的性格，就是一把双刃剑，要没有吴若甫的这种性格，可能也不会成就他的事业。

　　吴若甫说，他从来不掉泪，但是谈起家人，特别是谈起几年前去世的父亲，他的眼睛就会泛起泪光。

　　吴若甫：因为父亲是得癌症去世的。而且从发现癌症到去世这个时间一共是 7 年。给我印象最深的是，我爸爸在这 7 年里面他从来没有一次，当着我、我的妈妈、我的姐姐、哥哥说疼。大家应该知道肝癌是癌症里的顽症，是特别特别疼的。但是我爸爸从来没有抱怨过疼，面对死亡的时候也从来没有说过要退缩，极其乐观。我印象中有一次，因为化疗头发就老在掉，我爸爸就说，"真可惜，这毛本来就没年轻的时候那么多了，现在它还不断地掉，真可惜。"他是在说笑。说实话当时我觉得，

他的身体，他的体力各方面都不成，但他还那么乐观。

我记得有一次在他做完手术第二天，就把我叫到他身边说，"儿子，能不能找个地儿钓鱼啊？"第一次给他找的地方是紫竹院的钓鱼区，那里的鱼都很大，也很容易钓，但是那个鱼钓上来，比市场要贵得多。我就跟我爸爸说，这里只要交10块钱，交10块钱随便钓，你钓吧，一钓就能钓几十斤鱼。后来有一次我接他的时候晚了，他钓了很多的鱼，人家跟他一称，说吴若甫没来，这个钱，要不然你们先交一下，我爸爸突然就意识到我骗他了，很多天里面，天天送他来钓鱼，每次要花这么多钱。后来他就再也不来钓了。但在最后的一次，也就是在手术的第三天，那个时候他基本上走路都在晃了，他又提出过一次想钓鱼。说实话，那个时候心里很难受。我记得那天去了很多人，包括北影厂的剧团，导演马长乐，张国民，张金生，张光北，很多的影视界的朋友都去陪着。当时我爸爸连扔竿的力量都没有了，我把竿帮他甩下去，他拿着，他从头到尾他都很快乐。

吴若甫还提到，那次钓完鱼之后，随行的人一起去吃饭；因为吴若甫的父亲当时已经是肝癌晚期，病毒早已遍布全身，吴若甫的父亲就主动提出来不要和大家坐同桌。让吴若甫感动的是，随行所有的人员没有一个同意，坚持要和老爷子一起吃。这在吴若甫的心底深处一直是感到很美好的事情。

吴若甫一直保留着父亲去世前几天的那些记忆，作为一个孝顺的儿子，谈及父亲在最后日子里一直苦苦与病魔抗争的时候，吴若甫早已是泪流满面。

在父亲病重的日子里，吴若甫推掉了所有的片约。但他按照父亲的嘱咐参加了两个公众活动：一个是去杭州领取《大众电视》杂志读者评选出来的最佳男主角奖，另一个是参加母校解放军艺术学院的校庆。

吴若甫：我就按照父亲的嘱咐去领那个最佳男主角奖了，然后回到北京准备第二天参加校庆。就在第二天天刚刚蒙蒙亮的时候，突然接到我哥哥的电话，就说让我往回赶，越快越好。当时特别清楚肯定是父亲快不行了。印象就是，当时接完电话脸都没有洗，穿上衣服开车就奔机场。

不巧的是当天正好没有直飞齐齐哈尔的飞机，只能飞哈尔滨然后开车去齐齐哈尔。一到哈尔滨下飞机，吴若甫就开着朋友的车一路飞奔齐齐哈尔。一路上本来需要四个多小时的车程吴若甫只用了两个多小时就到了齐齐哈尔市父亲所在的医院。但是遗憾的是，在吴若甫赶来的路上，他的父亲就已经去世了。

吴若甫：我印象特别深，刚一进医院大门的时候，前面站了大概100多人，中间站的那个人是我哥哥，他已经带上黑纱了。当时真是脑子就……所有人都不敢说话，我哥哥走过来就拍了我一下，我特别清楚，觉得这一下哥哥就是要告诉我说，弟弟你要镇定点，要冷静。然后我跟哥哥上楼之后，楼道两边包括市里领导，亲友，满满地都是人。但是没有一人敢跟我们说话，他们怕只要一句问候，我们会控制不住。然后我跟我哥还有朋友一起把我爸爸送到太平间。从守灵，一直到我爸爸火化，下葬，我和我哥没有掉一滴眼泪。因为我跟我哥哥非常地爱我爸爸，我们了解我爸爸，知道他绝对不希望他的儿子流眼泪。即使是没有人的时候我们也没有。

父亲离开人世后，母亲是吴若甫在世上最亲的人。吴若甫知道他应该竭尽全力多一些时间去陪伴母亲。并且对"孝"的意义有着自己的理解。

鲁　豫：你妈妈现在还好吗？

吴若甫：好，还好。我妈妈是非常善良的一个女人，非常善良。我记得因为姐姐出国了，大学毕业又继续拿其他的学位，继续留在国外；我姐姐是一个特别孝顺的人，她想放弃加拿大的国籍，想回来，来陪我妈妈。因为我姐姐想的是能够在老

人身边，那才是孝顺。那次我唯一一次给我姐姐写信，写了很长的一封信，就是跟我姐姐聊了"孝"这个字。我跟我姐姐说，你守在老人身边，给她端茶倒水，或者是发了工资，去买一些好吃的给老人送去，这是概念上的孝；但是好儿女闯天下，闯大业，才为大孝。我也跟姐姐说，其实老人养儿女，她最希望的是看到你有出息，希望你遵纪守法，希望你平安地活着。所以你平安，本身对于老人就是孝；你能够做一番事业，未来建立家庭能够和睦，对老人来说都是孝。所以说，未必你回到老人身边，天天守着她，就是唯一的孝。我平时不写信，那次是唯一的一封信，对我姐姐触动很大，所以后来她也就被说通了。

吴若甫是个充满爱心的人。有一次某时尚杂志举办一次慈善拍卖，当时吴若甫捐出了一个他自己珍藏很多年的二战时期的摄像机和放映机，非常珍贵。主办方也觉得太贵重了，就劝他换一样东西捐。但吴若甫很坚持，他当时说了一句话，让所

有的人非常感动。他说，为了爱，忍痛割爱。他既是中华慈善总会的慈善大使，又是全国绿化委的绿色大使。

但正是这样一个充满爱心的人，在 2004 年 2 月 3 日却被歹徒劫持。

2004 年猴年春节刚过，大陆演员吴若甫遭到绑架、并被勒索巨额赎金的消息一夜之间传遍街头巷尾，各种猜测也随之四起。

2004 年 2 月 3 日凌晨 2 点多钟，吴若甫从北京朝阳区某酒吧出来时被一伙冒充警察的歹徒劫持。

吴若甫：开始的时候，还认为真的是公安。他们让我必须跟他们走的时候，我说要报警等 110 警车来的时候，我坐上警车跟你们走。因为当时我发现他们的车，后面不是警车的车牌。再一个，大黑天的，我很难判断是真是假。一说打 110，他们马上就翻脸了，然后就拿出手铐，过来铐我。当时我身边的两个朋友，就与他们撕扯在一起了，就在撕扯的过程中，他们就给枪上膛，而且动作都非常迅速，上膛那时候，他们完全是一种疯狂的状态了。

吴若甫是个军人，因为自己的特殊经历，对枪的真假，对上膛时有子弹和没有子弹的声音，非常清楚。此刻他已判定劫匪手中的枪械都是真枪实弹的了。看着劫匪们近乎疯狂的状态，吴若甫怕不配合他们，后果将不堪设想。

一番撕扯之后，吴若甫被强行带上一辆桑塔纳轿车。一上车，他的头就被强行摁到座位以下。同时，轿车疾驰而去。

鲁　豫：我现在面对你，我还是觉得这事太不可思议了。你害怕过吗？

吴若甫：没有。整个过程一直到营救出来，这个中间来不及有太多让你害怕的机会。我所指的是，可能跟我的年龄，和我自己的经历，和我自己的个性，有一些关系。说实话，在不足 24 个小时的过程中，你可能会有过短时间的沮丧，这种沮丧也就是无能为力。因为脚和手都被锁链完全锁住，而且锁得非常地死。后来我听特警队的队长说是 9 把锁。

就在吴若甫被带走的同时，和他一起走出酒吧的朋友立即拨打了 110 报警电话。当天夜里，北京市公安局刑侦总队会同朝阳分局立即组成专案组。通过目击者对绑架嫌疑人及绑架手段的描述，专案组判断这起案件与之前发生在北京远郊平谷的另一起绑架案极为相似，而犯罪嫌疑人王立华也因此被迅速锁定。

但此时的吴若甫却浑然不知他将被带往何处。

鲁　豫：被绑上车以后，车开了多长时间，一路上你在想什么？

吴若甫：我印象平坦的路大概走了有 40 几分钟，然后有 10 分钟左右特别颠簸的路，我就觉得，不是柏油路了，一定是乡间的土路。因为当时我上车的时候，他们一直把我的头按在下面，这不是警察所为。说实话，当时我就已经很清楚是劫匪了。只是想，头在下面，尽量去记牢车开的方向，在哪里转弯，多少时间开始转弯。先判别方向，之后寻找机会。但是我不知道他们转了多少个弯，即便我有这种意识去记，我也很难判定。

鲁　豫：你有这种意识，你已经是很难得了。当时根据你判断的车往哪个方向开，大概哪个位置？

吴若甫：我首先想，有一段是高速路，很平坦的，车速非常地快。还有就是，快到地方的时候，能够听到空中有飞机。我们常坐飞机的有经验，就是飞机降落前，离机场特别近的地方，声音噪音会特别大。当时听到的声音，能判断它离机场很近，

而且大概有一二十公里这样的一个距离。剩下就什么都不知道了。

　　鲁　豫：他们把你关在什么样子的地方呢？

　　吴若甫：一个非常非常偏僻的地方，是个农家的院子，他们在车进了院后把我的头压得很低，院子什么样我一点也没看到，进屋能看到的就是四面全是窗帘。

　　劫匪的目标是停在酒吧门口的一辆奔驰 S500 的主人，但守候在酒吧门口的歹徒看到从酒吧出来的吴若甫时立即改变了主意，把吴若甫定为了绑架的对象。被带到已经周密布置过的小屋以后，吴若甫才明白，他是这伙绑架者一番阴差阳错之后的对象；而他也不只是这伙绑匪的第一个猎物。绑匪的窝点里还有另外一个被绑架的小伙。

　　吴若甫：他们说话的时候也不回避我们。他们就说道，在昨天绑架了一个开黄

色奔驰跑车的小伙，以为他是个公子，但只是一个司机，当时小伙子不配合他们，不愿意把自己的女友，按照他们说的给骗来，再遭绑架，再同样去经历生与死的问题。这是一个不错的小伙子。截匪们特别恼火，然后后来就商量说，到天亮把小伙子给埋了。当时我只知道，因为小伙子没有钱，天亮之前，就要被杀。我就一直试着跟劫匪谈判，我说如果你要是能保住他的生命，不杀他，我可以再多给你们钱，我把我一生所有的积蓄，都给你们，但你们必须要保证，他能活着出去。

  鲁　豫：你当时有把握吗？他们会放了那个小伙吗？

  吴若甫：真实地讲我觉得把握不大，但是看着他们的表情，我感觉还是存在着希望。起码是一线生机。

  就这样，吴若甫以良好的心理素质与歹徒周旋，尽量不去触怒情绪紧张的歹徒们，因为他知道一旦触怒他们后果将不堪设想；他始终比较镇定，在保护自己的同时并力求保护同样遭绑架的那小伙子。甚至为了缓和截匪的情绪，吴若甫还和截匪们开起玩笑。

  鲁　豫：他们向你要钱的时候，允许你打电话吗？你当时能给谁打电话呢？

  吴若甫：我的手机在我刚刚被绑架的时候，就被他们仍到车外去了，所以是用他们的手机打。他们的卡，都是外地的神州行，十几秒钟就换卡。开始他们说，给你父母打电话，给你爸爸打电话。我说我爸爸已经去世了。然后他们就问我有哥哥姐姐吗？我当时想，我不能说出我姐姐，但如果再说没有哥哥的话，他们不会相信。因为在我这个年龄，独生子女非常少。所以我说有哥哥，但是他在外地，我也没有说出我哥哥的身份。我只说我哥哥是一个工厂的小技术员。我还说，我跟哥哥感情不好，我爸爸去世的时候，连一个木碑钱他都不愿意出。其实我哥哥不是这样，我哥哥非常好，他的事业也比我好。但是我不可能说真话，因为我们家，就我们这两个男孩子，丢一个还有一个。所以我不能再说出让哥哥来冒险。当时我给一个朋友打的电话，只是在拖延时间，你足以想象，在酒吧门口我被他们带来的时候我的那三个朋友，就肯定已经报案了。现在我们的公安干警，一定开始寻找。我当时判断给那个朋友打电话的话，可能有危险，但是危险不是很大。因为那个时候在他身边肯定都已经埋伏了一些特警。

鲁　豫：在这个过程当中，截匪给你们喝水吃东西吗？打人吗他们？

吴若甫：也给喝水，就是上车之前，有一些推搡。好像打了两下，后来到了小屋之后就没有打人了。

鲁　豫：你坐在那，你想过，你找过什么机会，跑掉吗？

吴若甫：实际上这个念头在车上就一直在想。但是前边、左右，包括司机的位置都是绑匪，而且他们都一直拿着枪在对着我。在车上逃脱的可能是没有的。就想着到地方寻找机会，结果没有想到，他们非常的职业。到地方之后，他们首先用很粗的铁链，把手完全地锁上，锁得非常地紧。到第二天的时候，盖着被子的时候，我也试着用最大的力量去挣脱，包括手上，可是完全没有可能。因为他们这些人都是从牢里面蹲了很多年的监狱出来的人。他们能够锁得很牢。所以找机会逃跑这个念头就放弃了，只能再等待机会。因为看到他们使用的武器，像AK47、五连发的滑膛枪，很多的手枪，五四手雷，八一四手雷。可以想到的是，他们是一个相当职业的绑架团伙。

2004年2月3日中午，也就是吴若甫被绑架近10个小时之后，绑匪打来电话，索要200万元人民币赎金。半小时之后，绑匪再次打进电话，催问进展。

　　而此时，北京警方寻找疑犯王立华的工作依然没有实质线索。专案组再次下达指令，扩大寻找范围。

　　2月3日晚7时左右，也就是吴若甫被绑架17个小时之后，疑犯王立华驾驶的车辆被北京警方发现。随即，侦查人员将准备开车去拿赎金的王立华一举抓获，带进了朝阳区劲松派出所。

　　起初，王立华就承认吴若甫是他们绑架的，但始终不肯说出藏匿地方。

　　直到当天晚上10点多，王立华突然向警方提出，要求见一见他的女朋友和他们养的一条宠物狗。而这也是疑犯松口前的唯一要求。

　　2月3日深夜23点多，当所有绑匪都在昏昏欲睡的时候，北京警方的特警部队正在一步步接近他们。

　　吴若甫：当时，屋子里有一个绑匪在看着我们。他们有手枪也有手雷，长短枪都有，八一式手雷。他们还有，ＡＫ47冲锋枪，有五连发的滑膛枪，有左轮手枪，有五四手枪，而且枪全是满弹上膛的。而且我记得特别清楚，他们的枪都不上保险的，就随时准备着。我现在回忆起来当时事实上危险是特别大的。那个玻璃窗，如果我没记错的话，是铝合金的，被救那一刻，所有的窗子和门，就完全是在瞬间，完全是瞬间的事情，突然地爆裂，我想只能用爆裂这两个字是最准确。就是所有的窗户和门都破碎。我们的特警队员，飞进来了，从窗户，窗框，太快了！哗，就进来了。一进来之后，当时我的印象就是，一拨特警队员去治服这个罪犯，一拨特警队员，前后左右，用他们的身体把我埋在中间，因为特警队员们已经知道对方有手雷，他们就怕万一瞬间被拉响了，一拨人去治服这些人，另一拨人用血肉之躯，来给我们搭成人墙。说实话，我觉得真是，非常非常……

　　鲁　豫：旁边那个男孩呢，当时？

　　吴若甫：他也被救了？

　　从2004年2月3日凌晨两点被绑架，到2月3日深夜23点被成功解救，吴若甫前后22个小时面临了生死绝境。

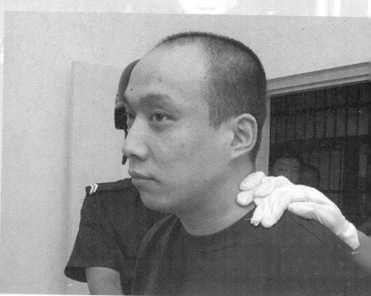

鲁　豫：他们把你救出来以后对你说的第一句话是什么？

吴若甫：他们对我说了很多话。对我说的第一句话，今生今世我也不能忘的，就是在特警队冲进去的一瞬间，刑警总队的队长，特警队的队长，在我的左右，把我抱在一起。说："若甫别害怕，我们来救你了，我们来救你了。"

一同被解救出来的还有和吴若甫关在一起的那个小伙子，两人共同经历了生死，也算是生死之交了。被解救出来后的第三天，吴若甫接到小伙子打来的电话，从小伙子的母亲到小伙子的女朋友都一一表示了对吴若甫的感谢，不久之后并登门拜访，并和吴若甫成为了很好的朋友。

鲁　豫：绑架的事你们家人什么时候知道的？

吴若甫：好像我没被营救出来之前，警方和朋友，就已经都通知到我们家了。我爸爸去世了，我没有告诉我妈妈，我哥哥就马上飞过来了。我哥哥很震惊，一直

在朝阳公安局。

　　绑架事件算是尘埃落定，惊魂22小时之后，吴若甫表示他最感谢的就是北京警方。而他也在事后向母亲和远在国外的姐姐轻描淡写地述说了整个过程。对吴若甫来说，2004年春节之后的绑架算是一场意外的劫难；而他作为艺人、作为演员的职业生涯依然还会继续。

　　经历了这样的一个事情之后，以后拍一些警察戏，吴若甫更想把他们的可爱可敬、把这种最直接、最真切的感受，融入到作品里面。

　　2006 年 9 月 29 日，吴若甫与青年舞蹈家刘莎走向婚姻的殿堂，吴若甫向来作风低调，因此这场婚礼在圈中绝对独树一帜，没有豪华婚车、没有豪华派对，新郎新娘穿着简单的 T 恤，没有奢华婚礼场面，尽显温馨与感动。

结束语

　　吴若甫现在对生活中很多事情已经能放得很开了，并且很喜欢千古名句"难得糊涂"，糊涂很多时候是福，但吴若甫认为人生中婚姻是绝不能糊涂的，要家就一定要有爱，所以他到42岁才结婚。吴若甫觉得人这一辈子什么都不要强求，没什么都能活，就是不能没了尊严和人格。美丽的人生有了上述这两点，再能拥有一份同舟共济的爱，无论贫富都可称得上是圆满人生了。

大话"唐僧"
罗家英

人物小传

　　广东顺德人，3 岁时随父母来港。8 岁开始戏曲演出，做兵仔；1973 年正式担正，演出《蟠龙令》，自此参与不少大戏，如《章台柳》、《万世流芳张玉桥》、《曹操与杨修》等，其间于 1982 年至 1984 年在香港电台任全职节目主任，也曾参加港台节目《香江岁月之萧先生》，及演出电视剧《怒剑笑狂啸》、《共饮长江水》及《阿 Sir 早晨》。第一部电影是《重案组》，成绩理想。自此接拍不少搞笑影片，成为笑片新星。

　　1995 年第 15 届香港电影金像奖最佳男配角，1995 年第 32 届台湾电影金马奖最佳男配角。

开场白

8 岁开始戏曲演出，从事粤剧表演 50 年，曾多次扮演脍炙人口的粤剧角色。在自己进入男人的四十不惑之后才出演电影角色，并且声名大噪。不管是《国产凌凌漆》里被绑架的富翁还是《大话西游》里那个啰嗦的唐僧，他都把一个个小角色的喜剧表演演得入木三分。

孙悟空："大师你慈悲为怀你就放了我一马好吧？"

唐　僧："你知不知道什么是当当当当当当？"

孙悟空："什么当当当啊"？

唐　僧：当当当当当当就是 Only you，能伴我取西经；Only you，杀妖怪除魔；Only you，能保护我，叫螃蟹和蚌精无法吃我。你本领最大，就是 Only you，Only you 莫怪师父嘀咕，戴上紧箍儿，别怕死，别颤抖，背黑锅我来，送死你去，拼全力为我上，世上也只有你能，南无阿弥陀佛。"

上面这一段是当年罗家英与周星驰在电影《大话西游》里的经典喜剧台词，这一段被饰演剧中唐僧的罗家英表现得淋漓尽致。看过这部影片的

观众每每看到这一段无不被罗家英的夸张表演惹得捧腹大笑。

> **鲁　豫**：你走在北京的街头，一般的人见了面跟你打招呼都叫你什么？

> **罗家英**：哎，Only you 的到了。

> **鲁　豫**：Only you 的到了？

> **罗家英**：对，人家不知道我叫什么名字，看见就说："哎呀，你是 Only you。"

> **鲁　豫**：罗家英为内地观众所熟知，是因为出演电影《大话西游》里的那个唐僧。罗家英在电影《大话西游》里扮演的唐僧一度成为经典，里面他的标志性台词就是"Only you"，以至于很多观众见了他的面都把他叫做"Only you"。电影《大话西游》拍摄的时候，他已步入自己的不惑之年，然而不为人知的是，在父亲的影响下，罗家英从 8 岁起就已经开始学习粤剧，前后近 40 年间他一直都是香港粤剧舞台上的一位名角，直到 1991 年因为自己的面相，罗家英意外得到机会，出演电影《重案组》中的一个被绑架的富翁。

> **鲁　豫**：在罗家英的演艺生涯中，电影《重案组》为他打开了另一扇大门。这部电影之后，罗家英就开始了自己大器晚成的电影人生。当初拍戏的过程顺利吗？

> **罗家英**：那个时期的导演挺厉害的。因为导演跟我很好，我不怕他，我就叫他"禽兽导演"。

> **鲁　豫**：你说导演禽兽，你还想在香港混吗？

> **罗家英**：我叫他禽兽导演，因为他最喜欢拍那种"血仗"的场面，血仗就是：全地上都是血，就是杀人砍人那种，很厉害。

> **鲁　豫**：那他对你怎么样？

> **罗家英**：他对我很好。但是有一次呢，他就用阴招阴我，那时候是有一场戏需要把我吊得很高，然后扔下来。结果在过程中他让人把我绑住吊在了半空中间，也不放我下来。

> **鲁　豫**：离地面会有多高？

> **罗家英**：差不多也有五六米那么高。

> **鲁　豫**：这部影片后来得了很多奖，我记得你在香港电影节上你说了一些感谢

话，也是跟这部戏是有关的，你可以用广东话再说一段吗？

罗家英：大家好，大家晚上好，我现在代表这个《重案组》向大家说话，《重案组》是部好戏，了不起的戏啊！演得最好的是主角成龙大哥了，还有导演黄志强，拍了3年，拍的时间太长了，我赚钱赚得很少。中间还有一个我被他从楼上扔下去的故事，拍得很开心，鼓掌啊！

罗家英：这部戏以后很多人就知道，这个罗家英有点功夫，所以后来就有很多人找我去拍戏了。

鲁　豫：香港演员这一点特别让人佩服，就是他会随时随地注意着周围会不会有机会出现。罗家英那一次在舞台上的一番幽默表现，为他日后打下特别好的基础。那天晚上，香港很多优秀的导演都坐在台下看着罗家英，就觉得这个人会是一个特别棒的电影演员。因为他在舞台上表现，那么松弛，那么幽默，那么机智，拍电影应该会是一个特别另类的喜剧演员。1994 年，喜剧天分已经得到诸多导演认可的罗家英，接拍了包括王晶、许鞍华在内的多位导演的电影，其中就包括之后在香港台湾两地，先后获得大奖的《女人四十》。

鲁　豫：得了奖以后有没有特别激动？

罗家英：就是有点蒙了，但是不算太激动。因为我是差不多 50 岁的人了，很多事情都面对过，所以不激动也不太紧张；但是拿完奖之后，和一帮朋友出去庆祝还是挺高兴的。

鲁　豫：我怎么听说金像奖之后你和周星驰去吃夜宵，是周星驰请你，但是莫文蔚买单？

罗家英：是 1996 年得金像奖的时候吧。本来这一天有一个最佳男配角，乔宏跟周星驰提名，但是这个奖最后被乔宏拿了，周星驰就很失落有点不开心，他本来以为是可以拿奖的。

后来一大帮人都跑去夜宵了，我觉得周星驰不开心，我就没有去和其他人一起夜宵，回酒店去陪周星驰了。后来周星驰说要请我去夜宵，然后就我们两个人一起去了，吃饭的时候他一直都很不开心，我就说"哎呀没关系啊，乔宏年纪大，你年纪轻，你就让他先拿吧，你以后慢慢再拿吧，没什么。"他很感叹，结果就天南地北地聊天，后来要结账的时候，才发现都没带钱！那怎么办呢？就打电话叫莫文蔚过来，莫文蔚来以为有什么事，结果就结账。

鲁　豫：真够黑的，让一个漂亮女生给你们结账。刚才我们说罗家英的生活当中有几年特别重要，其中就是1994年，是你本命年吧？

罗家英：对，我本命年，48岁那年，我属狗的。那一年我拍了人生中三个最重要的戏，第一个就是《女人四十》，这部影片给了我名誉，肯定了我的演技，第二个就是《国产凌凌漆》，这部戏是跟周星驰拍的。

对于罗家英来说，1994年是个幸运而重要的年份，在这个本命年中，他不仅先后接拍多部电影，表现得到业内外的认可，同时还首度与周星驰合作电影《国产凌凌漆》。也正是从电影《国产凌凌漆》开始，奠定了罗家英的银幕喜剧之路，并得以认识周星驰。

鲁　豫：1994年之所以重要，是因为罗家英得金像奖上台去介绍《重案组》是在那一年，然后由于那次的偶然机会，引出了很多跟电影的缘分。你有一个特别好的合作伙伴就是周星驰。见周星驰第一面觉得这个人怎么样？

罗家英：之前虽然我没有见过他，但是在报纸上看见过他。但是他的戏我没有看过，我感觉他就是什么无厘头的，而且觉得这个人有点太闹了不喜欢他这个人。但是他是导演啊，要跟他拍戏，没办法就去见他，我10点钟就到现场，拍的时候已经5点钟了，等了一天。

鲁　豫：你等了一天？

罗家英：等了一天。拍戏的时候已经5点钟，太阳都要下山了，就拍《国产凌凌漆》我饰演的达文希出场的这场戏，先是要我穿着短裤跟背心，拿着两个菜出场，

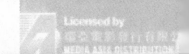

我就奇怪，为什么达文希是这种形象呢？在我看来英国的科学家，是穿着西装的嘛，打个领带，很威严，为什么要穿这个服装呢？就是无厘头，搞笑，但是搞笑可以穿其他服装嘛，不一定要穿短裤穿背心，我基本上不接受这一套。当时我就想，我出场是头一次出场，我该怎么出场好呢？我就想着我怎么走呢，机器就一直跟着我走。然后我就用我在粤剧上跑圆场，那个噔噔呛，这种台步这样走，拿着两个菜的时候就像我们在粤剧里大将军拿着下甲一样。这样走着走着走了几步之后就感觉很好！后来周星驰觉得地上不行，就又放点水在地上，这样我走的时候水就霹雳啪啦，霹雳啪啦，很过瘾呢！我就是这样出场，拍完之后电影放出来了，我一出场观众就开始鼓掌了。

　　节目现场我们又放了一遍罗家英在《国产凌凌漆》里饰演的达文希出场的那一段，是让人看了想发笑的风格，很经典的喜剧画面。

　　鲁　豫：那个时候你走在香港走大街上认识你的人多吗？

　　罗家英：很多了，已经不止是我以前的粤剧迷了，还有很多电影迷。拍完这部戏就开始赚钱了，拍这个戏之前我还要供楼供房子，拍完这戏之后我就有钱把房子

贷款全还给银行，还可以再另外买一套房子了。

　　鲁　豫：你狠狠地赚了一大笔吧？

　　罗家英：赚了一笔，我唱粤剧唱了 40 年，还不能买房子，但是我拍电影拍了两年之后，买了两套房子。

　　这部《国产凌凌漆》并不多为大陆观众所熟知，真正让大陆观众认识罗家英的是《大话西游》这部影片。《大话西游》也是拍摄于 1994 年，尽管当时在港台两地都反应平平，但三年之后却在内地大放异彩。

　　"又干什么，大家不要生气，生气会犯了嗔戒的，悟空，你也太调皮了，我跟你说过，叫你不要乱扔东西，你看我还没有说完呢，你把棍子又给扔掉了。"

"干什么？放手，你想要啊？悟空，你想要的话你就说话嘛，你不说我怎么知道你想要呢，虽然你很有诚意地看着我，可是你还是要跟我说你想要的，你真的想要吗？那你就拿去吧。"

"请姐姐跟玉皇大帝说一声，贫僧愿意一命赔一命。"

这些是电影《大话西游》里经典台词中的几句。剧中那个啰哩啰嗦的唐僧至今仍是无数观众的深刻记忆。

鲁　豫：其实在拍《国产凌凌漆》的时候，你和周星驰两个人已经谈到了有没有可能拍一部《西游记》的戏。你是什么时候你拿到剧本的？

罗家英：拍《大话西游》没有剧本，香港拍戏都没有本子。那天就是周星驰打电话过来说，

"喂，家英哥！"

"呦！星爷，你好吗？在银川冷不冷啊？还好不好？"

客套完了他就说他在拍《西游记》，里面有一个唐僧，拍完之后他感觉这个唐僧不是很理想，他就想要再找一个人再演唐僧。他后来想来想去就说还是找我吧，因为那个时候我也正当红，我再演唐僧肯定能出来点东西。所以他就打电话了。

他就说："呀，家英哥你得上来替我演这个唐僧。"

"好啊。"

"那你来两个月吧。"

"两个月不行啊，我在拍很多戏啊。"

"那一个月吧。"

"一个月也不行啊。"

"15 天！"

"15 天也不行。"

"10 天！"

"10 天也不行。"

"一个礼拜呢？"

"一个礼拜也不行。"

我算来算去告诉他最多也就 3 天的时间。最后他就说"好吧，3 天就 3 天！"我就把王晶跟徐克的电影往后挪了挪，挤出 3 到 4 天的时间跑去银川找星爷了。

鲁　豫：你们在拍这样的戏的时候，现场大家会不会都笑得不行了？你们自己会笑场吧？

罗家英：笑场？有点笑。

鲁　豫：就拍 Only you 这一段，因为笑场拍了几遍？

罗家英：不多不多，因为我们都是很好的演员，不会乱笑的。

鲁　豫：都是谁笑场？你自己吗？

罗家英：都是周星驰，周星驰笑场，他最喜欢笑了，每次都是他了。

鲁　豫：只要你一 Only you，一看他就会笑，眼神一对就笑了。

《大话西游》这部戏对罗家英很重要，还有更重要的是粤剧，他对粤剧倾注全部心血。因为粤剧又拍电影，然后又认识生命当中最重要的一个人——汪明荃，俩人在一起到今年已经是 17 年。罗家英和汪明荃的缘分开始于 1988 年，当时的罗家英正在苦苦寻觅一个粤剧舞台上的新搭档，而当时的汪明荃碰巧接受了一次采访。

尽管当时汪明荃已经是香港的当红艺人，尽管她对粤剧也一直抱有兴趣，但对在舞台上真正出演粤剧信心不足。实际上她与罗家英的首度合作，也是在一年之后，当时一出名为《穆桂英大破洪州》的粤剧大戏，是他们的第一次联袂出演，一对欢喜冤家就这样碰面了。

鲁　豫：现在还有没有兴趣再唱粤剧啊？

罗家英：如果有人请我唱粤剧，我一定唱的。

鲁　豫：你和汪明荃在哪年哪月哪号在哪儿碰的面？

罗家英：头一次见面是 10 月 1 号国庆节，她刚去了香港一个酒会之后就过来跟我吃饭，因为是头次见面，我就请她。

鲁　豫：她当时什么样子肯定还记得？

罗家英：她穿着很红的衣服，穿得很漂亮，烫着头，她那时候是短发。我一直等她酒会结束后再过来，她来了之后我们就很客气。我说我想请她唱戏，她说好啊好啊，你在粤剧上很有名气，跟你唱戏不错。但是答应你得先有个条件。我们见面的时候是 1987 年 10 月 1 号，我是要明年跟她搭档唱戏，然后她就要我这一年的时间陪她练功，不能跟其他人唱戏也不能在舞台上露面。

鲁　豫：你愿意这样？为什么愿意，当时内心对她已经有好感了吗？

罗家英：没好感，我看这个人太厉害了，头一个要求就这样厉害，要我一年不唱戏。但是我同意了。

鲁　豫：为什么呢？

罗家英：因为一年不唱戏呢，就给观众有点那个神秘感，很想看看罗家英这一年干什么了，还有就是说汪明荃 5 年不唱戏了，再出来她唱得怎么样，可能出来时候比较轰动。

鲁　豫：于是这一年你们就经常在一起，一起练戏排戏属于日久生情对吗？

罗家英：没有，一年还不够生情呀，一年大家很陌生嘛，大家都是为了工作在一起的，生情是在演出之后，之前我们练功大家都没有什么话说的。

鲁　豫：可是你们在舞台上不都是演那种情侣吗？总是要四目相望表现出特别爱恋对方的样子，都没有产生出那种感情？

罗家英：在舞台上可以那样演，下台就忘了。

鲁　豫：在排练不用这样演吧？

罗家英：排练不用这样，但是演出之后感情出来了。

鲁　豫：是哪一次演出？第一次吗？

罗家英：头一次，我们排练了一年多了，到我们真的唱戏是 1988 年，1988 年 8 月 22 号吧，记得很清楚，因为我唱 10 天，从 8 月 18 号唱到 28 号，28 号是她的生日，最后一天是礼拜天。因为她的生日，我们给她送一个蛋糕让她很开心。唱完戏之后她就跑到我那个化妆间，我们面对面，她就忽然之间抱着我，亲了我一下。

鲁　豫：周围有人吗？

罗家英：没有人。很礼貌那种亲一下，她说这次演得很开心。我就说，你跟我唱戏我不会让人去欺负你。我就说了一句这样的话。但是后来唱完戏大家不见面有点思念了，就找她出来吃饭，那天我们出去，我开车带着她在香港兜了一个圈，兜完圈又去看戏，看了戏又吃饭，结果那天我们就出事了。

鲁　豫：出什么事？

罗家英：哦，我们就握手了。

粤剧给罗家英与汪明荃牵了一根红线，把他们两个人拉在了一起。事业蒸蒸日上的同时，罗家英与汪明荃也渐渐成为圈内圈外有口皆碑的一对恋人，然而在 2002 年的 5 月却有意外发生了。汪明荃被诊断出患了乳癌，并在香港进行了手术。庆幸的是手术之后汪明荃逐渐康复。而在汪明荃发病之初，罗家英就曾承诺照顾一生一世，当时外界也对这对恋人的未来，抱有很多的关注。

鲁　豫：这个过程中她掉过眼泪吗？你掉过眼泪吗？

罗家英：我没有掉眼泪，因为我感觉她应该是能够挺过去的，应该没事的。看她的情况应该没事。

鲁　豫：她得病的那一年，是你们俩在一起的第十几个年头？

罗家英：应该是第 15 个年头吧。

鲁　豫：你们俩没想过要结婚吗？

罗家英：当时我们很奇怪我们都没有想过结婚，但是我们也没有想过分手。很多谈恋爱的人如果吵架头一个想的就是说，我跟你分手，我不怕你，有什么了不起，我跟你分手，我找一个比你更好的。很多人会有这种想法。但是我跟她就没有这个想法，吵架就吵架，吵完架还是朋友，还是爱人。

鲁　豫：但也从来没有提起过要结婚吗？

罗家英：提过。

鲁　豫：是谁要求的？

罗家英：两人都提过呗。

鲁　豫：我总觉得不应该女的提，应该男的提。

罗家英：应该是她向我要求结婚。

鲁　豫：凭什么呀，应该是男的去求婚。

罗家英：因为是这样，她对家庭观念很重，她感觉在一起已经几年了应该结婚了吧，她就说我们结婚好不好？我就说暂时不要吧，我现在还不想结婚，我还是想我们做朋友比较好一点。过几年她又问我，她问过我几次了，我都还是不结婚。

鲁　豫：那她不生气啊？

罗家英：我感觉到她内心生气，但是没有办法她又不能离开我。

鲁　豫：这种人最气人，知道拿住了人家，然后就是不结婚。

罗家英：不是拿住，就是不想结婚嘛，我有这个意愿如果跟她结婚了呢，可能我们不能太长久，但是做朋友呢，可能会天长地老。如果结婚之后，可能是两年之后就离婚了，大家什么都不能做。

鲁　豫：你这么悲观啊？

罗家英：悲观？我是这样想的，因为她的脾气太不好了，如果结婚之后大家可能就会没有了空间。

鲁　豫：就是因为你不跟她结婚，她脾气才不好的。

罗家英：这样说的也有。

　　很多人说用八个字形容罗家英与汪明荃的感情最恰当不过了，那就是"相濡以沫，如鱼得水"。他们之间的感情已经走了近20年，这在娱乐圈里是不多见的。在与罗家英相恋之前，汪明荃曾经有过一段失败的婚姻，和一次不告而终的感情，在1988年和罗家英相恋之后，他们如今已经携手走过快20年，罗家英说，在他的心里除了母亲没有人比汪明荃更重要。

　　2003年在汪明荃香港个人演唱会即将结束的时候，罗家英以嘉宾身份登场，现场所有歌迷没有料想竟会出现这样的局面，罗家英向汪明荃求婚说："阿姐你嫁给我吧！"

罗家英：我告诉你一个秘密，我本来有三次向她求婚的冲动。第一次就是她要从政的时候，她本来想去当立法局的议员。我就想，她做议员，前边要有个牌写着她的名字汪明荃，但是大家都知道她有个男朋友叫罗家英，我应该给她一个名分，应该写做罗汪明荃。政治上的人物不能太随便了，要有一个家庭才好，不能只有男朋友没有丈夫。我那时候就想向她求婚，给她一个名分，但是没有付诸行动。

鲁　豫：为什么？

罗家英：因为她这个失败了，她没有当议员。我又逃过一劫了。

鲁　豫：没有当议员，那你告诉过她你有对她求婚的念头吗？

罗家英：没有。

鲁　豫：其实你心里不希望她当上吧？

罗家英：不想她当，真的当上我就付出我的一生给她了。

鲁　豫：天啊，至于这么悲壮吗？娶的是汪明荃啊！

罗家英：第二个就是有一次，我被提名金像奖，就是《我爱厨房》这个戏。这个戏我演得很好，我感觉有机会拿奖的。那天我就带汪明荃一块去看那个金像奖，我就想，如果我拿到了这个金像奖，我就在台上用香港电影的名誉向汪明荃求婚，让大家为我作证。我本来是要这样做的，结果失败了没拿到奖，败在了姜文的手上。

鲁　豫：当时如果拿奖就求婚了吗？

罗家英：对，但是我没有拿奖，这个是第二次。第三次，就是她开演唱会这次。

鲁　豫：这次说了吗？

罗家英：说了，但是说得不认真。在台上我就唱歌，唱我向你求婚，请你答应我。结果她出来就跟我唱《月亮代表我的心》，我就给下面的观众说，汪明荃嫁给我了，大家共同作证明！她说这个是玩的，不答应你。

鲁　豫：如果她这次说，好吧，我答应你了。

罗家英：我就糟糕了，如果她那天答应我，我就不晓得怎么办了。

鲁　豫：你这三次求婚，都没跟她说过？

罗家英：没说过，她都不知道，后来知道了。

鲁　豫：知道以后她说什么？

罗家英：她说乱搞，神经病。

　　这对欢喜冤家虽然不结婚，但两人感情一直是天荒地老的状态。近 20 年的时间中他们经历了很多的磨难，先是汪明荃生病，罗家英一直陪在她的身边，就在汪明荃身体慢慢地康复了，并且很健康的时候罗家英又面临一次很大的考验。2004 年的年底，罗家英遭遇意外，肝癌三期已成为不争的事实。当时罗家英正在参与电视连续剧《九品芝麻官》的后期配音工作，无奈之下，刚过半程的工作只能被迫中断。

　　鲁　豫：你的身体一向好不好？

　　罗家英：一向很好，我很喜欢运动。还有就是我是唱戏的，又练功，身体保持得不错，我喜欢踢足球，喜欢打高尔夫，都是很好的运动。

鲁　豫：什么时候发现自己身体好像有一点不舒服？

罗家英：所以没有痛的感觉，一点都没有。因为肝它是没有神经的，一点没感觉到痛，等到痛的时候那个肿瘤就已经很大了。当时医生告诉我说我的肝出现一个3公分乘3公分那么大的一个肿瘤时，我的思想就一片空白，什么都想不出了。我是21号看的医生，手术定在了29号，中间那几天时间是最难过的。我就打电话告诉汪明荃我得肝癌了。她说不是吧，你是不是吓我的！你平时不是挺健康的吗？她还有点不敢相信，但是当时她在拍戏不能跑过来看我，后来在家里的时候她才来看我，她就说："等你好了之后我们就去结婚好不好？"我说："好，如果我身体好了，我们就结婚。"我平常很少流泪，那几天我晚上睡觉的时候我就流泪了，我觉得我才50多岁，年纪也不算大，为什么我会得这个病呢！大家知道癌症是很难痊愈的一个病，如果我开刀之后再发现还有其他的东西，怎么办呢？我就胡思乱想了很多，因为白天的时候我妈妈在看着我，我不能让她老人家担心，我就假装没事，一到晚上没人的时候我就开始乱想。后来我就安慰自己说，我现在不开心也是得病了，开心也是得病，我干嘛不让自己开心点呢？我就说这次进医院就当是拔牙，拔完牙齿之后出院就没事了。我就用这种方法安慰自己。所以后来几天我就去玩，踢球啊之类的。我让自己很乐观地去面对自己的病。

鲁　豫：汪明荃怎么照顾你的？

罗家英：她照顾我就是不跟我吵架；我说一，她不敢说二啊；她很温柔啦，老是陪着我；我说去旅行她说好，我说想去桂林，她就说去桂林好啊，但是很大雾很危险不要去了，去澳门。最后还是由着她，还是她做主，不过她态度温柔了很多。

　　生病有的时候会改变一个人，会改变周围的人，甚至会改变生活。但是生病也让罗家英明白了一点，就是要珍惜自己的生活，也要珍惜自己身边的人。

　　2005年2月14罗家英大病未愈，这一天汪明荃从美国大西洋城演出归来，从1988年到2005年，这是他们在一起的第17个情人节，罗家英手捧鲜花如约而至，出现在香港机场。

　　鲁　豫：在你生病的时候，你们说好的等你病好了你们就结婚，你现在的病情已经挺稳定了，那什么时候结婚？

　　罗家英：现在我挺稳定了，我也问她了，我说我们什么时候结婚呢？她说结婚啊，让我再想一想。

　　鲁　豫：我就问一下，你们会结婚吗？还是就这样一生到老？

　　罗家英：我不知道，真的不知道，如果要结就结吧，如果不结也可以，这样也不错的。

　　鲁　豫：你们现在是夫唱妇随，还是妇唱夫随？

　　罗家英：基本上呢有时候应该是她跟着我，但是也有时候是我跟着她。

　　鲁　豫：你不介意做她背后的那个男人？

　　罗家英：她也不介意做我背后的那个女人。

　　鲁　豫：会正式地再求一次婚吗？

罗家英：我看不用求婚了，大家心灵相通了嘛，还再求婚干嘛。但也可能有一天真是很隆重，我会买一个戒指然后再买个花送给她，"汪明荃我向你求婚，你嫁给我吧！"

鲁　豫：我们等着，等到汪明荃成了罗汪明荃以后，你们俩一块再来上一次节目？

罗家英：好，好吧，一言为定。

结束语

　　罗家英、汪明荃两个人各自的演艺事业都是丰富多彩的，在各自领域两人都是大明星。两个人在一起20年，风风雨雨，两人身体上都经历过病痛的折磨。所有的苦难他们都坚持下来了。希望他们以后在各自的演艺事业里，能够做得更好，两人的感情能够情比金坚。

图书在版编目（CIP）数据

男角／凤凰卫视《鲁豫有约》栏目组著 .—北京：华夏出版社，2008.1
（文轩凤凰丛书）
ISBN 978-7-5080-4531-3

Ⅰ．男… Ⅱ．凤… Ⅲ．名人－访问记－中国－现代 Ⅳ．K820.7

中国版本图书馆 CIP 数据核字（2007）第 192510 号

出品策划：

网 　 址：http://www.xinhuabookstore.com

男　角

著　　者：凤凰卫视《鲁豫有约》栏目组
责任编辑：张　华
美术编辑：兰　馨
装帧设计：海云书装
出版发行：华夏出版社
　　　　　（北京东直门外香河园北里 4 号　　邮编：100028）
总 经 销：四川新华文轩连锁股份有限公司
印　　刷：北京通州皇家印刷厂
开　　本：16 开　　　787×1092
印　　张：18.5
字　　数：280 千字
版　　次：2008 年 1 月北京第 1 版
印　　次：2008 年 1 月北京第 1 次印刷
书　　号：ISBN 978-7-5080-4531-3
定　　价：28.00 元